AMY BAXTER

King's Legacy

Halt mich fest

Weitere Titel der Autorin:

King's Legacy – Alles für dich
King's Legacy – Nur mit dir

Never before you – Jake & Carrie
Forever next to you – Eric & Joyce
Hold on to you – Kyle & Peg
Someone like you – Scott & Olivia
Always with you – Riley & Tess

Über die Autorin:

Amy Baxter ist das Pseudonym der Autorin Andrea Bielfeldt. Mit der erfolgreichen Romance-Reihe »San Francisco Ink«, erschienen bei beHEARTBEAT, dem digitalen Label des Bastei Lübbe Verlags, eroberte sie eine große Fangemeinde. Heute widmet sie sich, dank ihres Erfolgs, ganz dem Schreiben. Zusammen mit ihrer Familie lebt und arbeitet sie in einem kleinen Ort in Schleswig-Holstein.

Amy Baxter

King's Legacy

Halt mich fest

lübbe

Dieser Titel ist auch als E-Book erschienen

MIX
Papier aus verantwortungsvollen Quellen
FSC® C014496

Originalausgabe

Textredaktion: Clarissa Czöppan
Umschlaggestaltung: ZERO Werbeagentur, München
Unter Verwendung von Motiven von © shutterstock: KireevArt | BcsChanyout | Vasya Kobelev
Satz: Dörlemann Satz, Lemförde
Gesetzt aus der Minion
Druck und Verarbeitung: GGP Media GmbH, Pößneck
Printed in Germany
ISBN 978-3-404-17966-4

2 4 5 3 1

Sie finden uns im Internet unter www.luebbe.de
Bitte beachten Sie auch: www.lesejury.de

Die Playlist zum Buch findet ihr bei Spotify.
Einfach King's Legacy in die Suche eingeben.

Sawyer

Warm und feucht fließt mir die Flüssigkeit über die Hände. Der unverkennbare Geruch dringt in meine Nase, so intensiv, dass ich es fast schmecken kann, Übelkeit steigt in mir auf. Meine Augen sind in der Dunkelheit gefangen, ich kann nicht sehen, was vor sich geht. Aber ich höre die Schreie, spüre die Hitze, rieche das Mündungsfeuer. Und fühle, dass sich in dieser Sekunde etwas verändert. Schmerzhaft wird mir klar, dass ich nichts mehr tun kann. Es ist zu spät.

Ich schreie.

Ich weine.

Und dann gebe ich auf.

Nichts wird jemals wieder so sein, wie es einmal war. Nichts wird das, was geschehen ist, ungeschehen machen.

Niemand wird mir den Schmerz nehmen können, der von jetzt an ein Teil von mir sein wird.

Alice

»Zeitpunkt des Todes: achtzehn Uhr siebenundfünfzig.«

Mein Herzschlag normalisierte sich nur ganz langsam. Das Adrenalin, das in den letzten Minuten durch meine Adern gejagt war, verklang wie der Schlussakkord eines aggressiven Rocksongs. In meinen Knien spürte ich das Zittern zuerst.

Leer.

Ausgebrannt.

Tot.

Schuldig. So verdammt schuldig.

So fühlte ich mich, als ich mechanisch auf die Uhr über der Tür des sterilen, kalten Operationssaals blickte und mit brüchiger Stimme den Todeszeitpunkt des Mädchens vor mir auf dem Tisch bestimmte. Irgendjemand stellte das elendige Piepen der Maschine aus. Aus. Ende. Stille. Es war vorbei. Endgültig. Ein junges Leben, einfach ausgelöscht.

Für einen kurzen Moment schloss ich die Augen, atmete durch, vergrub mich in der Dunkelheit meines Kopfes. Der Tod haftete an mir wie zäher Schleim. Er war kalt. Eiskalt. Als würde ich tiefer und tiefer in einen bitterkalten Abgrund sinken. In ein Meer aus Tränen, die mich wie einen Freund umfingen und nichts mehr denken ließen. Ich wollte nicht mehr denken. Ich hatte genug Entscheidungen getroffen. Vielleicht waren es die falschen gewesen, vielleicht die richtigen. Egal. Es hatte nichts genützt. Wie erleichternd es jetzt war, sich einfach fallen zu lassen, an nichts mehr zu denken. Alles aus meinem Kopf zu streichen, was mich die letzten Stunden beschäftigt hatte. Worum ich gekämpft hatte. Um ein Leben.

»Alice …« Ich spürte einen leichten Druck auf meiner Schulter, der mich aus der Dunkelheit an die Oberfläche holte. Ich schnappte nach Luft, öffnete die Augen.

Der Oberarzt warf mir einen prüfenden Blick zu. Zwei, drei Sekunden lang starrte ich ihn an, ordnete das Gewirr in meinem Kopf. Mechanisch nickte ich und zog mir dabei den Mundschutz vom Gesicht. Jetzt war mir heiß. Ich fühlte den Schwindel. Die aufsteigende Übelkeit. Ich musste hier raus.

»Es ist nicht deine Schuld, Alice.« Seine Stimme folgte mir, als ich die Gummihandschuhe von meinen Fingern zerrte und dabei über den gekachelten Fußboden Richtung Tür lief. »Du hast getan, was du konntest«, versuchte der Oberarzt mir das Gefühl der Schuld zu nehmen. »Ich rede mit ihren Eltern.«

Ich lächelte müde. Ja, er meinte es gut, das wusste ich. Es war keine Floskel, er meinte, was er sagte. Doch das war vergebene Mühe, denn meine innere Stimme sprach eine andere Sprache. Weniger mitfühlend, sondern schuldzuweisend. Und ich war schwach und kraftlos. Dennoch blieb ich stehen, atmete noch einmal tief durch und drehte mich dann langsam zu ihm um.

»Aber das war nicht genug.«

Ich wandte mich wieder von ihm ab, entledigte mich des OP-Kittels und verließ den Operationssaal. Schließlich stürzte ich raus auf den Flur, wo mich das alltägliche Chaos der Notaufnahme in Empfang nahm. Ein Chaos, das an jedem anderen Tag tröstlich gewesen wäre. Das mich in sich aufgenommen und mitgerissen hätte. Das mich einfach nur hätte agieren lassen, wie ich es seit Jahren tat. Tag für Tag.

Aber diesmal hörte ich weder das Schreien des Unfallopfers vor mir noch die Anweisungen der ruhig gestikulierenden Ärzte an die neuen Assistenzärzte. Ich saugte die neue Situation nicht wie ein Schwamm in mich auf, sondern teilte wie Moses die Menge in zwei Lager und lief da durch, ohne wahrzunehmen, was genau um mich herum geschah. Das Einzige, was ich realisierte, waren die Tränen, die jetzt heiß und brennend in mir aufstiegen. Krampfhaft hielt ich sie zurück.

Ich war es leid. Ich war es so leid, Patienten gut zuzureden, ihnen zu vermitteln, dass alles gut werden würde, und sie dann auf dem Tisch zu verlieren. Ich war es so leid, den Angehörigen die traurigen Nachrichten zu überbringen, in ihre erschrockenen Gesichter zu sehen und das Schreien und Weinen zu hören. Ich war es so leid, das Leben anderer Menschen in meiner Hand zu haben und für sie verantwortlich zu sein. Für ihr Leben zu kämpfen, um dann doch zu verlieren. Ich war es leid.

Mit schweren Beinen schleppte ich mich durch die Flure, schälte mich im Umkleideraum aus meiner dunkelblauen Arbeitskleidung, stopfte sie in den Wäschetunnel und stellte mich unter die Dusche. Das heiße Wasser lockerte zwar meine Schultern, aber konnte nicht die Kälte in mir vertreiben, die sich seit dem Tod meiner Patientin in mir ausgebreitet hatte. Ich lehnte die Stirn gegen die Fliesen, ließ mir den Strahl auf den Kopf prasseln und dachte daran, wie ich vor Jahren voller Elan und ohne Ahnung vom wirklichen Leben beschlossen hatte, Leben retten zu wollen und Ärztin zu werden.

Nach meinem vierjährigen Medizinstudium war ich als Assistenzärztin am New York Presbyterian Lower Manhattan Hospital angenommen worden, um meine Facharztausbildung in der Chirurgie zu machen. Tatsächlich hatte ich immer Neurochirurgin werden wollen, mir in der Welt einen Namen machen. Aber jetzt, nach fast zehn Jahren in diesem Krankenhaus, war ich immer noch hier, letztlich in der Notaufnahme hängen geblieben, und kümmerte mich als Unfallchirurgin um die chirurgischen Notfälle. Die Facharztprüfung habe ich immer wieder aufgeschoben, keine Ahnung, warum. Vielleicht wollte ich nicht weg vom Presbyterian, meinen Vorgesetzten und meinen

Kollegen. Vielleicht hatte ich auch einfach nur Schiss, dass ich das Lernen für die Prüfung neben achtzig Wochenstunden Dienst nicht packen würde. Dass ich versagen würde. So wie bei meiner letzten Patientin.

Shit!

Langsam kam Leben in die Umkleidekabine, Spindtüren knallten, Stimmengewirr erfüllte die bis eben noch friedvolle Stille. Nachdem ich mir den Geruch des Todes aus meinen Haaren und von meinem Körper gewaschen hatte, stellte ich das Wasser ab, trocknete mich ab und zog mich an. Gerade wollte ich die Kabine verlassen, da wurde die Tür von außen aufgezogen.

»Hey, Davis! Du gehst schon? Wieso hast du nicht gewartet?« Vicky, meine quirlige Mitbewohnerin, stand direkt vor mir und sah mich aus ihren strahlend blauen Augen gut gelaunt an. Nichts Neues. Sie hatte wirklich immer ansteckend gute Laune. So sehr ich Vicky liebte, so sehr es vielleicht auch geholfen hätte, darüber zu reden – ich konnte jetzt keine Gesellschaft ertragen. Ich wollte allein sein.

»Ich hab noch einen Termin. Fast vergessen«, stammelte ich und wollte mich an ihr vorbeischieben. Auf nichts hatte ich jetzt so wenig Lust wie auf Erklärungen. Auch wenn ich wusste, dass Vicky mich wie keine andere verstehen würde.

»Termin. Aha.« Sie legte den Kopf schief, fasste sich in die blonden Locken und ließ mich nicht aus den Augen. »Ein Date, von dem ich nichts weiß?«

Ich unterdrückte den Impuls, mit den Augen zu rollen.

»Nein. Vic, bitte …«

Vicky war nicht blöd. Sie kannte mich seit unserem ersten Tag hier im Presbyterian. Wir hatten vor fast zehn Jahren zusammen am selben Tag, im selben Team als Assistenzärztinnen angefangen, hatten gemeinsam unzählige Achtundvierzig-Stunden-Schichten hinter uns gebracht, fast jeden unserer

Geburtstage seitdem mit gerade anwesenden Kollegen auf dem Flur oder in der Umkleide mit einem am Morgen gekauften Donut und einem lauwarmen Automatenkaffee gefeiert, hatten Schulter an Schulter Anschisse der Oberärzte kassiert, Seite an Seite still und wissbegierig bei Operationen assistiert, uns über Jahre zusammen durch die Mengen an Lernstoff und die Prüfungen geprügelt und miteinander unzählige Tränen vergossen. Aus Wut. Vor Erschöpfung. Aus Angst. Aus Freude. So viele Momente hatten wir schon miteinander geteilt. Und ich hoffte, dass noch viele weitere folgen würden. Denn ein anderes soziales Leben hatte ich nicht. Freunde außerhalb des Krankenhauses hatte ich schon lange nicht mehr. Bereits im ersten Jahr hier hatten sich viele meiner Kontakte verlaufen. Weil bei Doppelschichten einfach die Zeit fehlte, um am Leben der anderen teilzuhaben. Weil ich wegen meines Jobs ständig Einladungen zu Geburtstagen oder anderen Feiern ausschlagen oder kurzfristig absagen musste. Oder weil ich sie schlicht und ergreifend verpennte. Denn Schlaf war heilig. Und jede Minute, die ich neben der Arbeit und dem Lernen noch erübrigen konnte, war für den wenigen Schlaf reserviert. Feiern, ausgehen, shoppen … Diese Bedürfnisse hatte ich damals am Eingang des Presbyterian abgegeben.

So war es bei Vicky und mir gewesen. Wir hatten als Kolleginnen angefangen. Noch im ersten Jahr, in der ersten Woche, hatten wir – eigentlich sie – beschlossen, uns eine Wohnung zu teilen. Wir hatten auch schnell eine gefunden. Klein, nahe am Krankenhaus und bezahlbar. Eine hohe Miete konnten wir uns damals nicht leisten, schließlich hatten wir beide zusammen so viele Schulden, wie manch einer für eine Villa in den Hamptons oder eine Garage voller Sportwagen hinblätterte. Medizin zu studieren machte arm. Deswegen war die Wohnung ein Glücksgriff, denn die Vermieterin, Mrs McDonnaugh, eine ältere, alleinstehende Dame, war vor Jahrzehnten selbst Ärztin im Presbyterian gewesen und wusste, wie schwer es war, etwas Bezahlbares zu finden.

Mittlerweile war mein Schuldenberg abbezahlt, die Wohnung und die Miete immer noch dieselbe, und Vicky und ich waren Freundinnen, die zusammen wohnten, fast alles miteinander teilten und über so ziemlich alles redeten. Aber. Nicht. Heute.

»Nicht heute. Okay?« Bittend sah ich sie an. Ich wollte nicht darüber reden. Nicht jetzt. Und ich war froh, dass Vicky eben Vicky war.

Nach einem letzten grüblerischen Blick nickte sie, trat zur Seite und legte mir kurz die Hand auf die Schulter. »Du weißt ja, wo ich bin. Pass auf dich auf, Davis.« Als sie mich auf die Wange küsste, roch ich den schwachen Rest ihres blumigen Parfüms. Dann schob sie sich an mir vorbei in die Umkleideräume. Kurz darauf hörte ich sie an ihrem Spind. Ohne mich umzusehen, lief ich raus auf den Flur und verschwand in der Menge.

Mit imaginären Scheuklappen auf den Augen verließ ich das Krankenhaus und trat hinaus in die frische Abendluft. Dass ich jetzt fror, lag aber nicht am Wetter. Sondern an meiner Verfassung.

Mit diesen Gedanken im Kopf überquerte ich die nur wenig befahrene Straße und ging ziellos am voll besetzten Parkplatz vorbei. Weder hatte ich einen Plan, wohin ich wollte, noch, wo ich langging. Ich ließ mich einfach treiben, folgte der Straße, ließ meine Füße automatisch einen Schritt nach dem nächsten tun. So, wie sie es schon seit über vierunddreißig Jahren machten. So ein Körper war schon ein Wunder. Er konnte so vieles und von allein, ohne dass wir ihn anleiten oder dazu überreden mussten. Automatisch wusste er, was das Beste für einen war, reagierte bei Gefahr instinktiv und half einem damit zu überleben.

Während ich mich durch die Betonschluchten der 68th treiben ließ, versuchte ich krampfhaft, nicht mehr an den Moment zu denken, in dem ich meine Patientin verloren hatte. Versuchte, das Piepen des Herzmonitors aus meinem Kopf zu bekommen, das sich darin eingenistet hatte wie ein Tinnitus. Ich passierte die 1st Avenue, verglich das Aufschlagen der Bälle auf dem Tennisplatz im St. Catherine's Park unwillkürlich mit dem Herzschlag eines kranken Patienten. Ich ging am Einkaufszentrum vorbei, wich den Leuten aus, die sich mit voll bepackten Tüten auf den Weg zu ihren Autos oder zum Bus machten, und ignorierte den Essensgeruch, der vereinzelt aus Restaurants an die Luft drang. Als vor mir ein Polizeiwagen aus der Ausfahrt des Departments schoss und plötzlich die Sirene anschaltete, zuckte ich kurz zusammen und brauchte ein paar Sekunden, um mich zu sammeln. Ich lief weiter und weiter und landete irgendwann am Central Park, der um diese Uhrzeit noch von etlichen abendlichen Joggern besucht war, die ihre Runden drehten. Die Familien mit ihren Kindern waren schon längst zu Hause und hatten den Sportlern und Nachtschwärmern Platz gemacht. Ich blickte auf die Uhr. Kurz vor neun. Knappe zwei Stunden hatte ich schon weitergelebt, während ein anderes, junges Leben ausgelöscht worden war. Ich atmete ein und aus. Tief und gierig, schnappte nach noch mehr Luft, um an dem dicken Klumpen, der sich in meiner Brust gebildet hatte, nicht zu ersticken.

Ich war vom East River gekommen, und gleich war ich am Hudson River. Einmal quer durch Manhattan. Zu Fuß. Das würde mir kaum jemand glauben. New York war das Mekka der gelben Taxis, rasanter Fahrradfahrer und verrückter Jogger. Nicht von Spaziergängern.

Der Himmel war dunkel, und die Lichter der Stadt erwachten nach und nach zum Leben. Aus den Clubs drang Musik auf die Straßen, und Männer und Frauen in Business-Kleidung waren vermutlich auf dem Weg zu den angesagten After-Work-Partys. Vicky und ich hielten uns immer nur im Friends in der Nähe des Krankenhauses auf, wenn wir mal Feierabend hatten. Da gingen fast nur Angestellte von dort hin, sodass man immer jemanden traf, den man kannte. Was auch der Grund war, an diesem Abend nicht dorthin zu gehen.

Keine Ahnung, wie viel Zeit vergangen war, aber irgendwann steuerte ich auf den Pier 99 zu und lief dann mit dem Strom des Hudson River zu meiner Rechten weiter. Das Wasser stank, der Dreck und die Hitze des Tages verdampften, aber auch das registrierte ich kaum, oder ich war einfach schon zu abgestumpft. Auch an den anderen Pieren ging ich vorbei, vorbei an den Gassen, an den dunklen Straßen. Ich blieb stehen, sah mich um und fand mich vor der Fassade eines alten Schlachthauses wieder. Meatpacking Distrikt. Da war ich also gelandet. Mittlerweile merkte ich meine Füße auch. Den ganzen Tag war ich schon auf den Beinen. Oder waren es schon zwei? Ich wusste es nicht. Welchen Tag hatten wir heute? Freitag oder Samstag? Sonntag? Ich maß meine Zeit in Operationen. Am Freitag hatte ich den Tag mit einer Appendektomie, der Entfernung eines Blinddarms bei einer Dreizehnjährigen gestartet. Erfolgreich. Gleich darauf waren mehrere Krankenwagen mit Verletzten einer Massenkarambolage auf dem Highway eingelaufen. Unsere Abteilung war chronisch unterbesetzt, also hatte ich neben der Versorgung von unzähligen Hautabschürfungen und Kopfverletzungen auch unzählige Schnitte versorgt und zusätzlich noch drei Knochenbrüche gerichtet. Einen im Bein, einen im Arm und einmal ein Schlüsselbein. Alles ebenfalls erfolgreich. Und dann irgendwann war das Mädchen auf meinen Tisch gekommen. Das, bei dem ich nicht erfolgreich gewesen war. Das, welches ich verloren hatte. Weswegen ich allein sein wollte.

Allein mit der Toten, die in meinem Kopf immer wieder dieselbe Frage stellte:

Warum?

Sawyer

»Ich hasse Fälle wie diesen.«

Der Whiskey in meinem Glas schimmerte golden, und das Licht brach sich in dem Eiswürfel, als ich den Tumbler langsam drehte, bevor ich den letzten Rest mit einem großen Schluck meine Kehle hinunterlaufen ließ. Er brannte, aber das war gut. Er betäubte das beschissene Gefühl, das sich vor Wochen schon wie eine klebrige Hülle über mich gelegt hatte, und weckte in mir den Wunsch, das Spinnennetz zu zerreißen, mich zu befreien. Erinnerte mich daran zu atmen.

Die Hocker an der Bar neben mir waren besetzt, der Geräuschpegel war hoch und die Stimmung gut im *King's Legacy*, der Speakeasy-Bar meines Freundes Jaxon King. Und eben dieser hob jetzt fragend eine Augenbraue.

»Warum?«

»Du weißt, dass ich nicht darüber reden kann.«

Jaxon zuckte mit den Schultern. »Warum fängst du dann überhaupt damit an? Dann lass es doch einfach.«

Ich atmete einmal tief durch. »Richtig. Ich rede nicht über meine Fälle. Ich hatte mir trotzdem ein bisschen Mitgefühl erwartet.« Mein Blick wanderte nach links über meine Schulter zum DJ, der am Ende des Tresens sein Pult aufgebaut hatte, um den Feiernden einzuheizen. Wie jeden Samstag.

Jaxons Augenbrauen zogen sich in die Höhe. »Von mir?«

Ich feixte. »Ein frommer Wunsch …«

Mit einem stoischen Lächeln griff Jaxon sich das nächste Glas, um es mit einer ruhigen, fließenden und routinierten Bewegung zu polieren, während um ihn herum Cocktails gemixt,

Obst geschnitten und Bier gezapft wurde. Ein ganz normaler Samstagabend im *King's*.

One the way von Overstreet lief gerade, und ich hob das leere Glas in seine Richtung. Mein Freund verstand, schenkte mir nach, und nachdem ich einen Schluck getrunken hatte, atmete ich erneut tief ein und wieder aus. Dann sah ich ihn an. »Ein Raubüberfall. Der Täter hat um sich geschossen, als die Cops kamen.«

»Fuck …« Jaxons Miene änderte sich schlagartig. »Das tut mir leid, Mann«, sagte er mitfühlend.

»Schon okay. Aber es ist hart. Jedes Mal wieder.«

»Es reißt die alte Wunde immer wieder auf, oder?«

»So ist es.«

Mein bester Freund verstand mich blind. Er wusste, was vor fünf Jahren passiert war.

»Wie kommst du klar damit?«

Ich sah auf. »Womit genau? Mit dem Kerl, der für einen Sack voll Schmuck zwei Leute auf dem Gewissen hat, oder mit der Tatsache, dass ich wegen genau so einem Scheißkerl meinen Bruder verloren habe?«

»Sowohl als auch«, sagte er, doch an seinem Tonfall hörte ich, dass ich ihn verletzt hatte.

»Entschuldige, das war Mist.« Es war nicht fair, ihm diese Frage zu stellen. Jaxon war immer für mich da, auch nach Johns Tod war er an meiner Seite gewesen und hatte dafür gesorgt, dass ich nicht untergegangen war.

Jaxons Mundwinkel hob sich ein wenig. Aber es war ein trauriges Lächeln, sofern es so was überhaupt gab. »Wann warst du das letzte Mal an seinem Grab?«

»Ich …« Eigentlich hatte ich keine Lust auf das Thema. Jeder Gang zum Friedhof war schwer für mich. Deswegen besuchte ich meinen Bruder nur unregelmäßig dort. Aber ich wusste, dass er deswegen nicht böse oder enttäuscht gewesen wäre. Er hätte meine Gründe verstanden. Deswegen war es für mich vertretbar. »Ich hab gerade so wenig Zeit«, wich ich aus.

Jaxon zog die Augenbrauen zusammen. »Morgen ist Sonntag. Du weißt, wofür Sonntage gedacht sind, oder?«

»Ich bin Anwalt. Du weißt, was Anwälte sonntags machen, oder?«

»Arbeiten«, sagten wir beide wie aus einem Mund.

Ich war schon immer ein Workaholic gewesen. Und das im Namen der Gerechtigkeit.

Als ich vor sechs Jahren als Staatsanwalt gearbeitet hatte, hatte ich bei Gericht viel mit der hiesigen Polizei und den Bundesbehörden zu tun und Unmengen von Kriminellen hinter Gitter gebracht. Bis ich dahinter gekommen war, wie falsch das Rechtssystem eigentlich lief. Anfänglich hatte ich noch versucht, mich nicht von meinen Mitspielern beeinflussen zu lassen, aber wer nicht mitspielte, war gleich unten durch. Also hatte ich mich ab- und der anderen Seite zugewandt. Ich wollte selber entscheiden können, für was und wen ich kämpfte.

Mit zweiunddreißig Jahren hatte ich die Seite gewechselt. Seit vier Jahren arbeitete ich als Strafverteidiger bei Campbell & Partner, einer der führenden und besten Anwaltskanzleien der Ostküste. Seit fast zwei Jahren war ich einer von fünf Senior-Partnern. Die Arbeit war mein Leben, ich lebte, um zu arbeiten. Außer ihr kannte ich nur noch meine Freunde und den kleinen Teil Familie, den ich noch hatte. Aber Spaß, Freizeit oder gar Urlaub waren nichts, was regelmäßig in meinem vollen Terminkalender Platz hatte. Bis auf wenige Ausnahmen lebte ich in meinem Büro. Meine Freunde waren der festen Meinung, ich würde das irgendwann bereuen. Würde später zurückblicken und nichts als Fälle und Aktenzeichen in meiner Vergangenheit sehen. Ab und an mal ein schneller Fick oder eine kurze Affäre, das war's. Und das war alles, was ich brauchte.

»Du bist ein guter Anwalt, Sawyer. Der beste, den ich kenne.«

»Wie viele kennst du?«, unterbrach ich ihn.

Ich hielt ihm mein leeres Glas entgegen. Jaxon verstand, und keine Minute später stand es gefüllt wieder vor mir.

»Du bist nicht schuld an dem, was damals passiert ist. Und auch nicht an dem, was deinem Mandanten passiert ist. John würde das genauso sehen. Gib dir nicht für alles die Schuld, Sawyer. Das muss langsam aufhören.«

Ich erwiderte nichts. Was auch? Das mit dem Aufhören war nicht so einfach. Ich fühlte mich schuldig. Egal, ob ich es war oder nicht. Ich *fühlte* mich schuldig. Das machte mich fertig. Es ging mir nahe. Viel zu nahe. Und hielt mir vor Augen, dass meine Berufung auf Sand gebaut war.

Seit John gestorben war, wollte ich die Bösen bekämpfen. So, wie er es getan hatte. Aber es waren einfach zu viele. Und das wurde mir bei diesem Fall einmal mehr bewusst.

»Hey, Jungs.« Ich sah nach links und erkannte Logan, der sich gerade auf den Barhocker neben mir fallen ließ.

»Hey, Daddy«, begrüßten Jaxon und ich unseren Freund gleichzeitig. Mir boxte er gegen den Oberarm.

»Hört auf damit«, beschwerte er sich, strahlte allerdings über das ganze Gesicht.

»Wie geht's Chloe?«, erkundigte Jaxon sich nach seiner schwangeren Schwester.

»Sie genießt das Nichtstun«, antwortete Logan.

Jaxon runzelte die Stirn. »Das halte ich für ein Gerücht.«

Logan lachte. »Stimmt. Drei Mal die Woche ist sie noch im Studio und gibt Kurse. Aber du ahnst gar nicht, wie sehr sie mir auf die Nerven geht, weil sie an den anderen Tagen nichts mit sich anzufangen weiß. Hier darf sie ja nicht mehr arbeiten«, setzte er vorwurfsvoll hinterher.

»Sie ist schwanger. Natürlich darf sie nicht mehr hier arbeiten«, entgegnete Jaxon mit einem Augenrollen.

»Wenn ihr so langweilig ist, solltest du vielleicht nach Hause fahren und dich um sie kümmern, anstatt hier rumzuhängen«, warf ich ein und erntete dafür gleich den nächsten angedeuteten Boxhieb.

»Das werde ich. Sobald ich wenigstens einen Drink mit euch gehabt habe. Unsere Wohnung gleicht einer Möbelausstellung. Und Chloe hat bereits alles entsorgt, was einem Baby gefährlich werden könnte. Sogar den Alkohol.«

Jaxon lachte, ich fiel mit ein.

»Ja, ja, lacht ihr nur. Warte ab, Jax, bis sie versucht, das *King's* kindersicher zu machen.«

»Nur über meine Leiche.«

Jetzt lachten Logan und ich, und einen Drink lang feixten wir darüber, was Chloes Schwangerschaft mit sich brachte.

Chloe war Jaxons zwei Jahre jüngere Schwester. Sie und Logan hatten schon während des Colleges etwas miteinander gehabt und dann über Jahre nur eine platonische Freundschaft geführt. Vor wenigen Monaten war ihnen klar geworden, dass sie doch mehr füreinander empfanden, und seitdem waren sie fest zusammen. Endlich. Irgendwie hatte jeder hier gewusst, dass die beiden zusammengehörten, nur sie selbst nicht. Selbst Jaxon hatte es irgendwann geschnallt. Das Kind war nicht geplant gewesen, aber beide freuten sich. Und wir uns auch. Auf das erste *King's* Baby. In einem halben Jahr würde es soweit sein. Kein Wunder also, dass Logan verzweifelte, weil Chloe jetzt schon völlig überzogene Sicherheitsmaßnahmen ergriff.

»Okay, Themenwechsel. Sawyer, was gibt's Neues?«, wollte Logan wissen.

Ich zuckte mit den Schultern. »Viel Arbeit.«

»Also alles wie immer.«

»So ist es.« Ich hatte keine Lust mehr, über meinen Job zu sprechen. Das hatte ich eben mit Jaxon zur Genüge getan, was Logan nicht wissen konnte. »Und was macht dein Job so?«, hakte ich nach. Logan hatte mit der Trennung von seiner Verlobten Aubrey auch die Firma seines Schwiegervaters verlassen, in der er CEO gewesen war, und in einer anderen Bank neu angefangen. Dort sollte er das Unternehmen wieder auf die Spur bringen.

»Läuft gut. Mr Milano lässt mir freie Hand, und ich glaube wirklich, dass das Unternehmen eine Chance hat und wieder aus den roten Zahlen herauskommen kann.«

»Das hört sich gut an«, sagte ich und stürzte den Rest meines Whiskeys mit einem Schluck runter. Er brannte nicht mehr. Es wurde Zeit zu gehen, mich ins Bett zu legen und ein paar Stunden zu schlafen.

Ich schlug mit der Hand auf den Tresen. »Jungs, ich verabschiede mich. Wir sehen uns die Tage.«

Jaxon hob die Hand. »Klar, Mann. Und nimm es dir nicht so sehr zu Herzen. Du schaffst das schon.«

Ich nickte nur stumm und wich Logans fragendem Blick aus. Meinetwegen sollte Jaxon ihm erzählen, was los war.

Ich verließ das *King's Legacy* und trat durch die schwarze Stahltür nach draußen in die Gasse. Preston, der Türsteher, warf mir noch einen Abschiedsgruß hinterher, doch als die Tür ins Schloss fiel, war es still um mich. So still, wie es in New York nachts um eins eben sein konnte.

Der Verkehr rauschte leise an der Gasse vorbei, in weiter Ferne hörte man die Sirenen der Polizei, die vergeblich versuchte, aus dieser Stadt eine saubere Stadt zu machen. Doch so viele Verbrecher, die nachts eingebuchtet wurden, kamen am nächsten Morgen wieder raus. Entweder weil man ihnen nichts nachweisen konnte, oder weil schlichtweg kein Platz in den Zellen war. Manchmal hinterfragte ich wirklich, was unser Job eigentlich für einen Sinn hatte, wenn es letztendlich doch wieder in die Hose ging. Aber das waren schlechte Momente. Jaxon hatte es auf den Punkt gebracht: Ich war ein guter Anwalt. Und ich würde auch diesen Fall gewinnen, so sehr er mich auch gerade runterzog. Das durfte ich nicht mehr zulassen. Ich musste endlich darüber hinwegkommen. In der Theorie war das einfach gesagt, in der Praxis schwer umzusetzen. Aber ich würde es schaffen. Irgendwann.

Doch nicht mehr heute Nacht.

Jetzt merkte ich die Müdigkeit in meinen Knochen. Es wurde Zeit, eine Mütze Schlaf zu kriegen, bevor ich bei Sonnenaufgang wieder im Büro sitzen würde.

Also nahm ich Tempo auf und durchquerte die Gasse, um mir an der Straße ein Taxi zu sichern. Doch dann hörte ich ein leises Schluchzen rechts neben mir. Ich wandte mich um und sah eine zusammengekauerte Gestalt auf einem Palettenstapel sitzen. Schmal, langhaarig. Eine Frau. Allein in dieser dunklen Gasse. Was war da los? Ich sah das Beben der schmalen Schultern. Sie schien zu weinen. Ich zögerte.

Ich wollte weitergehen, Jaxons Rat befolgen und mich nicht um jede verlorene Seele in diesem Universum kümmern. Aber – *fuck!* – ich konnte nicht. Also blieb ich stehen und änderte die Richtung. An Schlaf war so schnell wohl nicht mehr zu denken.

Alice

Es gibt Momente im Leben, in denen die Zeit einfach stehen bleibt. Du kannst sie nicht zurückdrehen, kannst nichts mehr ändern an dem, was geschehen ist. Und du kannst sie auch nicht weiterdrehen, egal, wie sehr du dich auch anstrengst, dieser Zeitschleife zu entfliehen.

Du steckst fest.

Und erlebst diesen einen Moment immer wieder.

Und wieder.

Und wieder.

Sawyer

»Hey, kann ich helfen?«

Die junge Frau hatte sich auf die Paletten sinken lassen, auf denen einmal die Woche die Getränke für das *King's* geliefert wurden. Sie reagierte nicht auf mich. Sie hatte die Hände vor das Gesicht geschlagen und weinte tatsächlich, ihre Schultern bebten leicht. Auch das noch.

Ich stöhnte unhörbar auf und versuchte es erneut, diesmal ging ich noch etwas näher und legte vorsichtig meine Hand auf ihre Schulter. »Hey. Sind Sie verletzt?«

Die Frau zuckte zurück, als ich sie berührte, hob kurz den Kopf und schüttelte ihn, bevor sie ihn wieder senkte. »Lassen Sie mich.« Ich bemerkte ihre innere Abwehr, ihre Schultern versteiften sich.

Ich steckte meine Hand zurück in die Jackentasche, um nicht noch einmal in Versuchung zu geraten, sie anzufassen. Das Letzte, was ich wollte, war, ihr Angst zu machen. »Sind Sie verletzt?«, fragte ich ein weiteres Mal. Ich würde niemanden zurücklassen, der verletzt war, da konnte sie mich abweisen, so oft sie wollte. Aber wieder verneinte sie, schüttelte energisch den Kopf, wobei sie ihr Gesicht weiter in ihren Händen verbarg. Ein erneuter unterdrückter Schluchzer entwich ihr, und wieder zitterten ihre Schultern.

»Hören Sie … Ich werde …« … Sie doch hier nicht einfach so zurücklassen, wollte ich sagen, aber sie fuhr mir über den Mund.

»Gehen Sie!«

Ich rührte mich nicht.

»Gehen Sie! Bitte.« Sie klang ziemlich entschlossen.

Ich atmete einmal ein und aus, dann nickte ich. Gut, wenn sie keine Hilfe wollte … Ich konnte sie schließlich nicht zwingen. Außerdem war ich echt im Eimer. Solange sie nicht verletzt und meine Hilfe nicht lebensnotwendig war, war es wohl tatsächlich besser, wenn ich jetzt einfach ging. Und einfacher. Ich hatte genug eigene Probleme, da brauchte ich ihre nicht auch noch. Also nickte ich stumm, mehr für mich als für sie, und drehte mich um, doch bereits nach wenigen Schritten hielt ich wieder an. *Fuck!* Ich konnte sie nicht allein lassen. Wer wusste schon, was ihr zugestoßen war. Vielleicht stand sie unter Schock, wollte deswegen keine Hilfe. Ich konnte nicht einfach gehen. So ein Scheißkerl war ich nicht, auch wenn ich mir in dem Moment wünschte, ich wäre einer. *Fuck!*

Also drehte ich mich wieder zu ihr um, sah sie weiter in ihre Handflächen schluchzen und ging die paar Schritte zurück, ließ aber diesmal einen halben Meter Raum zwischen uns. Es ging ihr schlecht, also würde ich mich um sie kümmern. Und wenn sie das partout nicht wollte, wenigstens bei ihr bleiben, bis sie sich wieder gefangen hatte. Daher ging ich in die Knie und hockte mich vor sie. Ein leichter Geruch nach Desinfektionsmittel kroch mir in die Nase.

»Ich bin zwar manchmal ein Arsch, aber niemals würde ich eine Frau, die offensichtlich Hilfe benötigt, in einer dunklen Gasse einfach so zurücklassen«, sagte ich ruhig, aber bestimmt.

Das leise Schluchzen hörte auf, das Zucken ihrer Schultern ebenfalls. Ihre Hände fielen auf ihre Oberschenkel und ihr Kopf hob sich ein Stück, aber alles, was ich erkennen konnte, war ein Schleier aus dunklen, langen Haaren. »Was haben Sie gesagt?« Ihre Stimme war belegt, was vermutlich vom Weinen kam.

»Ich sagte, dass ich Sie hier nicht alleine zurücklassen werde«, wiederholte ich ruhig.

Ein raues Lachen, dann strichen ihre Hände die Haare nach hinten, und als sie den Kopf nun ganz anhob, konnte ich ihr Gesicht sehen. Das Erste, was mir auffiel, war die Farbe ihrer Augen. Sie waren dunkel, fast schwarz. Von dichten, langen Wimpern umrahmt. Wunderschön. Und sie sahen mich unendlich traurig an. Sekunden. Minuten. Stunden? Ich verlor jegliches Zeitgefühl, während ich sie ansah. Bis ihre Stimme mich wieder in die Gegenwart holte.

»Ach ja?« Sie klang jetzt überraschend knallhart. Abweisend. Niemand sollte ihr zu nahe kommen, hinter ihre Fassade blicken. Ich kannte so ein Verhalten nur zu gut, und vielleicht ließ ich mich gerade deswegen nicht beirren.

»Entweder setze ich Sie in das nächste Taxi und bringe Sie nach Hause. Oder –«

»Sie sollten nichts versprechen, was Sie nicht halten können«, spottete sie nun, ohne mich anzusehen.

»Ich halte meine Versprechen immer«, gab ich unsanft zurück. Ich konnte es nicht leiden, wenn man mich für unfähig hielt.

Ihre Lippen pressten sich für einen Moment aufeinander. Schöne Lippen. Voll und ungeschminkt.

»Aber man darf nichts versprechen, wenn man sich nicht zu einhundert Prozent sicher ist, dass man es auch halten kann«, wiederholte sie unbeirrt. Diese Frau war hartnäckig.

Ich schnaubte. »Wenn ich sage, ich lasse Sie in dieser Gasse nicht zurück, dann mache ich das auch nicht.«

In ihren Augen schimmerten noch Tränen. Ich hatte keine Ahnung, warum sie weinte. Ob sie Liebeskummer, eine schlechte Nachricht oder vielleicht sogar jemanden verloren hatte. War sie womöglich überfallen worden? Im Nu scannte ich ihren Körper, der in Turnschuhen, Jeans, einer hellen Bluse und einer leichten Jacke steckte. Auf dem Schoß lag ihre Tasche, sie stützte die Ellenbogen darauf. Auf den ersten Blick konnte ich keine Zeichen von Gewalteinwirkung entdecken, und das beruhigte mich.

»Mir fehlt nichts …«

»Dann schlage ich vor, Sie gehen jetzt heim. Ich kann Ihnen ein Taxi rufen. Oder …«

Ihr Blick, der eben noch verschleiert gewesen war, wurde klar. »Oder?«, fragte sie schneidend. Ihre dunklen Augen nahmen mich misstrauisch unter die Lupe. Sie scannte mich ebenfalls innerhalb von Sekunden, von meinen Augen bis zu meinen Schuhen und zurück. Ihr abschätziger Blick und ihre abfällig verzogenen Mundwinkel zeigten mir, dass sie mir nicht vertraute und deswegen keine Hilfe von mir annehmen würde. Egal, was ich vorschlagen würde. Ich hätte gehen sollen. Aber stattdessen …

»Oder ich lade Sie auf einen Drink ein und gebe Ihnen die Chance, mir Ihr Herz auszuschütten. Ich bin ein guter Zuhörer.« *Verdammt!* Was war in mich gefahren? Warum hatte ich das gesagt? Musste ich ihr wirklich beweisen, dass ich ein netter Kerl sein konnte, wenn ich wollte? Ich kannte diese Frau nicht, jedoch war ich noch nie gut mit einer Abfuhr klargekommen. Aber im Moment war ich die denkbar schlechteste Gesellschaft, die sie sich heute Nacht hätte wünschen können. Mein Kopf war voll mit meinen eigenen Problemen. Doch es war zu spät, die Worte hatten bereits meinen Mund verlassen.

Weiterhin ruhig beobachtete sie mich. Sie war auf der Hut, bewegte sich nicht und sprach schließlich mit fester Stimme. »Ich könnte schreien, wenn Sie mich nicht in Ruhe lassen.«

Damit war alles gesagt. Ich sollte gehen. Jetzt.

»Ja, das könnten Sie. Aber ich bin harmlos, im Gegensatz zu anderen Gestalten, die hier unterwegs sind.« Ich war masochistisch veranlagt. Eindeutig.

»Harmlos? Sie? Eine Nervensäge sind Sie.« Ein weiterer Versuch, mich in die Flucht zu schlagen. Ein guter sogar, denn ich musste langsam fürchten, dass sie recht hatte, was mein Verhalten anging. Aber ich ignorierte ihre Antwort und blieb vor ihr stehen.

»Warum lassen Sie mich nicht einfach in Ruhe? Ich bin keines dieser Weibchen, das Sie beschützen müssen.« Mit diesen Worten kehrte Kraft in ihre Stimme zurück. »Ich kann sehr gut auf mich allein aufpassen.« Sie machte Anstalten aufzustehen.

»Das glaube ich Ihnen. Unter normalen Umständen, aber nicht in Ihrer Verfassung.«

Sie verharrte in einer aufrechten Sitzposition und sah mich interessiert an. »Sind Sie gläubig?«

Keine Ahnung, warum ich mich nun auch noch darauf einließ, aber ich zuckte mit den Schultern und antwortete ihr. »Manchmal.«

»Wie kann man *manchmal* gläubig sein?«

»Wenn ich Beistand brauche, weil ich alleine keinen Ausweg finde und nicht mehr weiterweiß, warum auch immer, dann bete ich. Zu wem auch immer. Wenn es mir gut geht, wenn alles nach meinen Vorstellungen läuft, dann verschwende ich keinen Gedanken an irgendeine Art von Gott. Also bin ich nur manchmal gläubig. Dann, wenn der Glaube alles ist, was ich habe.« Das kam nicht oft vor. Wenn man es ganz genau nahm, war mir das in der Art erst einmal passiert. Aber es war die Wahrheit.

Ihre Gesichtszüge wurden weicher, das konnte ich selbst im Halbdunkel der Gasse erkennen. »Ich glaube gerade an gar nichts mehr«, sagte sie leise und sah an mir vorbei, irgendwo in die Dunkelheit hinter mir. Begleitet von einem leichten, fast unmerklichen Kopfschütteln. Ihre ganze Haltung zeigte Resignation. Diese Frau war eindeutig gerade am Ende ihrer Kräfte.

»Wie wäre es mit einem Drink?«, fragte ich, um abzulenken.

Sie schüttelte den Kopf. »Ich lasse mich von Fremden nicht

auf einen Drink einladen.« Erneut machte sie sich bereit aufzustehen.

»Das ist wohl vernünftig. Aber …« Einem Impuls folgend hielt ich ihr die Hand entgegen. »Ich bin Sawyer. Sawyer Lee. Sechsunddreißig, nicht auf der Suche nach einem Abenteuer, also geht keine Gefahr von mir aus. Außerdem bin ich Anwalt, ich weiß also, was mir blühen würde, würde ich mein Versprechen nicht halten. Und – ich bin tatsächlich ein guter Zuhörer«, betonte ich nochmals. Mittlerweile glaubte ich schon selbst daran.

Ihr Blick ruhte auf mir, reglos saß sie da, sah mich an, überlegte, ließ meine Worte sacken und meine Hand unbeachtet zwischen uns schweben. Aber dann rieb sie sich mit der Handfläche über die Augen, stand ebenfalls auf, wischte sich die Hände an ihrer Jeans ab und ergriff meine.

»Alice. Alice Davis. Vierunddreißig, Ärztin, derzeit ohne einen Glauben an irgendwas. Ich bin auch nicht auf der Suche nach einem Abenteuer und auch überhaupt nicht in der Stimmung dafür. Aber … ich könnte jetzt tatsächlich einen Drink vertragen.«

Ich ließ ihre Hand nur unwillig los. Obwohl sie schmale Finger hatte, war ihr Händedruck kräftig. Sie war es anscheinend gewohnt, Männerhände zu schütteln. Alles an ihr war schmal. Ihr Gesicht, ihre Nase, ihr Hals, ihr Oberkörper, die Arme, Beine … Sie war schlank, zierlich sogar, und kleiner als ich, was bei meiner Größe von fast einem Meter neunzig nicht sehr schwer war. Aber sie hatte Kraft. Ich fragte mich, was sie so aus der Bahn geworfen hatte, dass sie sich in eine dunkle Gasse verkriechen musste. Vielleicht würde ich es rausfinden. Ich hatte plötzlich wirklich das Bedürfnis, ihr zu helfen. Und wenn es nur mit einem Drink und einem Gespräch war.

»Also, da ich jetzt nicht mehr der unheimliche Fremde bin … Darf ich Sie … dich jetzt auf einen Drink einladen? Das

King's ist gleich da hinten«, sagte ich und zeigte auf die Tür von Jaxons Bar.

»Eine Bar? Hier?« Sie sah nun mit hochgezogener Stirn an mir vorbei, konnte aber anscheinend nichts erkennen. Kein Wunder. Die schwarze Eingangstür des *King's Legacy* war selbst bei Tag schwer zu finden, erinnerte sie doch eher an die Hintertür einer Wäscherei als an den Eingang einer angesagten Bar in Manhattan.

»Ja. Ich kenne den Besitzer.« Ihr Blick fand meinen. »Ich weiß, die Gasse sieht nicht danach aus. Aber es ist ein guter Ort für einen Drink um die Zeit.« Klar, sie kannte mich nicht, und wie sie gesagt hatte – sie ging in der Regel nicht mit Fremden mit. Sie tat das, was Eltern ihren Kindern schon in jungen Jahren einbläuten. Aber ich wollte sie beruhigen, ihr zeigen, dass sie mir vertrauen konnte. Und in ihren Augen sah ich, dass sie neugierig genug war, es wirklich zu tun. Entgegen ihrer Vernunft, entgegen ihrer Regeln. Und dass sie Regeln hatte – das konnte ich in ihren Augen sehen. Sie war keine Frau, die sich führen ließ. Zumindest nicht ohne Gegenwehr. Sie war selbstständig und selbstbewusst, zielstrebig, kannte ihren Weg. Nur jetzt … Jetzt war sie anscheinend verloren. Sie tat mir leid, ich wollte ihr einfach nur helfen.

Sie kniff die Augen etwas zusammen, als sie mich erneut musterte. Eindringlich und mit ernster Miene. »Nur ein Drink. Sonst nichts. Kein Antatschen, kein Knutschen, nichts. Klar?«

Innerlich schluckte ich, auch wenn ich tatsächlich keinen Gedanken an so etwas verschwendet hatte, trafen mich ihre Worte. Sah ich wirklich aus wie einer, der willkürlich hilflose Frauen abschleppte? Aber ich erwiderte ihren Blick ebenso ernst. »Nichts dergleichen hatte ich im Sinn. Nur ein Drink.«

Ich sah ihr an, dass sie mir kein Wort glaubte. Trotzdem nickte sie. Ich hatte ja vermutet, dass sie neugierig genug sein würde, um es auszuprobieren. Und so sehr ich vor wenigen

Minuten noch nach Hause gewollt hatte, um wenigstens noch eine Mütze Schlaf zu bekommen, so sehr wollte ich jetzt mit dieser Alice in die Bar gehen und mir anhören, warum sie den Glauben an alles verloren hatte.

Oder mit ihr schweigen.

Alice

»Sawyer! Bist du nicht eben da aus der Tür raus?« Ein ziemlich großer, sexy Kerl mit dunklen Haaren und unglaublich intensiv blickenden Augen stand vor einem langen Tresen und kam uns mit einem Tablett in der Hand entgegen, als ich hinter meinem neuen Bekannten Sawyer das *King's Legacy* betrat. Die Geräuschkulisse haute mich um. *Natural* von Imagine Dragons dröhnte uns entgegen. Im Gegensatz zu der Stille in der Gasse war es hier enorm laut. Musik, Stimmengewirr, Gelächter und das Klirren von Gläsern ließen die Lautstärke in die Höhe schießen. Worauf hatte ich mich eingelassen? Nichts wollte ich mehr, als meine Ruhe haben. Das schien hier unmöglich. Ich sollte mich umdrehen und gehen. Das war eine total dämliche Idee. Aber es war zu spät, um kehrtzumachen und mich unter dem nächsten Stein zu verkriechen.

»Jaxon, das ist Alice. Eine … alte Freundin. Wir haben uns eben zufällig an der Straße getroffen und beschlossen, noch was zu trinken«, stellte Sawyer mich vor und kämpfte dabei gegen die laute Musik an, die ein DJ hinter dem Tresen auflegte. »Alice, das ist Jaxon King, der Besitzer der Bar und mein Freund.«

Jaxon guckte Sawyer skeptisch an, eine einzelne Augenbraue zog sich nach oben. Mein Blick schnellte ebenfalls in Sawyers Richtung. *Eine alte Freundin?* Ich warf ihm einen fragenden Blick zu, den er stumm erwiderte. Er sagte so viel wie: *Was hätte ich sonst sagen sollen? Dass du heulend vor der Bar gehockt hast und ich dich aufgegabelt habe?*

Nein, eher nicht. Die Wahrheit wäre tatsächlich unpassend

gewesen. Also nickte ich ergeben und hielt meine Klappe. Der Stein, unter dem ich mich verkriechen wollte, verschwand immer mehr in unerreichbare Ferne.

Jaxons Blick wanderte zu mir, und ein freundliches Lächeln legte sich auf sein Gesicht. Ein einstudiertes Barkeeper-Lächeln. Ich hatte ein einstudiertes Ärztinnen-Lächeln drauf, um meine Patienten zu begrüßen oder zu beruhigen. Um zu signalisieren, dass alles in Ordnung war. Genau damit erwiderte ich seines. Vielleicht half es, mich vor neugierigen Nachfragen zu bewahren. Keine Ahnung, wie gut die beiden sich kannten, wie nahe sie sich standen.

»Na dann, herzlich willkommen im *King's*, Alice. Da hinten ist noch ein Tisch frei, wenn ihr etwas ungestörter sein möchtet, um euch zu unterhalten.« Ich hätte schwören können, dass dies ein Seitenhieb war, der ihm Spaß gemacht hatte. Entweder brachte Sawyer ständig Frauen mit hierher oder aber nie. Ich tippte auf Ersteres und fragte mich in dieser Sekunde, ob ich wirklich eine Nummer auf seiner Liste sein wollte. Andererseits war das hier kein Date. Ich hatte klargemacht, dass außer einem Drink nichts laufen würde. Nicht das kleinste Bisschen. Und deswegen sollte es mir egal sein. Ich hatte gerade wirklich andere Sorgen, als über das Sexleben eines Anwalts nachzudenken, um das er selbst sich mit Sicherheit überhaupt keine Gedanken machen musste.

Doch selbst in meinem desaströsen Zustand musste ich zugeben, dass dieser Kerl wirklich nicht von schlechten Eltern war. Verdammt! Er war fast einen Kopf größer als ich, und seine breite Brust sowie seine ganze Statur zeigten mir, dass er irgendeine Art Kraftsport machte. Er war der absolute Beschützertyp. Sein Blick war wachsam, klar, er war Anwalt, vermutlich entging ihm nichts, was um ihn herum passierte. Und sein Lächeln war umwerfend. Ein Lächeln, das einen vergessen ließ, woher man kam, wohin man wollte und wer man überhaupt war. Ja, ich war mir sicher – er brauchte sich um mangelnde Aufmerksamkeit von Frauen keine Sorgen zu machen. Aber ich fragte mich, warum er nachts alleine rumlief und dann ausgerechnet mich von der Straße auflas. War er wirklich einfach nur nett und wollte helfen? Oder erhoffte er sich doch mehr? Dann würde ich ihn enttäuschen. Bitter enttäuschen.

»Alles klar, Jax«, hörte ich Sawyer sagen, nachdem die beiden noch ein paar Worte gewechselt hatten. Daraufhin berührte er mich leicht am Arm. »Gehen wir?« Ich starrte ihn an. Er war ein völlig Fremder, der mich beim Heulen in einer dunklen Gasse erwischt hatte. *Genau. In einer dunklen Gasse. Und er hat dir nichts getan.* Okay. Ein Drink.

Ich nickte automatisch, und Sawyer dirigierte mich an dem langen Tresen vorbei in eine ruhigere Nische, in der ein zum Tisch umgebautes Rumfass mit einem knallroten Ledersofa und zwei schwarzen Stühlen stand. Ich setzte mich sofort auf das Sofa, das mit der Lehne an der Wand stand und den Blick in den Raum ermöglichte. Ich hasste es, mit dem Rücken zum Geschehen zu sitzen. Wobei das hier eine willkommene Abwechslung gewesen wäre, denn hinter mir an der Wand hingen mehrere Schwarz-Weiß-Fotografien in verschiedenen Bilderrahmen, die zusammen ein harmonisches Bild ergaben. Trotzdem war mir ein Blick in den Raum lieber.

Während ich mich setzte, sah ich mich verstohlen in der Bar um, die fast bis auf den letzten Platz besetzt zu sein schien. Auf einer kleinen Tanzfläche zwischen Tresen und Wand tanzten ein paar Leute zu den Beats, die der DJ auflegte. Am Tresen wurde getrunken, während wieder andere an den Tischen zusammensaßen und sich unterhielten. Ich musste zugeben, dass ich die Mischung aus Neu und Alt mochte. Die Wände waren nur verputzt, der Boden schien reiner Beton zu sein, die Decken waren hoch und gut ausgeleuchtet, der Tresen zog sich über die ganze Länge des gemütlich beleuchteten Raums, dahinter befanden sich imposante Regale, in denen Gläser und Flaschen aufgetürmt waren. Ein Mekka für jeden Alkoholiker. Dazwischen eine runde, pizzatellergroße Wandleuchte, auf der dasselbe Logo prangte wie auf der Tür draußen. Der Schriftzug *King's Legacy*, eingefasst in ein kreisrundes Ornament. Edel. Wirklich edel.

Sawyer zog seine Jacke aus, hängte sie über einen der Stühle. Mein Blick blieb an seiner nicht zu breiten, aber durchtrainierten Brust hängen, die sich unter dem eng anliegenden T-Shirt abzeichnete. Vielleicht fiel es mir auch nur auf, weil ich mit der Anatomie des menschlichen Körpers so vertraut war. Egal aus welchem Grund – nicht nur sein Oberkörper war nett anzusehen.

Seine Augen faszinierten mich. Sie hatten die Farbe von silbrigem Stahl vor einem leuchtend blauen Himmel. Ihr Ausdruck war irgendwie schwermütig, ein Widerspruch in sich. Sie blickten freundlich, aber ich war mir sicher, dass sich hinter ihnen ein tiefer Abgrund verbarg. Er hatte einen eindringlichen Blick, der mir durch und durch ging und mich dazu brachte, mich zu fragen, was er in seinem Leben schon Schlimmes gesehen hatte. Aber das würde ich lassen. Ich kannte solche Typen.

Ein Drink. Mehr nicht.

Also hörte ich auf, über seinen Seelenzustand zu sinnieren, und scannte ihn weiter ab: dunkle Wimpern, geschwungene Augenbrauen, eine gerade Nase, ein ziemlich hübscher Mund und ein kantiges Kinn, das allerdings von einem dunklen Dreitagebart überzogen wurde. Der Aufdruck seines dunkelblauen T-Shirts war völlig verwaschen und kaum mehr zu erkennen. Sicher war dieser nachlässige Look gewollt. Dazu Jeans und Converse. Und die dunkelblaue, dünne Canvasjacke, die über dem Stuhl hing. Ich dagegen ließ meine Jacke an. Mich fröstelte es trotz der Hitze hier drin.

Sawyer setzte sich mir gegenüber, und um ihn nicht länger

so unhöflich anzustarren und um meine Finger zu beschäftigen, nahm ich die schwarze Getränkekarte in die Hand, in der in einer Ecke klein, aber mit fetten Buchstaben das Logo der Bar aufgedruckt war. *King's Legacy.* Wessen Vermächtnis das wohl war? In der wievielten Generation gab es die Bar schon? Hatte dieser Jaxon mit dem Vermächtnis überhaupt etwas zu tun, oder war der Name der Bar willkürlich gewählt?

»Hey, was kann ich euch bringen? Oh, Sawyer, hi!« Eine Rothaarige mit einem strahlenden Lächeln stand wie aus dem Nichts vor unserem Tisch. So vertraut, wie sie ihn begrüßte, kannte sie ihn schon länger. Ihre schmale Hand legte sich kurz auf seine Schulter. »Ich dachte, du wärst gegangen?«

Sawyer grinste gequält und warf mir einen entschuldigenden Blick zu. »Ja, aber …«

Sie sah ihn kurz skeptisch an, bevor sie sich mit einem freundlichen Lächeln mir zuwandte. »Ich bin Hope.«

»Alice.« Ich erwiderte ihren Gruß mit meinem künstlichen, festgefrorenen Ärztinnenlächeln. Mir war nicht nach Fröhlichkeit. Ich wollte jetzt endlich meinen Drink. Und dann meine Ruhe.

»Was kann ich euch bringen?«, fragte sie noch einmal und sah mich dabei an.

»Oh … Irgendwas Starkes wäre gut.« Ich blätterte unschlüssig in der Karte, in die ich noch nicht einen Blick geworfen hatte. Dann sah ich Sawyer an. »Bestellst du mir bitte was?«

Er nickte und wandte sich dann an Hope. »Bring uns doch bitte zwei Bootlegger.«

»Ein glasklarer High Proof Cocktail. Gute Wahl. Kommt sofort.« Hope nickte, dann drehte sie sich um und verschwand im Gewühl. Ich rang mich zu einem Lächeln durch.

»Sie ist nett«, stellte ich dann fest, ohne Sawyer dabei anzusehen. Stattdessen blickte ich in die Richtung, in die Hope verschwunden war. Irgendwo hinter dem langen Tresen, vor dem in Dreierreihen Gäste standen, erhaschte ich einen Blick auf ihren Rotschopf.

Er nickte.

»Jaxon ist also dein Freund?«, fragte ich, obwohl ich es doch schon wusste. Ich hörte mich an wie ein Roboter. Monoton und blechern und absolut nicht in der Lage, klar zu denken. Der Tag hatte mich geschlaucht und lag schwer auf meinem Gemüt. Ich war eine schlechte Gesellschaft.

»Ich hänge ab und an hier rum, wenn ich nicht schlafen kann.« Die kratzige Stimme jagte mir einen Schauer über den Rücken. Seine Finger spielten mit der Getränkekarte, die ich gerade beiseitegelegt hatte, mir fielen die gepflegten Fingernägel auf.

»Du leidest an Schlaflosigkeit?«

»Manchmal.«

»Das kenne ich«, gab ich mit einem Achselzucken zu, als wäre es das Normalste der Welt, an Schlafstörungen zu leiden.

Hope steuerte mit einem Tablett auf den Tisch zu und servierte uns mit einem charmanten Lächeln zwei Drinks in einer Art Einmachgläsern, auf einem Haufen Eis.

»Zwei Bootlegger. High Proof Cocktails serviert in traditionellen Mason Jars. Bitte sehr«, erklärte Hope. Der Drink roch nach Limette, war garniert mit Zitrone und Basilikum. Eine interessante Mischung. Ich war gespannt, wie es schmeckte.

Sawyer sah Hope nach, als sie zum nächsten Tisch ging. Ich ebenfalls, verstohlen. Von hinten war sie in ihrer schwarzen Hose und in der weißen Bluse genauso attraktiv wie von vorne. Sie versprühte gute Laune. Das war heute definitiv nichts für mich. An jedem anderen Tag hätte es mich wahrscheinlich interessiert, wie dieser wirklich attraktive Mann und die hübsche Kellnerin zueinander standen. Aber nicht heute. Heute hatte ich kein Bedürfnis, mir um andere Gedanken zu machen. Ich war nicht hier, um mit ihm Spaß zu haben oder so etwas. Ich war hier, weil ich scheiße drauf war und er angeblich ein guter Zuhörer. Eine deprimierende Location und eine schlecht gelaunte Kellnerin wären mir lieber gewesen.

»Hope gehört zu Jaxon«, hörte ich ihn sagen.

Obwohl ich ja beschlossen hatte, kein Interesse an ihm zu haben, gab mir diese Information auf einen Schlag ein besseres Gefühl.

Ich bemerkte, dass ich ihr immer noch hinterher sah. Sie beobachtete, während sie mit den Gästen plauderte und lächelte. Immer wieder lächelte. Sie sah so verdammt glücklich aus. Neid stieg in mir auf, doch ich wischte ihn harsch beiseite und sah auf. Direkt in Sawyers stahlgraue Augen. »Sie ist die Freundin vom Boss«, wiederholte er. Wahrscheinlich dachte er, ich hätte ihm nicht zugehört. Hatte ich aber. Ich mochte den Klang seiner Stimme. Dunkel, warm und ein bisschen kratzig. Wie derbe Wollhandschuhe auf weicher Haut. Gänsehaut lief über meinen Körper. Ich fröstelte erneut und zog meine dünne Jacke etwas enger um mich. Hätte ich mir doch bloß einen heißen Kaffee bestellt, der mich von innen hätte wärmen können, anstellte dieses übergossenen Eisbergs vor mir. Aber ich griff zu meinem Drink und legte meine Finger darum. Sie waren ebenso kalt wie das Glas.

Seine langen, schlanken Finger schlossen sich ebenfalls um seinen Drink, die klare Flüssigkeit schwappte gegen die Eiswürfel wie das Meer gegen Felsen. Er hob das Glas und stieß behutsam gegen meins. »Auf bessere Tage.« Seine Stimme kratzte über meine Haut, sein Blick drang wieder in mich, in die hintersten Winkel, und hinterließ ein misstrauisches, aber auch irgendwie neugieriges Gefühl in meinem Innersten.

Ich prostete ihm zu und nahm durch den Strohhalm einen großen Schluck. Dann hustete ich. »Teufel noch mal!«

Er schmunzelte. »Stark genug?«

»Er ist gut«, krächzte ich. Obwohl der Cocktail in meinem

Hals brannte wie die Hölle, tat er gut. Er ätzte den zähen Kloß weg, der seit dem Tod des Mädchens in meiner Kehle feststeckte und dafür sorgte, dass ich mich schlecht fühlte. Aber ich sollte mich nicht schlecht fühlen. Ich hatte getan, was in meiner Macht gestanden hatte. Mehr war nicht möglich gewesen. Doch Theorie und Praxis waren zwei Paar Schuhe.

»Willst du mir erzählen, was passiert ist?«, unterbrach Sawyer mein stummes Zwiegespräch. Er klang neutral. Nicht wertend oder neugierig. Fast wie einer dieser Psychologen im Krankenhaus, mit denen man sprechen musste, wenn man ein traumatisches Erlebnis zu verarbeiten hatte. Vielleicht sogar eine Spur gelangweilt, aber das konnte auch täuschen. Ich sah kurz hoch, vermied es aber, ihn zu lange anzusehen. Seine Augen waren zu tief, um nicht darin zu versinken.

»Ich weiß nicht. Will ich das?« Ich fühlte mich unfähig, noch eine Entscheidung zu treffen. Ich war leer. Mein Kopf war leer. Aber was noch viel schlimmer war – mein Herz war leer. Bis auf das Blut, das kontinuierlich durch das Zentrum meines Körpers pumpte und es somit am Leben hielt, war es leer. Keine Gefühle, keine Regung, nichts. Leer. Ausgebrannt. Ausgelaugt. Erschöpft. Ich nahm einen weiteren Schluck des harten Cocktails. Sawyer hatte genau das Richtige ausgewählt.

»Ich habe heute Gott gespielt«, presste ich dann heraus und erschrak fast über meinen boshaften Tonfall. Ich klagte mich selbst an. Super. Das zum Thema, ich hätte keine Schuld am Tod meiner Patientin gehabt.

Mit einem Schnauben hob ich das Glas ein weiteres Mal, nahm den Strohhalm zwischen meine Lippen und trank. Fast hätte ich noch mal husten müssen, so sehr brannte mein Hals, aber nach ein paar Sekunden wärmte die Mischung aus klarem Gebrannten und Limettensaft mich endlich, und die dunstige Glocke, unter der ich mich seit einigen Stunden befand, lichtete sich etwas.

Sawyer neigte den Kopf, runzelte die Stirn, aber sagte kein Wort. Er wartete. Darauf, dass ich weitersprach, mehr erzählte. Aber wollte ich das? Einem Wildfremden mein Herz ausschütten? Doch dann begann der Schnaps, meine Zunge zu lösen.

»Es war eine Lungenembolie.«

Sawyer runzelte die Stirn. Klar, er war kein Kollege. Also begann ich, ihm den Ablauf mit möglichst einfachen Worten zu schildern: »Das Mädchen wurde mit Atemnot eingeliefert. Sie hatte starkes Herzrasen, und gerade, als wir sie untersuchten, wurde sie bewusstlos. Dann ließ die Tachykardie, entschuldige … ihr Herzrasen nach. Herzstillstand. Ich habe sie reanimiert, aber … aber ohne Erfolg.« Ich trank einen weiteren Schluck. »So was kann vorkommen. Gerade bei Mädchen in dem Alter. Sie schlucken die Antibabypille, und die kann Gerinnungsstörungen verursachen.« Wieder machte ich eine kurze Pause. »Aber auch bei Schwangerschaften ist das Risiko einer Embolie erhöht. Das liegt an der hormonellen Veränderung und daran, dass der Blutfluss durch die wachsende Gebärmutter immer mehr behindert wird.«

»War das Mädchen schwanger?«, fragte er leise, als ich nicht weitersprach.

Ich nickte langsam. »Ich … wir haben getan, was wir konnten, aber …« Ich hörte die Verzweiflung in meiner Stimme, und so beschämend das in jedem anderen Moment gewesen wäre – ich hasste es, schwach zu sein –, hier und jetzt war es okay. Sawyer sah mich nicht mitleidig an, gab keine leeren Floskeln von sich oder aufmunternde Worte wie »Alles wird gut«. Wofür ich ihm sehr dankbar war. Er saß einfach nur da und hörte mir zu. Wie er es gesagt hatte. Einzig in seinen Augen erkannte ich etwas Mitgefühl. Ein bisschen Wärme durchbrach den grauen Stahl. Wie Sonnenschein eine dichte Wolkendecke.

Ich atmete tief durch. »Ich habe … wir haben alles versucht, aber das Blutgerinnsel war einfach zu groß, es hat die Lungenarterie verstopft. Wir konnten weder sie noch das Baby retten. Sie war in der sechzehnten Schwangerschaftswoche.« Es fiel mir schwer loszulassen. Mir war klar, dass eine Sechzehnjährige vermutlich nicht geplant schwanger wurde. Ich wusste auch, dass die Probleme dieses Mädchens nicht meine Baustelle waren, aber ich konnte nicht aufhören, darüber nachzudenken. Auf welche Weise war das Kind gezeugt worden? War sie geliebt worden oder vergewaltigt? »Ihre Eltern … Sie war erst sechzehn. Sie hatte noch ihr ganzes Leben vor sich.«

Mit dem letzten Satz war es, als fiele die Last, die sich seit dem Tod des Mädchens auf meine Schultern geladen hatte, ein zweites Mal und diesmal mit doppelter Wucht auf mich. Mit schweren Fingern tastete ich nach meinem Glas. Das Eis war mittlerweile geschmolzen. Ich umfasste es, zog den Strohhalm raus und stürzte den Rest Schnaps mit einem Schluck runter. Das Brennen erinnerte mich daran, dass ich noch lebte, während ein sechzehnjähriges Mädchen tot war. Am liebsten hätte ich das Glas irgendwo gegen geschleudert, meinem Frust über diese Ungerechtigkeit freien Lauf gelassen. Es. War. Nicht. Fair. Und auch wenn ich wusste, dass es falsch war – ich machte mir Vorwürfe und fragte mich wieder und wieder: Hatte ich wirklich alles für sie getan?

»Kann ich noch so einen haben, bitte?«, bat ich. Ich brauchte mehr Alkohol.

Aus dem Augenwinkel sah ich Sawyer ein Handzeichen geben, kurz darauf stellte sich wie von Zauberhand ein neuer Drink vor mich. Sawyer bedankte sich bei irgendjemandem, und als wir wieder allein waren, hob ich den Kopf, um ihn anzusehen. Sein Blick war unverändert. *Ich kann gut zuhören.*

»Ich wusste schon als Kind, dass ich Ärztin werden wollte. Ich war fünf, als mein Vater eine Karriere als Krimineller anstrebte und meine Mom ihn letztlich rauswarf. Vor ein paar Jahren ist er dann endgültig im Knast gelandet. Er hat nie Unterhalt gezahlt, und sie versuchte mit mittelmäßigen Jobs, uns über Wasser zu halten.«

»Was hat er getan, dass er ins Gefängnis musste?«, wollte Sawyer wissen.

Ich hob den Blick und sah ihn an. Die Neugier war vermutlich seinem Job als Anwalt geschuldet. »Keine Ahnung«, antwortete ich. Dabei wusste ich es genau. Doch warum sollte ich einem Mann, den ich nicht kannte und vermutlich auch nie wiedersehen würde, sagen, dass mein Vater wegen Mordes verurteilt worden war und für den Rest seines Lebens im Gefängnis saß?

»Granny hat sich um mich gekümmert, wenn Mum arbeiten ging. Ich habe sie über alles geliebt. Aber dann …« Ich schluckte die Tränen runter, die beim Gedanken an die Vergangenheit hochkommen wollten, und trank noch einen Schluck Alkohol. »Meine Großmutter ist vor meinen Augen von einem Auto erfasst worden. Und in meinen Armen gestorben. Ich war zehn. Das war der Moment, wo ich es wusste.« Ich weiß nicht, ob ich ihn damit schocken wollte, aber selbst wenn – er ließ sich nichts anmerken. »Seit zehn Jahren arbeite ich nun im Presbyterian, seit vier Jahren bin ich Unfallchirurgin in der Notaufnahme. Ich habe jahrelang gelernt, gelernt, gelernt und einen Haufen Schulden angehäuft. Und wofür?« Ich hob meinen Kopf und starrte Sawyer an. »Sie ist tot. Tot, verdammt.« Tot wie meine Großmutter.

Niemals würde ich die schreckgeweiteten Augen meiner Granny vergessen, bevor sie bewusstlos geworden war. Nie wieder würde ich diesen Blick loswerden. Sie hatte Angst gehabt, und noch immer war es, als würde ihr Geist mich heimsuchen, mich begleiten, mich quälen. Weil ich ihr nicht hatte helfen können. Wann würde ich endlich darüber hinwegkommen und aufhören zusammenzubrechen, wenn ein Patient starb?

Ich trank einen weiteren Schluck. Der Klammergriff in

meiner Brust lockerte sich mit jedem Schluck ein bisschen mehr. Wie viele Drinks würde ich brauchen, um ihn ganz zu lösen? Ich war bereit, es herauszufinden. Ich hatte nichts weiter mehr vor heute.

»Nachschub?«, murmelte ich und sah Sawyer an.

Er zögerte, aber dann winkte er Richtung Tresen, und wie durch Magie schwebte wenige Minuten darauf der nächste Cocktail vor meiner Nase. Bisher hatte ich noch nie einen solchen Schnaps getrunken, geschweige denn so schnell runtergestürzt. Bisher hatte ich sowieso wenig Alkohol getrunken. Wann auch? Ich hatte doch nie Zeit zum Ausgehen oder Feiern. Und wenn, dann war mein Pieper meistens mein ständiger Begleiter. Bereitschaftsdienste wurden gut bezahlt, ich war Single, also riss ich mich um diese Schichten. Mein Zuhause war das Krankenhaus.

»Danke«, sagte ich und merkte, wie meine Zunge langsam schwer wurde. Ich beschloss, diesen Drink nicht so schnell zu vernichten, und nippte diesmal nur daran.

»Ich verstehe dich. Das ist hart.«

Mein Kopf flog hoch, herausfordernd funkelte ich den Kerl an, der mir gegenübersaß und schnaubte. »Du verstehst das?« Langsam schüttelte ich den Kopf. »Das kannst du nicht. Niemand kann das. Oder ist dir auch schon mal jemand unter den Händen weggestorben?«

Sawyer schluckte, sein Adamsapfel bewegte sich schwer, sein Blick wurde für einen winzigen Moment wehmütig. Er trank ebenfalls von seinem – wohlgemerkt ersten – Drink und lehnte sich dann auf dem Stuhl zurück, als bräuchte er dringend Abstand von mir. Seine Kiefer pressten sich aufeinander, das brachte eine harte Kontur in seinem Gesicht zum Vorschein. Er sah aus wie in Stein gemeißelt. Für einen kurzen Moment war er das auch. Das spürte ich. Er zog in eben dieser Sekunde die Mauer aus Stein höher, die er irgendwann einmal schon um sich gebaut hatte. Niemals würde ich da einen Blick darüber, geschweige denn dahinter werfen können. Das verbot er mir in eben diesem Augenblick. Mit aller Deutlichkeit. Und dann war es vorbei. Er trank noch einen Schluck, sah an mir vorbei und bemühte sich offensichtlich, nicht über die Wunde nachzudenken, die ich gerade aufgerissen hatte. Und *Shit!* Ich hatte eine Wunde aufgerissen, da war ich mir hundertprozentig sicher.

»Ich … Es tut mir leid. Ich …« Ich atmete einmal tief durch. »Es war einfach ein beschissener Tag.« Ich blickte auf und bemerkte erneut, wie scharfsinnig und analysierend sein Blick war. »Was?«, fragte ich, als ich begann, mich unter seinem Blick unwohl zu fühlen. Er war einer der wenigen Menschen, die es schafften, mich ohne Worte zu verunsichern. Dieser Mann war bestimmt ein fantastischer Anwalt. Ich wollte nicht sein Gegner sein. Weder in einem Gerichtssaal noch hier.

Er holte Luft, als wollte er mir antworten, schien es sich dann aber anders zu überlegen. Ich hörte, wie er den Atem ausstieß, dann schüttelte er nur stumm den Kopf.

Wie von allein begann mein Hirn zu rattern. Ich war Chirurgin, aber irgendwie auch Psychologin für die Patienten. Und ich war schon zu verdammt lange in dem Job. Was verbarg der Mann mit den stahlgrauen Augen, die so hart in die Welt blickten, als hätte er großes Leid gesehen?

Ich fragte nicht nach. Das würde nichts bringen. Ich kannte solche Typen. Sie waren hart, vielleicht gebrochen, und würden nicht reden. Schon gar nicht würden sie sich einer Frau anvertrauen, die sie nicht kannten. Und ich war bestimmt nicht so bescheuert zu glauben, dass es bei mir anders wäre. Oder womöglich, dass ich diejenige wäre, die ihn »retten« könnte. So naiv waren vielleicht junge Mädchen in Büchern oder Filmen, aber mit Sicherheit nicht ich, eine Frau, die mit beiden Beinen fest in ihrem Singleleben stand. Warum auch? Ich kannte diesen Mann nicht mal. Ich war nur zur falschen Zeit am falschen Ort gewesen. Er war nur nett und hilfsbereit gewesen. Nichts anderes verband uns.

»Ich sollte gehen«, sagte ich und sah auf das Glas in meinen Händen. Es war noch nicht leer.

»Geht es dir besser?«

Kurz überlegte ich. »Ein bisschen.«

»Alkohol ist keine Lösung«, lamentierte er lahm.

»Doch. Für den Moment schon. Er hilft zu vergessen. Wenigstens für ein paar Stunden«, setzte ich leise hinterher und kippte mein Glas in einem Zug runter. Dann hielt ich das Glas hoch. Es war zu verlockend, noch ein paar Momente zu vergessen. »Was ist? Nehmen wir noch eine Runde?« Zu Hause wartete nur die leere Wohnung auf mich. Oder Vicky, die mich mit Fragen und guten Ratschlägen bombardieren würde.

»Ja, nehmen wir noch einen. Aber dann ist Feierabend.«

Sawyer

»Ich könnte dir noch einen Kaffee machen.«

Alice schielte verkniffen über die Schulter, während sie versuchte, ihre Wohnungstür aufzuschließen. Doch ihre Hand schaffte es nicht auf Anhieb, das Schlüsselloch zu treffen. Ihre Finger glichen denen einer Klavierspielerin. Schlank und lang, feingliedrig und ohne Schmuck, mit kurzen, gepflegten Nägeln.

»Nein. Das ist keine so gute Idee«, lehnte ich ab. Ich kam näher, nahm ihr den Schlüssel ab, sperrte die Tür auf und öffnete sie. Dann trat ich zurück und blieb drei Schritte hinter der Schwelle stehen. »Es ist schon spät. Du gehörst ins Bett und ich sollte gehen. Ich brauche Schlaf.« Mein Job hier war erledigt. Ein Job, den ich freiwillig angenommen und zwischendurch bereut hatte. Jetzt aber war ich dankbar um die Stunden, die ich mit ihr hatte verbringen dürfen. Durch die Gespräche, durch ihr Lachen, ihre Gefühle, die sie auf der Zunge trug, hatte ich mich für ein paar Stunden wieder wie ein Mensch gefühlt. Und nicht wie der Zombie, der ich seit geraumer Zeit war.

»Schlafen kannst du, wenn du tot bist.« Sie lehnte sich in den Türrahmen und fixierte mich mit einem starren Lächeln. Ein Lächeln, das sich nur um ihren Mund herum abspielte. »Komm schon, Herr Anwalt. Ich könnte ein bisschen Gesellschaft gebrauchen.« Jetzt leckte sie sich über ihre geschwungenen Lippen. Ich knirschte mit den Zähnen. Wenn sie mich weiterhin so einladend ansah, mit ihren dunklen Augen, die so voller Lust auf ein Abenteuer waren, dann würde es mir wirklich schwerfallen, ihr zu widerstehen. Sie war heiß. Aber viel zu betrunken.

»Alice … Du bist betrunken.«

»Aber nicht so betrunken, dass ich nicht mehr gerade stehen kann. Siehst du?« Sie stieß sich vom Türrahmen ab, hob ein Bein an und wollte sich mit den Armen ausbalancieren. Der Versuch scheiterte kläglich, sie kicherte, geriet ins Wanken, stolperte rücklings in die Wohnung und stieß mit der Schulter gegen die Wand des Flurs. »Aua«, fluchte sie und rieb sich den Arm. »Aber liegen kann ich«, murmelte sie und verzog ihren Mund. »Ich kann gut liegen. Wirklich gut.«

»Das glaube ich dir aufs Wort.« Sie war sexy, wunderschön und mit Sicherheit wäre eine Nacht mit ihr nach meinem Geschmack. Aber ich war kein Arsch. Ich würde ihren Zustand nicht ausnutzen. Sie hatte mir ihr Herz ausgeschüttet, obwohl ich ein völlig Fremder für sie war. Sie hatte sogar in meiner Gegenwart geweint. Das war keine gute Grundlage für einen One-Night-Stand.

»Es wird Zeit zu gehen. Gute Nacht, Alice.« Ich wandte mich von ihr ab, auch wenn mir das schwerfiel.

»Hey, was stimmt mit mir nicht? Du bist Single, ich bin Single. Wir könnten beide etwas Abwechslung gebrauchen.« Sie verzog ihre vollen Lippen, und ihre dunklen Augen funkelten fast ein bisschen böse, als sie sich abwartend mit einem Arm an die Wand stützte.

»Du bist betrunken«, wiederholte ich möglichst abgeklärt.

»Und ich kann nicht schlafen, wenn ich betrunken bin. Also komm schon …«

»Ich gehe nicht mit betrunkenen Frauen ins Bett.« Diskutiere nie mit Betrunkenen? *Zu spät.*

»Aus Überzeugung oder aus Selbstschutz?«

»Geh ins Bett, Alice. Du hattest einen harten Tag.«

Sie schnaubte. »Was weißt du schon von meinem Tag?«

»Du hast mir davon erzählt, schon vergessen?«

Sie schwieg, und ihre Miene verzog sich. Jetzt erinnerte

sie mich an ein kleines, trotziges Mädchen, beleidigt, weil es seinen Willen nicht bekam. Sie hielt sich noch immer an der Wand fest, schien zu überlegen, welchen Weg sie wählen sollte, und ich hoffte wirklich, dass es der Weg ins Bett werden würde.

»Also, was ist nun? Schläfst du aus Überzeugung oder aus Selbstschutz nicht mit betrunkenen Frauen?«, hakte sie nach. Während sie sprach, kam sie auf mich zu, bis sie so dicht vor mir stand, dass ihr Parfüm mich angenehm in der Nase kitzelte. »Wenn es aus Überzeugung ist, dann kann ich das verstehen, aber dir auch versprechen, dass ich niemand bin, der mehr erwartet als Sex. Wenn es aus Selbstschutz ist …« Sie legte ihre Hände auf meine Brust und strich sanft darüber. »Dann kann ich dir ebenfalls versprechen, dass ich niemand bin, der mehr erwartet als Sex.« Ihre Finger bewegten sich langsamer, schoben sich unter meine Jacke und legten sich direkt auf meine Brustwarzen. Nur noch der dünne Stoff meines T-Shirts trennte ihre Haut von meiner. Ich schluckte und schloss für einen Moment die Augen, als ihr Gesicht immer näher zu kommen schien, obwohl wir uns überhaupt nicht bewegten. Zumindest glaubte ich das.

»Doktor Davis wird Sie jetzt untersuchen«, raunte sie.

»Alice, ich –« Ich wollte wirklich nicht unhöflich sein. Aber ich durfte das nicht tun. Ich musste sie stoppen, aber –

Blitzartig lag ihr Mund auf meinem und stoppte mich. Und ehe ich sie ansehen, zurückweisen, mich in irgendeiner Form wehren konnte, spürte ich ihre Zungenspitze an meinen Lippen. Drängend. Fordernd. Flehend. Ihre Hände drückten gegen meine Brust, krallten sich in den Stoff meines Hemdes, ihre Zähne knabberten an meiner Unterlippe. Und aus Reflex öffnete ich meinen Mund.

Oh Fuck! Es fühlte sich zu gut an, als dass ich sie von mir hätte schieben können. Aber ich musste!

Ich löste mich, packte ihre Schultern und drückte sie gegen die Wand. »Sorry, Doktor Davis, aber ich habe Nein gesagt.«

»Ach, komm schon! Das war gut, hör nicht auf!«, versuchte sie fast flehend, mich umzustimmen.

Die zweite Tür rechts öffnete sich wie von Zauberhand.

»Was machst du denn für einen – Oh!« Eine Schattengestalt stand im Türrahmen, eine Frau mit langen Haaren und nicht viel an.

»Sorry, Vicky. Geh wieder ins Bett. Wir sind schon still, versprochen.« Alice senkte den Blick, ohne der Frau weitere Beachtung zu schenken, die sich jetzt wieder verzog. Wer war das? Ihre Freundin? Mitbewohnerin vielleicht? Ich sollte gehen. Jetzt.

»Vicky. Wir wohnen zusammen«, erklärte Alice knapp und versuchte noch einmal, mich zu küssen.

»Stopp«, sagte ich leise. »Stopp, Alice. Stopp!« Ich hielt ihre Handgelenke fest.

»Was …?« Verwirrt sah sie mich an. Ihre Augen waren glasig, ihr Blick traurig.

Sanft hielt ich ihre Hände nach unten gedrückt. »Nicht. Das ist wirklich kein guter Zeitpunkt für Sex.«

Sie begriff, dass ich nicht einlenken würde, und versuchte, sich loszumachen. »Lass mich los!«

Ich lockerte meinen Griff, und sie zog ihre Hände aus meinen.

»Ich werde jetzt gehen, und du schläfst deinen Rausch aus.«

Sie stieß ein verächtliches Schnauben aus. »Rausch? Lächerlich. Sag nicht, du hättest dich nicht betrunken, als …« Abrupt verstummte sie und senkte den Blick.

Ich sagte nichts darauf. Was auch? Zugeben, dass ich das alles bereits hinter mir hatte? Dass mein Rausch schon fünf Jahre dauerte? Dass es nicht einfacher wurde, wie alle sagten, sondern dass es mir jeden Tag schwerer fiel, aufzustehen und weiterzumachen? Nein. Was hätte das genützt?

»Ich werde jetzt gehen«, wiederholte ich und ließ sie los. Ihre Arme sanken heraub, und ihr Blick veränderte sich, als sie mich eindringlich ansah.

»Du hast das auch schon durchgemacht.« Das war keine Frage, das war eine Feststellung.

»Ich gehe jetzt.«

»Tust du nicht.« Sie trat wieder einen Schritt näher, ohne mich aus den Augen zu lassen. »Und weißt du auch, warum nicht? Weil wir uns jetzt beide brauchen. Bis eben hatte ich keine Ahnung, warum das Schicksal uns zusammengeführt hat. Aber jetzt ... Wir brauchen uns. Jetzt.« In ihren Augen stand eine Traurigkeit, wie ich sie zuvor nur an mir selbst beim Blick in den Spiegel gesehen hatte. Ja, vielleicht stimmte das, was sie sagte. Vielleicht brauchten wir uns jetzt. Vielleicht konnte Nähe helfen. Wenigstens für eine kurze Zeit.

Mit zwei Schritten war ich bei ihr und hielt ihre Finger fest, die bereits ihre Bluse aufknöpften.

»Ich habe dir gesagt, dass ich dich weder allein in einer Gasse lasse, noch über dich herfalle. Dass ich ein guter Zuhörer bin und du mir vertrauen kannst. Und deswegen werde ich jetzt gehen, Alice.«

Sie hielt inne. Ihr Blick verklärte sich. »Dein letztes Wort?«

Ich nickte. Ihr Griff lockerte sich, und ich nahm ihre Hände in meine. »Es ist besser so.«

Alice

»Aua …«

Das dumpfe Pochen in meinem Schädel blieb. Meine Augen taten weh, sobald ich sie öffnete, und irgendwie war mir sogar ein bisschen schlecht. Es wäre vernünftiger, auf meinen Körper zu hören, die Augen geschlossen zu halten und weiterzuschlafen, bis dieser Anflug einer Migräne vorbeiging. Aber es schien schon spät zu sein, immerhin war es hell in meinem Zimmer. Vorsichtig blinzelte ich und hob den linken Arm. Mit einem halb geöffneten Auge versuchte ich, die Zeit von meiner Fitnessuhr abzulesen, aber die Zahlen verschwammen zu einem undeutlichen Flimmern. Also ließ ich den Arm wieder sinken, atmete langsam tief durch, zählte bis fünf und versuchte es noch einmal. *Konzentrier dich, Davis!*

Noch mal blinzelte ich, sammelte Kraft, öffnete die Augen, ignorierte den stechenden Schmerz, der mir durch den Schädel schoss, und starrte auf das Display meiner Uhr. Es dauerte ein paar Atemzüge, bis ich die Zahlen erkennen konnte.

»Shit!« Der Schmerz kam plötzlich, fuhr mir wie ein Messer durch den Kopf und sorgte dafür, dass ich, noch bevor ich mich richtig aufgerichtet hatte, wieder in mich zusammensank. Und wimmerte. Scheiße! Was war denn nur mit mir los? »Das ist keine Migräne … Das ist …«

»Ein ausgewachsener Kater. Schätze ich mal. So wie du aussiehst … Ja, ein Hangover. Ein dicker, fetter –«

»Klappe«, zischte ich in die Richtung, in der ich Vicky vermutete.

»Wirfst du mich raus?«

Ich brummte irgendwas.

»Das wäre schade, ich habe hier nämlich das Heilmittel für deine Schmerzen.«

Ich streckte den Arm aus und winkte sie zu mir. Meinen Kopf hüllte ich weiterhin in Dunkelheit. Dann fühlte ich ein Glas an meinen Fingerspitzen. Langsam setzte ich es an meine Lippen und trank in kleinen Schlucken Vickys Allheilmittel. Elektrolytlösung. Es schmeckte widerlich! Aber es half. Schon wenige Minuten später merkte ich, wie die Lebensgeister wieder zurückkehrten. Langsam zwar, aber sie kamen.

»Geh duschen. Wir müssen bald los.« Vicky verließ mein Zimmer. Ich hatte keine Ahnung, wie ich es schaffen sollte, aus dem Bett in die Dusche und im Anschluss ins Krankenhaus zu fahren. Aber irgendwie schaffte ich es.

***

»Nur zur Info – werde ich den heißen Typen von letzter Nacht heute hier im Krankenhaus treffen? Ein Kollege?«

Eine Stunde später liefen Vicky und ich den Gang von den Umkleideräumen zur Notaufnahme entlang. Wir waren spät dran, das passierte nicht oft. Aber ein Hangover kam auch nicht so häufig vor. Durch Vickys Drink ging es mir schon wieder besser, aber zu hundert Prozent fit war ich noch nicht. Ich hoffte, dass ich mir gleich noch eine Kochsalzinfusion durch die Venen jagen konnte, bevor mein Dienst begann. Zeitig genug waren wir, ich musste nur ein verborgenes Plätzchen finden, an dem ich mich dafür verschanzen konnte.

Ich warf ihr ein Augenrollen zu. »Habe ich jemals was mit einem Kollegen angefangen?«

Mit einem Schulterzucken biss sie in ihren Donut. Allein beim Anblick von Essen rebellierte mein Magen. Kaffee war okay, der würde mir vermutlich den Rest des Tages reichen.

»Wer ist er dann?«, hakte sie nach, als sie den Donut verputzt hatte.

Diesmal zuckte ich die Schultern. »Ganz ehrlich? Ich habe keine Ahnung.«

»Habt ihr euch nicht wenigstens einander vorgestellt? Oder hast du einen Filmriss?«

»Womöglich beides«, gab ich zu.

»Davis, Davis …« Vicky schnalzte mit der Zunge. »Du weißt nichts mehr?« Ich schüttelte vorsichtig den Kopf. »Auch nicht, dass du mehrmals seinen Namen geschrien hast?«

Mein Kopf fuhr rum. »Scheiße! Hab ich das?« Sie nickte. »Okay. Wie … wie heißt er?«

Meine Freundin feixte spöttisch. »Du hast ihn *Tiger* genannt.«

»Hab ich nicht!«

Sie wackelte mit den Augenbrauen und ihr Grinsen wurde noch breiter. »Doch. Hast du. Sag bloß, du erinnerst dich nicht?«

»Oh mein Gott …« Ich schlug die Hände vors Gesicht und wusste nicht, ob ich lachen oder weinen sollte. Ich erinnerte mich tatsächlich an nichts.

»Ja, auch das hast du mehrmals geschrien. Aber das nächste Mal geht in dein Zimmer, anstatt auf dem Flur zu vögeln.«

»Was? Quatsch! Wir haben nicht … Sicher?« Zerknirscht sah ich auf.

Sie sah mich todernst an. »Süße, ich will dir ja nicht zu nahe treten, aber der Typ scheint dich mächtig beeindruckt zu haben.«

»Hört sich so an.«

Vicky drückte meine Schulter. »Siehst du ihn wieder?«

Ich lachte hysterisch auf. »Dumm ist der, der Dummes tut«, zitierte ich Forrest Gump. »Ich würde ihn nicht mal erkennen, Vicky! Weder weiß ich seinen Namen, noch wie er aussieht. Ich habe keine Telefonnummer und weiß nicht, woher er kommt. Nein, natürlich sehe ich ihn nicht wieder.«

Jetzt lachte sie. »Ich weiß ja, dass du deine Prinzipien hast, was Männer angeht. Aber bei Tiger …«

»Was für Prinzipien?« Ace quetschte sich plötzlich mit seinen vollen hundert Kilo Muskelmasse zwischen uns. Ich hatte ihn gar nicht kommen hören, kein Wunder, bei der Betriebsamkeit um uns herum. Je näher wir der Notaufnahme kamen, umso hektischer wurde es.

»Keine Männer an sich ranzulassen. Sex ja, Gefühle nein«, antwortete meine Freundin.

»Vic!«, zischte ich.

»Was?«

Ich warf ihr einen vorwurfsvollen Blick zu, den sie mit einem schiefen Grinsen abtat.

Ace grinste ebenfalls, allerdings nicht schief, sondern irgendwie wissend, und legte mir eine Hand auf die Schulter. »Ich kenne dich schon ein paar Jahre, Davis. Nichts Neues für mich. Und ich kann schweigen wie ein Grab. Also? Wer ist dieser *Tiger*?«

Der Vorteil, in einem Krankenhaus zu arbeiten und seit Jahren mit denselben Kollegen zu tun zu haben: Man kannte sich.

Der Nachteil: Man kannte sich. Zu gut, wie mir in diesem Moment klar wurde.

Ace hatte mit Vicky und mir vor zehn Jahren als Assistenzarzt hier im Presbyterian angefangen. Wir hatten gemeinsam schon so einiges durchgemacht und wussten vieles, wenn auch nicht alles voneinander. Ace war in all den Jahren ebenfalls ein Freund geworden. Dennoch, vor ihm über mein Sexleben zu sprechen ging mir zu weit. Ihm offensichtlich nicht, denn er wiederholte seine Frage.

»Wer ist Tiger?« Mittlerweile hatte er sich zwischen uns durchgedrängt, vor uns gestellt und versperrte uns den Weg.

Ich seufzte. Laut und theatralisch. »Ich habe keine Ahnung. Es ist peinlich und absolut unter meiner Würde. Aber ich weiß es nicht. Ich kann mich kaum an etwas erinnern, das gestern nach Verlassen des Krankenhauses passiert ist.«

»Dissoziative Amnesie«, stellte Ace seine Diagnose.

»Quatsch!«, widersprach Vicky und stupste ihn kräftig gegen den Oberarm. »Sie hat sich betrunken. So richtig doll betrunken. Sie hat einen Kater und einen Filmriss. Alles ganz normal.«

Ace lachte, nahm die letzten Meter fast im Sprung, stellte sich mit dem Rücken vor die Tür zur Notfallambulanz und sah uns an. Ich konnte sehen, wie sich einige Kollegen bereits für ankommende Patienten bereitmachten. »Als würden wir uns hier ständig besaufen bis zum Gedächtnisverlust«, lamentierte er. Gleichzeitig legten Vicky und ich den Kopf schief und sahen Ace beschwörend an. Er verstand, drehte sich um, öffnete die Tür und ließ uns vor sich reingehen, wobei er murmelte: »Ja, ist schon klar. Alles ganz normal.«

Ich verkniff mir ein Grinsen, und dazu, weiter über Tiger und was es damit auf sich hatte nachzudenken, kam ich auch nicht, weil wieder mal sehr viel los war. Also keine Infusion, aber das Adrenalin reichte auch aus, um mich schlagartig wieder fit werden zu lassen.

Vicky verschwand mit einem Milzriss nach einem Autounfall in den OP, Ace schnappte sich die Appendektomie, und ich kümmerte mich um den verletzten Mann, dessen Familie nach einem Zusammenstoß mit einem Lkw nur leicht verletzt worden war, während er Scherben so groß wie Schallplatten in seinem Bauchraum stecken hatte.

Die nächsten Stunden verflogen nur so, ohne dass ich Zeit hatte, einen Gedanken an den Unbekannten zu verschwenden, dem ich angeblich den Kosenamen Tiger gegeben hatte. Erst als wir die Bauchverletzung des Patienten operiert und versorgt hatten, er außer Gefahr und seine Familie bei ihm war, die Nacht hereinbrach und es in der Notaufnahme langsam etwas ruhiger wurde – erst dann hatte ich Zeit dafür.

»Pause?«

»Pause.«

Mit Kaffee, Milchshake und je einem matschigen Sandwich setzten Vicky und ich uns an einen freien Tisch in der übersichtlich besetzten Cafeteria. Ärzte, Assistenten, Schwestern, Pfleger, Patienten und Angehörige – sie alle saßen hier an unterschiedlichen Tischen, in getrennten Grüppchen, und hatten doch eines gemeinsam: Hoffnung. Darauf, dass der Tod sie, ihre Patienten oder ihre Lieben heute verschonen würde. Hoffnung auf Leben.

»Also? Was willst du in Bezug auf deinen Tiger unternehmen?« Sie verzog ihre roten Lippen und sah mich aus ihren großen Augen interessiert an. Ich hätte mir denken können, dass für sie das Thema noch lange nicht abgehakt war.

»Nichts. Vicky, ich habe dir gesagt, dass –«

»Auf unserem Flurboden lag heute Morgen eine Visitenkarte«, fiel sie mir ins Wort. »Entweder hat er sie verloren oder absichtlich dort platziert. Wobei ich denke, dass er dann einen besseren Platz dafür hätte finden können.«

Mein Kopf schnellte rum. *Autsch!* Das war keine gute Idee gewesen. »Was für eine Visitenkarte?«

»Von irgendeiner Anwaltskanzlei, keine Ahnung. Kann es sein, dass du dir einen Anwalt aufgerissen hast?«

»Anwalt? Ich …«

Ich bin Sawyer. Sawyer Lee. Sechsunddreißig, nicht auf der Suche nach einem Abenteuer, also geht keine Gefahr von mir aus. Außerdem bin ich Anwalt …

»Shit!«, stieß ich aus.

»Shit was?«

»Ich weiß es wieder. Ich weiß wieder, wer der Kerl war. Er ist tatsächlich Anwalt. Zumindest hat er das gesagt.«

»Wie ist sein Name?«

Ich schluckte. »Sawyer. Sein Name ist Sawyer Lee.«

»Sawyer? Sawyer Lee. Rarrr … Ich kenne einen Sawyer. Er ist der verdammt böse Junge in *Lost*, der Serie, die ich inhaliert habe. Erinnerst du dich?« Ich nickte verhalten. Ja, der Serientyp war aber blond, mein Sawyer war dunkelhaarig. »Jedenfalls hört sich sein Name genauso sexy an, wie er aussieht. Männlich. Stark. Verwegen. Wie ein … Tiger …« Sie versuchte nicht mal, ihren Spott zu verstecken.

»Woher …«, weißt du, wie er aussieht?, wollte ich fragen. Doch sie kam mir zuvor.

»Hast du vergessen, dass ihr beim Reinkommen nicht gerade leise wart und wir –«

»Nein«, stoppte ich sie abrupt und wurde blass. »Hab ich nicht vergessen. Aber ich habe ihn nicht wirklich *Tiger* genannt. Oder?« Vicky verzog keine Miene. »Oh Shit, ich schäme mich so.« *Tiger! Oh mein Gott.* Nie wieder würde ich ihm unter die Augen treten können. Gut, dass ich ihn nicht wiedersehen würde. In diese Ecke von Manhattan würde ich mich nie wieder verirren. Ich wäre wirklich am liebsten vor Scham im Boden versunken. Ich hatte Mühe, mein Herzrasen unter Kontrolle zu bekommen, und schloss für einen kurzen Moment die Augen. Sofort tauchte sein Gesicht in der Dunkelheit auf. Stahlgraue Augen, ein smartes Lächeln, weiche Lippen … Hastig riss ich die Augen wieder auf.

Mit der Erinnerung an ihn waren auch die Bilder der letzten Nacht zurückgekommen. Wir waren in dieser komischen Bar was trinken gegangen, weil ich so deprimiert und am Ende gewesen war. Da musste ich mir ziemlich die Lampen ausgeschossen haben, denn alles, was danach kam, war ziemlich verschwommen. Ich konnte mich an einen Kuss erinnern. Oh mein Gott! Jetzt fiel es mir wieder ein. Ich hatte ihn in mein Bett zerren wollen und er hatte mich abblitzen lassen. Wie peinlich! Letzte Nacht … Das war eine andere Alice gewesen, eine völlig am Boden zerstörte und alles vernichtende Alice. Ich hatte eine Patientin verloren, mich betrunken und hätte am liebsten hemmungslosen Sex mit ihm gehabt. Aber ich habe nicht mit ihm im Flur gevögelt. Niemals!

Ich funkelte Vicky an. »Ich hatte nichts mit ihm. Weder auf dem Flur noch in meinem Zimmer. Wie kommst du darauf, dass ich ihn *Tiger* genannt habe?«

Sie zuckte mit den Schultern und schmunzelte. »War einen Versuch wert.«

»Du Biest!«, schimpfte ich halbherzig. Für mehr fehlte mir der Elan.

Aber wenigstens Vicky hatte ihren Spaß, ihre Augen leuchteten. »Und? Nachdem du nicht mit ihm in der Kiste gelandet bist – wirst du ihn wiedersehen und das nachholen?«

»Nein. Werde ich nicht.«

Vicky verzog enttäuscht das Gesicht. »Was? Wieso nicht?«

»Wozu?«

Ja, dieser Sawyer wäre nicht der erste One-Night-Stand, den ich gehabt hätte. Aber er war der Erste gewesen, der mich hatte abblitzen lassen. Der Erste, dem ich vorher mein Herz ausgeschüttet und der eine Visitenkarte hinterlassen hatte. Absichtlich oder unabsichtlich – das war peinlich. Das war so verflucht peinlich! Niemals würde ich auch nur einen Blick auf seine Karte werfen, geschweige denn ihn anrufen. Ich konnte gar nicht begreifen, was ihn geritten hatte, seine Karte zu hinterlassen, nachdem ich mich ihm quasi auf den Bauch gebunden hatte. Warum war er nicht einfach für immer in der Versenkung verschwunden?

»Wirst du ihn wirklich nicht anrufen?« Neugierig, fast lauernd fixierte Vickys Blick mich, während sie an ihrem Milchshake saugte.

Ich schüttelte den Kopf. »Nein. Ganz bestimmt nicht.«

»Damit ich es auch wirklich verstehe: Warum nicht?« Sie fragte das ohne unterschwelligen Tonfall. Nicht wertend, eher analysierend.

»Weil ich ihn nicht wiedersehen will. Das Ganze ist viel zu daneben, als dass ich ihm je wieder unter die Augen treten könnte.«

»Ich denke, es ist nichts gelaufen?«

»Eben! Ich war betrunken, und er hat mich abblitzen lassen. Mal ehrlich, Vic, an meiner Stelle – würdest du ihn anrufen?«

»Sicher. Und wenn es nur ist, um mich zu bedanken. Er hat dich nach Hause gebracht und die Situation nicht ausgenutzt. Ein Gentleman, wenn du mich fragst.«

Ich dachte kurz über ihre Worte nach, doch auch wenn sie mit dieser Sache recht hatte, verneinte ich.

»Du willst nicht oder du kannst nicht?«

»Vicky, du nervst.«

»Ich weiß. Also?«

Ich verdrehte die Augen und beugte mich zu ihr vor. »Ich will nicht. Wer seine Nummer hinterlässt, der will mehr. Und du weißt genau, dass ich für mehr nicht bereit bin.«

»Vielleicht hat er die Karte nur verloren? Oder möchte wissen, wie es dir geht nach deinem Absturz?«

Ich warf ihr einen strengen Blick zu.

»Du bist nicht bereit. Das ist ein Argument«, lenkte sie ein.

»Eben.« Mit verschränkten Armen lehnte ich mich im Stuhl zurück, in der Hoffnung, dass sie mich jetzt damit in Ruhe lassen würde.

Geräuschvoll schlürfte sie mit dem Strohhalm den letzten Rest des Shakes aus ihrem Becher, dann sah sie mich an. »Aber kein gutes.«

»Ach komm schon, Vicky!«, fuhr ich auf. Ihre Seelenruhe machte mich fast aggressiv. »Du weißt doch, dass es sowieso nicht funktioniert. Man trifft sich ein paar Mal, alles ist super.

Und irgendwann fangen die Vorhaltungen an. *Warum hast du keine Zeit für mich? Immer versetzt du mich! Deine Patienten sind dir wichtiger …*« Dann schnaubte ich. »Es ist immer dasselbe. Wir sind nun mal mit Leib und Seele Ärzte. Und nur die werden uns verstehen. Warum wohl gibt es so viel Sex in den Bereitschaftsräumen?«

Vicky erwiderte nichts auf meinen kleinen Ausbruch, aber nach einer Weile nickte sie und grinste. Ja, sie kannte das Problem. Besonders das mit den Bereitschaftsräumen. Was das anging, hielt ich mich allerdings zurück.

Nach einem Blick auf die Uhr stand ich auf. Für den Rest des Tages war ich für die Notaufnahme eingeteilt. Ich war froh darum, heute nicht mehr operieren zu müssen. Der Tod des schwangeren Mädchens am Vorabend steckte mir noch immer in den Knochen. Und der Alkohol und der Schlafmangel auch.

»Versprich mir, dass du dir seine Visitenkarte wenigstens ansiehst«, hielt Vicky mich zurück.

Sie meint es nur gut. »Mal sehen«, sagte ich vage.

»Versprich es. Sonst rufe ich ihn an.«

»Er hat dir gefallen?«

Sie verschränkte die Arme und feixte. »Wie könnte *der* einem nicht gefallen?«

Sawyer

»Wir sind gleich da. Halt durch. Tut's sehr weh?«

»Es geht schon, Onkel Sawyer.«

Mein Neffe Elijah hielt sich tapfer, seit ich ihn mit dem Auto ins Krankenhaus gefahren hatte, aber ich sah ihm an, dass seine Schmerzen die Hölle sein mussten. Sein Gesicht war leichenblass und zu einer starren Grimasse verzogen, die wohl ein Lächeln darstellen sollte.

»Wir sind da«, wiederholte ich, und gleich darauf passierte ich mit meinem Neffen auf dem Arm den Eingang des Krankenhauses. Die Schiebetüren schlossen sich hinter mir mit einem leisen Zischen wieder, während ich mich in der Eingangshalle orientierte und die Schilder las. *Notaufnahme.* Rechts rum. Ich bog rechts auf den Flur.

»Kann uns hier mal jemand helfen, verdammt!«

»Eine Trage! Schnell!« Eine Schwester kam mir mit raschen Schritten entgegen und delegierte ihre Kollegen, noch bevor sie überhaupt ein Wort mit mir gesprochen hatte. Wenige Sekunden später lag Elijah auf einem Bett, und ich lockerte kurz die Muskeln meiner Arme. Mein Neffe war kein Leichtgewicht mehr mit seinen neun Jahren.

Die kurzhaarige Krankenschwester, die uns in Empfang genommen hatte, lächelte Elijah an. »Hi, ich bin Tracy. Alles wird gut, wir kümmern uns jetzt um dich.« Dann warf sie mir ein Lächeln zu, das mich wohl beruhigen sollte. »Was ist passiert?«

»Fahrradsturz«, antwortete ich und nannte einer zweiten Schwester alle wichtigen Daten, mit denen sie dann Elijahs Krankenakte anlegte.

»Ist mein Arm gebrochen?«, fragte Elijah die Schwester.

»Das werden wir so schnell wie möglich herausfinden«, sagte sie mit einem Augenzwinkern.

Elijahs Miene verzerrte sich. Seine Augenbrauen, die wie gezupft aussahen, zogen sich zusammen, als er mit seinen blauen Augen rollte. »Ich hoffe nicht, sonst bekommt mein Onkel sicher Ärger mit meiner Mom. Ich verbringe nur ein paar Tage in den Ferien bei ihm, ich will nicht, dass es Streit wegen mir gibt.« Wäre das nicht so ernst aus seinem Mund gekommen, hätte ich sicher über seine übertrieben besorgte Miene gelacht. Die Schwester sah mich irritiert an.

»Ich habe nicht aufgepasst«, gab ich zu.

»Wie alt bist du?«, fragte sie Elijah mit hochgezogenen Brauen und warf mir noch einen kurzen Blick zu. Ich wollte mich verteidigen, so wie ich es aus dem Gericht gewohnt war, aber Elijah übernahm das für mich.

»Neun. Und es war ein Unfall. Mein Onkel kann nichts dafür.« Ich strich ihm über das abstehende Haar.

»Das glaube ich dir gern. Jungs in deinem Alter sind schwerer zu hüten als ein Sack Flöhe. Ich habe selbst zwei«, erklärte sie mit einem warmen Lächeln.

Elijah grinste gequält. Er hatte Schmerzen, aber war zu sehr Mann, um das zuzugeben.

»Er ist mit dem BMX gestürzt und mit dem Arm auf einen Bordstein gefallen.« Ich erklärte der Schwester in kurzen Worten, dass er mit Freunden Tricks geübt hatte und dann mit dem Rad auf den Beton gefallen war. Dabei hatte er sich einige Abschürfungen an Armen und Beinen sowie eine Platzwunde am Kopf zugezogen und schmerzhaft den rechten Arm verletzt.

»Hey, Tracy. Sie haben mich angepiept? Was haben wir hier?«, ertönte kurz darauf eine Stimme hinter mir.

Heilige Scheiße! Ich kannte diese Stimme.

Langsam, ganz langsam drehte ich mich um. Ich hatte mich nicht geirrt. Ich sah direkt in das Gesicht, in das ich vor einigen Nächten geblickt hatte. Aber da hatte es weniger fassungslos ausgesehen. Ich schwöre, in diesem Moment blieb die Zeit für einen Moment stehen.

Ihre dunklen Augen verengten sich, als würde sie scharf nachdenken. Zwischen ihren Augenbrauen entstand dabei eine steile Falte. Ihre Lippen kräuselten sich, während sie mit ihren Fingern das Stethoskop umklammert hielt. Ihre Haare waren im Nacken zusammengebunden, sie trug auch kein Make-up und statt Jeans und Bluse blaue OP-Kleidung unter einem weißen Kittel. Aber es bestand kein Zweifel. Sie war es. Alice. Die Fick-mich-weil-ich-mein-Leben-hasse-Alice.

Auch sie erkannte mich, das sah ich an ihrem konsternierten Gesichtsausdruck. Sie sagte nichts, starrte mich nur an und nickte mir kurz zu, bevor sie dann den Blick von mir ab- und meinem Neffen zuwandte.

»Was ist passiert?«, fragte sie. Aus ihrer Stimme sprach Professionalität, ihre Hände bewegten sich routiniert, als sie Elijah unter die Lupe nahm.

»Fahrradunfall. Mit meinem BMX«, antwortete Elijah ziemlich cool, während ich mich noch von dem Schock erholte, sie ausgerechnet hier wiederzusehen.

»Hm, ein BMX-Fahrer also«, wandte sie sich direkt an Elijah. »Ich bin Doktor Davis. Und wie heißt du?«

»Elijah. Elijah Lee.«

Alice sah zwischen uns hin und her, dann blieb ihr Blick an Elijah hängen.

»Ein wirklich schöner Name.«

»Doktor Davis ist auch nicht übel. Für 'n Mädchen.«

Ich schmunzelte. Alice auch.

Elijah versuchte, sich seinen Schmerz nicht anmerken zu lassen.

»Tracy? Welcher Raum ist frei?«, wandte sie sich an die Kollegin.

»Die Drei«, kam es sofort zurück.

Sie nickte Elijah aufmunternd und mir nur knapp zu, und ich erkannte die Anspannung in ihrer Miene. Wegen dem, was sie vor einigen Tagen hatte durchmachen müssen, dass sie eine Patientin verloren hatte und ich davon wusste, oder weil ich derjenige war, mit dem sie am wenigsten gerechnet hatte, weil sie mich nie hatte wiedersehen wollen. Ich hatte dieses Wiedersehen aber auch nicht geplant und fühlte mich ebenfalls dementsprechend überrumpelt. Ich hatte nicht gewusst, in welchem Krankenhaus sie arbeitete. Dass es unter all den Presbyterian-Kliniken in New York ausgerechnet diese war – wer hätte das ahnen können?

»Also los, wollen wir doch mal sehen, wo wir einen Platz für dich haben.« Sie griff dann nach Elijahs Krankenbett, wobei unsere Finger sich kurz trafen. Sie zuckte zurück, peinlich berührt und bemüht, sich nichts anmerken zu lassen. Mein Job brachte es mit sich, in den Mienen der Menschen zu lesen, sie zu verstehen und zu begreifen, was in ihnen vorging. Zwischen den Zeilen zu lesen und die Wahrheit herauszufinden. In Alice' Miene sah ich nicht nur Überraschung. Auch Ablehnung. Und Unsicherheit.

»Ich habe das nicht geplant«, raunte ich ihr zu. Ein Versuch, unseren Besuch hier zu erklären, als ich neben ihr ging, während sie Elijah über den Flur schob. Aber sie ignorierte mich, verzog nur den Mund etwas, starrte geradeaus den Flur entlang.

»Tut dir sonst noch was weh?«, fragte Alice, als wir in dem Behandlungsraum ankamen. Sie sah ihn aufmerksam an, leuchtete ihm mit einer kleinen Lampe in die Augen.

»Der Kopf ein bisschen.«

»Ist dir schlecht?«

»Ja, ein bisschen.«

»Du hattest einen Helm auf?«

Elijah nickte.

»Das ist gut.« Alice tastete Elijahs Kopf ab und ließ ihn mit dem Blick ihrem Finger folgen. »Du hast eine Gehirnerschütterung, wir werden das beobachten müssen.«

»Ist das was Schlimmes?«, fragte Elijah Alice.

Alice schüttelte beruhigend den Kopf. »Dein Gehirn befindet sich gut geschützt von Flüssigkeit umgeben im Inneren deines Schädels, die hat das meiste abgefangen. Aber dein Hirn ist durch den Aufprall von innen wahrscheinlich gegen die Schädelwand gestoßen. Deswegen hast du Kopfweh, und dir ist etwas übel. Das gibt sich wieder, wenn du deinen Kopf in den nächsten Tagen schön ruhig hältst. Verstanden?« Elijah nickte stumm. »Gut. Leider muss ich dein Trikot jetzt ausziehen, damit wir uns deinen Arm ansehen können. Schaffen wir das so, oder muss ich es zerschneiden?«

»So«, presste er hervor. Er trug sein Lieblingstrikot von den Giants mit der Nummer 10. Das Trikot des Quarterbacks Eli Manning, der darauf sogar unterschrieben hatte. Im Leben würde er es nicht zerschneiden lassen. Er würde todtraurig sein, wenn er den Riss am Saum entdeckte. Aber den konnte man ja vielleicht wieder nähen.

Ich half Alice dabei, Elijah das Trikot über den Kopf zu ziehen, und gemeinsam schafften wir es, ohne ihm noch mehr Schmerzen zuzufügen. Und ohne uns dabei zu berühren. Vielleicht hatte sie auch bewusst darauf geachtet. Weil das nach unserem Sie-wollte-Sex-ich-nicht-Ding irgendwie seltsam gewesen wäre. Warum waren wir nicht in ein anderes Krankenhaus gefahren?

Elijah sah zwischen uns hin und her, das Gesicht noch immer vor Schmerz verzogen. Doch dann runzelte er die Stirn. Er war nicht blöd. »Woher kennt ihr euch?«

Alice zuckte zusammen, ich biss die Zähne zusammen. »Wie kommst du darauf, dass wir uns –«

»Ihr benehmt euch komisch. Ich bin zwar ein Kind, aber nicht blöd.«

»Elijah, das ist –«, fuhr ich auf, aber Alice lachte leise.

»Du hast eine gute Beobachtungsgabe. Ganz wie dein Dad.« Sie zwinkerte ihm auffallend fröhlich zu, aber da war mehr als nur ein Hauch Spitzfindigkeit in ihrer Stimme. Sofort hatte ich das Verlangen, ihre Worte richtigzustellen. Aber Elijah kam mir zuvor.

»Er ist nicht mein Dad.« Er klang traurig. »Mein Dad ist tot.«

Alice verharrte in ihrer Bewegung, das Bett, auf dem Elijah lag, ruckte kurz. Sie sah Elijah an, dann für den Bruchteil einer Sekunde mich und hob fragend die Augenbrauen. Ich bejahte stumm, schaffte es nicht, sie länger anzusehen als nötig. »Das tut mir leid«, hörte ich sie leise sagen. Ihre schmale Hand legte sich dabei auf Elijahs Schulter.

»Schon okay. Mom und ich kommen klar. Und außerdem haben wir ja noch Onkel Sawyer«, sagte er ziemlich altklug.

»Onkel … Sawyer, okay.« Sie schmunzelte ein klein wenig, und für einen Sekundenbruchteil blickten wir einander an, dann war ihre Aufmerksamkeit schon wieder bei Elijah.

»Gut, dass ihr in der Nähe wohnt.«

»Wohnen wir nicht. Noch nicht. Wir wohnen noch in Philadelphia, aber ziehen bald hierher«, plauderte Elijah aus und strahlte kurz über das ganze Gesicht. »Ich freu mich schon sehr darauf, hier zu wohnen.«

»Das wird bestimmt cool. Okay, wie genau bist du gefallen?«, wollte Alice wissen und lenkte das Gespräch wieder auf seine Verletzung. Sie nahm seine Hand in ihre, und er sog zischend die Luft ein, als sie den Arm vorsichtig bewegte.

»Ich wollte den Wheely üben, bin dann aber –«

»Moment. Was ist ein Wheely?«, unterbrach ich ihn.

»Man zieht das Vorderrad hoch und fährt nur auf dem Hinterrad weiter. Den Wheely muss man beherrschen, wenn man Jumps machen will«, erklärte Alice, bevor Elijah zu Wort kam.

Verdutzt sah ich sie an. »Jumps?«

»Sprünge über Rampen oder Hindernisse«, antwortete sie mit einem Schulterzucken.

»Wow!«, stieß Elijah aus. »Sie fahren auch?«

Alice lachte. »Nicht mehr. Aber als ich in deinem Alter war, bin ich gefahren.«

»Echt?« Ungläubig sah er sie an, als sie nickte. »Ich habe noch nie einen Erwachsenen getroffen, der BMX fährt. Meine Mom ist dagegen. Wegen so was hier …« Er biss sich auf die Lippe und zeigte auf seinen Arm.

»Aha. Klar. Und wie hast du sie überredet? Wie lange fährst du schon BMX?«

Elijah sah zu mir. »Noch nicht so lange. Onkel Sawyer hat mir das Rad erst heute geschenkt. Mom weiß nichts davon.«

Ich zuckte unter Alice' strafendem Blick zusammen. Dann sah sie wieder zu Elijah. »Von mir erfährt sie auch nichts. Aber ohne eine Erklärung wirst du wohl nicht davonkommen.«

Elijah stöhnte leise auf. »Ja, ich weiß.«

Alice schmunzelte kurz, dann wurde sie wieder ernst. »Und wie genau bist du nun gefallen? Direkt auf den Arm oder auf die Hand?«

»Gleich auf den Arm. Wegen dem scheiß Auto, das –«

»Elijah«, mahnte ich streng. Zumindest versuchte ich das, denn insgeheim konnte ich meinen Neffen nur zu gut verstehen. Ich hätte selbst gern geflucht oder irgendjemanden angeschrien. Aber wenn ich jemanden verantwortlich machen konnte, dann wohl nur mich selbst.

Elijahs Gesicht verzog sich. »Was? Das war –«

Ich sah ihn ungerührt an. »Es sind Ladys anwesend. Da

flucht man nicht. Und das weißt du.« Das war ein ungeschriebenes Gesetz. Ich konnte ihn nicht erziehen, ich war nicht sein Dad. Aber ich konnte ihm wenigstens beibringen, was Anstand war.

Elijah sah Alice an, dann Tracy, die sich im Hintergrund hielt und eine Schale sowie Pinzetten und Mull bereitgelegt hatte. Dann wieder mich. »Stimmt. Entschuldigung. Also da kam dieses sch… Auto und … Wäre ich nicht ausgewichen, dann hätte der mich umgefahren. Also habe ich den Lenker verrissen und bin ins Schwanken gekommen – ich wollte unbedingt auf dem Hinterrad fahren lernen. Mit meinem normalen Rad hat das immer für ein paar Sekunden geklappt, also wollte ich es mit dem BMX auch versuchen. Na ja, und dann bin ich ungebremst auf den Bordstein geknallt. Bähm. Das war's«, schloss er resigniert.

»Und der Fahrer?«

Elijah schnaubte. »Der ist einfach weitergefahren.«

»So ein … Mistkerl«, fluchte Alice nun.

»Ja, ein absoluter Mistkerl«, stimmte Elijah ihr zu, wobei er mich kurz ansah. Aber ich sagte diesmal nichts.

»Was genau tut dir weh?« Alice hatte seinen Arm während seiner Ausführung abgetastet, aber bei der letzten Bewegung zuckte er zusammen und schrie laut auf. Jetzt glitzerten Tränen in seinen Augen. Ich fühlte seinen Schmerz wie meinen eigenen.

»Elijah, du hast dir bei dem Sturz mit hoher Wahrscheinlichkeit den Unterarm gebrochen. Deswegen hast du bei jeder Bewegung Schmerzen.« Sie wandte sich um und sah mich an. »Kannst du seine Mutter erreichen? Wir brauchen eine Einwilligung für das Röntgen von ihr.«

»Sie ist in Philadelphia, aber ich rufe sie gleich an«, sagte ich. Alice nickte und wies auf den Flur. Ich verstand. Noch während ich aus dem Zimmer ging, holte ich mein Handy aus der Tasche und wählte Jennas Nummer.

»Sawyer, was gibt's?«, meldete sie sich nach dem zweiten Läuten.

»Jenna, erschrick jetzt bitte nicht. Elijah ist gestürzt und hat sich vermutlich den Arm gebrochen. Jetzt wollen die Ärzte deine –«

»Er hat was?« Ich hörte die Panik in ihrer Stimme.

»Sich vermutlich den Arm gebrochen«, wiederholte ich resigniert. »Aber sonst geht es ihm gut.« Ich verschwieg die Gehirnerschütterung fürs Erste. »Er muss geröntgt werden. Die Ärztin braucht deine Einwilligung.«

Jenna atmete tief durch am anderen Ende. Ich konnte mir bildlich vorstellen, wie sie rotierte, überlegte, wie sie am schnellsten alles stehen und liegen lassen konnte, um sich auf den Weg hierher zu machen. »Sonst geht es ihm gut, sagst du?«

»Ja. Er hat Schmerzen, aber sie helfen ihm hier.«

»Natürlich soll er geröntgt werden. Sag das seinem Arzt. Ich faxe eine Erklärung ans Krankenhaus. Wohin?« Ich fragte die Schwester nach der Faxnummer und gab sie ihr durch. »Ich bin noch in einer Redaktionssitzung, aber ich versuche mich hier so schnell wie möglich loszueisen«, versprach sie dann. Wir verabschiedeten uns, und das schlechte Gewissen fraß mich fast auf. Ich ging in den Behandlungsraum zurück und teilte Alice Jennas Zustimmung mit.

»Alles klar. Tracy, Elijah kann ins Röntgen.« Tracy nickte, griff an die Wand zum Telefon und kümmerte sich um einen Platz für Elijah. »Wir werden jetzt ein Bild von deinem Arm machen, um zu sehen, ob der Knochen wirklich gebrochen ist und ob wir ihn gegebenenfalls operieren müssen oder ein Gips reicht.«

»Cool. Ein Gips. Kann ich mir dann eine Farbe aussuchen?«, fragte Elijah und schien seinen Schmerz fast vergessen zu haben.

Alice nickte amüsiert. »Das kannst du dann auf jeden Fall.«

Dann wandte sie sich an mich. »Er hat definitiv eine leichte Gehirnerschütterung, daher möchte ich, dass er hier die nächsten vierundzwanzig Stunden beobachtet wird. Er ist ansprechbar und seine Sinne reagieren. Es ist nur zur Sicherheit. Okay?« Meine Sorge um meinen Neffen wuchs ins Unermessliche. Da konnte auch ihr beruhigender Blick nicht helfen.

»Okay. Jenna, seine Mom, sie versucht, so schnell wie möglich herzukommen. So lange werde ich bei ihm bleiben.«

»Kann Mommy dann über Nacht bei mir bleiben?«, fragte Elijah mit großen Augen.

»Ja, das kann sie«, beruhigte Alice ihn.

»Und … Tut das Röntgen weh?« Elijah sah sie skeptisch an.

»Nein. Das tut nicht weh.«

»Versprochen?«

Ich merkte, wie sie zögerte. Kurz schwankte ihr Blick zu mir, dann wieder zu meinem Neffen zurück, der sie unverwandt ansah. »Das Bild selbst tut nicht weh.«

»Aber?«

»Es könnte sein, dass es wehtut, wenn sie deinen Arm in die richtige Position schieben müssen, um ein gutes Bild zu schießen.«

»Okay.« Er nickte ernst. »Kann Onkel Sawyer bei mir bleiben?«

Wieder sah sie kurz zu mir, bevor sie ihm antwortete. Als wollte sie sich mein Einverständnis holen. »Ja, das kann er natürlich.«

»Danke.«

»Prima. Tracy nimmt euch jetzt mit zum Fototermin.« Sie warf mir einen aufmunternden Blick zu. *Alles wird gut,* sollte das wohl heißen. »Tracy, Sie piepen mich an, sobald sie fertig sind.«

»Natürlich, Doktor Davis.«

»Dann bis gleich«, sagte sie zu Elijah und strich ihm noch

einmal über den Arm. Sie nickte mir noch kurz zu und ging dann aus dem Raum.

»Bin gleich wieder da«, warf ich Elijah zu. Ich hastete ihr hinterher und stieß fast gegen sie, als ich um die Ecke auf den Flur schoss. Sofort roch ich denselben Duft wie ein paar Nächte zuvor. Sie hatte ein dezent fruchtiges Parfüm aufgelegt, das gut zu ihr passte. Es roch nach Sommer, Sonne, Strand und guter Laune. Nicht passend zu dem, was gerade in mir vorging.

»Wie schlimm ist es?«, fragte ich.

Sie hatte diesen Ärzteblick aufgesetzt, der so unglaublich neutral war und mir wohl ein gutes Gefühl geben sollte. Aber das tat er nicht. Ich hätte es besser gefunden, wenn sie sich mir gegenüber normal verhalten hätte. Aber das konnte sie offensichtlich nicht.

»Wie gesagt, der Arm ist mit großer Wahrscheinlichkeit gebrochen.«

»Du bist dir aber nicht sicher?«

Sie sah mich ernst an. »Ich bin kein Orthopäde, aber ... Ich werde mich jetzt um einen Kollegen aus der Orthopädie kümmern, und wenn wir weitere Verletzungen ausgeschlossen haben, wird der Arm entweder geschient oder operiert. Je nach Art des Bruchs. Aber das wird schon«, versuchte sie mich zu beruhigen. »Er kann seine Finger bewegen, die Durchblutung ist gut, er reagiert mit allen Sinnen. Wir beeilen uns, und alles wird gut, Sawyer. Versprochen.«

»Versprich nichts, was du nicht halten kannst«, wiederholte ich ihre Worte von vor ein paar Abenden. Meine Stimme klang brüchig und die Worte vorwurfsvoll.

»Das kann ich halten«, sagte sie ebenso bestimmt wie ich einige Tage vorher.

Ich begriff, dass ich mich gerade aufführte wie eine ängstliche Glucke und ihr unterschwellig vorwarf, sie hätte keine Ahnung von ihrem Job. Das war nicht fair. »Tut mir ... tut mir leid. Ich … es ist nur … Elijah ist für ein paar Tage bei mir, weil Jenna unterwegs ist und … dann schenke ich ihm dieses Bike, und gleich am ersten Tag passiert so was.«

Nun wandelte sich ihr Blick. Mitfühlend nickte sie. »Er hat jetzt Schmerzen, aber die Heilung wird ohne Komplikationen verlaufen. Wenn er den Arm ruhig hält. Dafür geben wir ihm eine Gipsschiene. Er wird die nächsten Wochen kein BMX fahren können. Hab keine Angst, Sawyer. Das wird wieder. Und sobald Elijah wieder fit ist, wird er jedem erzählen können, dass er eine coole Sportverletzung überstanden hat. Brüche sind die häufigsten Verletzungen in diesem Alter. Auch Gehirnerschütterungen kommen öfter vor. Aber auch die wird er unbeschadet überstehen«, endete sie schließlich und presste kurz die Lippen aufeinander »Ich hoffe, es wird keinen Ärger mit Elijahs Mom geben.«

Ich versuchte, das Gehörte zu verarbeiten, und nickte schließlich. »Das hoffe ich auch, aber glaube es nicht. Danke, Alice.«

»Gern geschehen.« Als ihre Hand sich kurz auf meinen Arm legte und ihn drückte, ging es mir besser. Verrückt, aber so war es. »Ich bin zurück, sobald Elijahs Bilder fertig sind.« Kurz darauf lief sie mit schnellen Schritten den Flur hinunter und bog um die Ecke.

»Mr Lee, es geht los.« Tracy kam mit Elijah auf dem Bett aus dem Zimmer. Ich trat an seine Seite und begleitete ihn zum Röntgen. Als er fertig war, fanden wir uns in einem Behandlungszimmer wieder, um auf Alice zu warten. Wenig später stieß sie mit einem etwas älteren Kollegen an ihrer Seite zu uns.

»Elijah, Sawyer, das ist Doktor Prescott«, stellte sie den Kollegen vor, der auch gleich das Wort übernahm, und Elijah und mir erklärte, dass der Arm tatsächlich gebrochen war.

»Ich habe mir das Röntgenbild angesehen, und die gute Nachricht ist, dass der Knochen von allein wieder zusammenwachsen wird. Wir müssen also nicht operieren. Tracy wird dir deinen Arm jetzt schienen und eingipsen, damit alles in Ruhe heilen kann. Du darfst dir dann die Farbe aussuchen.«

»Kann ich blau haben?«

»Aber sicher kannst du blau haben«, sagte Prescott.

»Außerdem wird Tracy deine Abschürfungen verarzten, damit sich da nichts entzündet. Okay?«, setzte Alice hinzu.

Elijah nickte niedergeschlagen. »Muss ich wirklich hierbleiben?«

»Dein Kopf ist zwar heil, aber du hast eine kleine Gehirnerschütterung, daher die Kopfschmerzen und die Übelkeit. Ich möchte, dass du bis morgen hierbleibst, damit wir dich beobachten können. Du kommst auf die Kinderstation in ein cooles Zimmer, okay? Und wenn du mir versprichst, dass du dann auch die nächsten zwei Tage noch im Bett bleibst und dich weiterhin schonst, dann darfst du morgen wieder nach Hause.«

»Und wann darf ich wieder BMX fahren?«, fragte er Alice.

Ich hörte die unterschwellige Panik in seinem Tonfall.

Alice bemerkte das ebenfalls. Sie atmete einmal durch und setzte wieder dieses höchst professionelle Ärztinnenlächeln auf. »Wenn du den Arm ruhig hältst und bei der Physio gut mitmachst, dann wirst du in zwei, drei Monaten wieder fahren können.«

»So lange?« Seine Unterlippe zitterte.

»Tut mir leid, Elijah, aber wenn du zu früh wieder aufs Rad steigst und womöglich wieder fällst, kann es sein, dass der Knochen sich verschiebt und doch operiert werden muss.«

Elijah sagte nichts, sein Mund war verkniffen, sein Blick starr auf die Wand vor ihm gerichtet. Ich konnte nachvollziehen, was in ihm vorging.

»Hey, Kumpel«, sagte ich und strich ihm über das Haar. »Ich habe damals über ein Jahr nicht Football spielen dürfen, weil mir die Achillessehne gerissen war. Ich glaube, ich weiß, wie scheiße du dich fühlst.«

»Nicht fluchen, Onkel Sawyer.«

»Manchmal gibt es gute Gründe, es doch zu tun. Dieser ist einer.«

Elijah sah mich an. Dann nickte er. »Das ist echt scheiße. Scheiße, scheiße, scheiße!«

»Das ist es wirklich.«

»Das ist es. Und wenn du so weit bist, wird Tracy sich jetzt um deinen Arm und deine Abschürfungen kümmern. Die Schiene musst du erst mal drei Wochen tragen. Aber morgen entlasse ich dich in die Obhut deiner Mom. Medikamente schreibe ich auf, bitte achtet auf die richtige Einnahme«, wandte sie sich an mich.

»Darauf kannst du dich verlassen.«

Sie blickte mich an, dann lächelte sie. »Und ich möchte Elijah in drei Wochen zur Nachkontrolle sehen. Okay?«

»Ist das etwa eine Einladung zu einem Date?«

Erst stutzte sie, aber dann setzte sie eine gleichgültige Miene auf. »Nein, Sawyer. Nur eine ärztliche Anweisung. Aber der ist unbedingt Folge zu leisten.«

Alice

»Woher kommt der?« Ich zeigte auf den relativ frischen Cut über Sawyers linker Augenbraue. Er war nur wenig verschorft und noch nicht verheilt. Er konnte nicht tief gewesen sein, denn genäht worden war er nicht. »Straßenkampf?« Das wäre natürlich paradox bei einem Mann wie ihm. Er war – man konnte es kaum altmodischer ausdrücken – ein Mann von Welt. Er hatte eine so charismatische Ausstrahlung, dass man gar nicht anders konnte, als sich von ihm einnehmen zu lassen. Es war verrückt, ich konnte es mir nicht erklären, aber allein sein Auftreten schüchterte mich auf eine Weise ein, die mich selbst erschreckte. Deswegen war ich vermutlich auch so unsicher, wenn er in meiner Nähe war. Daher, oder weil es mir sehr unangenehm war, was zwischen uns passiert war. Oder besser gesagt: nicht passiert war. Weil er mich hatte abblitzen lassen. Ich spürte regelrecht, wie sich meine Wangen rot färbten. Hastig senkte ich den Blick, atmete durch und versuchte so zu tun, als hätte ich gerade keine schmutzigen Gedanken gehabt.

»Ich boxe«, kam es knapp zurück, so als hätte ich ihn nach seinem Passwort für den Pornokanal gefragt. Sawyer stand mit einem Kaffee in der Hand neben mir vor dem Behandlungszimmer, in dem jetzt Elijahs Abschürfungen des Sturzes von Tracy gesäubert und versorgt wurden. An seinem Arm prangte bereits ein knallblauer Gips. Vor dem Eingipsen hatte Doktor Prescott ihm eine kleine Dosis Schmerzmittel über den Tropf verabreicht, damit er erst mal zur Ruhe kommen konnte. Er würde noch etwa eine Stunde hier beschäftigt sein, bevor ich ihn für eine Nacht auf die Station bringen lassen würde.

»Anscheinend nicht sehr gut.«

Als er mich mit hochgezogenen Augenbrauen musterte, zuckte ich zusammen. Ob er so auch seine Gegner im Gerichtssaal einschüchterte? Bei mir funktionierte es jedenfalls.

»Ich war abgelenkt, und er hat mich erwischt. Nicht schlimm.« Seine kratzige Stimme wieder, die ich so mochte.

»Hat einen guten rechten Haken draufgehabt, dein Gegner.«

»Woher weißt du, dass es ein rechter Haken war?«, fragte er mit interessiertem Unterton.

»Weil er dich links getroffen hat. Und zwar von links, das kann ich daran sehen, wie der Cut aufgesprungen ist.« Sawyer nickte nur stumm. »Wie auch immer, es tut deiner Schönheit jedenfalls keinen Abbruch.« Eine imaginäre Hand klatschte gegen meine Stirn. Ernsthaft? Was war das denn jetzt? Wieso war ich nur so unkonzentriert und ließ mich zu solchen Floskeln hinreißen? Es sollte mich nicht wundern, wenn er gleich ohne sich zu verabschieden die Biege machte. Ich war mir sicher: Er fragte sich gerade, warum er kein anderes Krankenhaus aufgesucht hatte.

»Du kennst dich aus?« Mit seinem stählernen Blick nagelte er mich fest. Ob er nur neugierig war oder sich nicht vorstellen konnte, dass jemand wie ich – oder ich im speziellen – Kampfsport betrieb, konnte ich nicht sagen, es mir aber denken. Ich schluckte und versuchte verbissen, mich zusammenzureißen, aber es fiel mir verdammt schwer, mich in Sawyers Gegenwart normal zu verhalten. Solange ich die Ärztin rauskehren konnte, war alles gut, aber sobald es ans Private ging, wusste ich nicht, wie ich mich verhalten sollte. Er verunsicherte mich. Allein, dass er kein Wort über unsere Begegnung verlor. Schwieg er, weil er ein Gentleman war, oder weil er mich eigentlich nie hatte wiedersehen wollen? Er hatte eine Art an sich, die mich nachdenklich werden ließ. Aber nicht über das Wesentliche. Es war verzwickt. Und völlig untypisch für mich. Also atmete ich noch mal tief durch, zählte still bis drei und setzte eine möglichst neutrale Miene auf.

»Alice?«, holte mein Name aus seinem Mund mich unsanft in die Gegenwart zurück.

»Kickboxen. Ab und zu«, antwortete ich auf seine gefühlt schon vor Minuten gestellte Frage. »Im Fernsehen.«

»Im …«

»Fernsehen, ja. Ich habe wenig Zeit für Sport. Deswegen gucke ich ihn im Fernsehen.«

Sein Mundwinkel zuckte, aber er sagte nichts dazu. Er trank einen Schluck seines Automatenkaffees, und ein kurzer Blick aus seinen grauen Augen traf mich. Aber der allein ging mir unter die Haut.

»Wo boxt du?«, fragte ich, nur um irgendwas zu sagen und zu vermeiden, dass die Sprache auf etwas Relevantes kam. Aber die Rechnung hatte ich ohne ihn gemacht.

»Wie geht es dir?«, änderte er abrupt die Richtung des Gesprächs.

Verunsichert sah ich ihn an. Was sollte ich sagen? Über meinen Schatten springen und ehrlich sein? Oder weiterhin so tun, als wäre nichts zwischen uns gewesen, als hätten wir uns noch nie zuvor getroffen?

»Es geht wieder«, antwortete ich schließlich.

»Das ist gut.«

»Sawyer, hör mal … Es tut mir leid, dass –«

»Schon gut, Alice. Es ist nichts passiert, wofür du dich entschuldigen müsstest.« Das Grau seiner Augen wandelte sich für einen Moment in ein silbernes Glitzern, bevor es wieder dunkler wurde.

Ich schluckte schwer und bemühte mich, seinem Blick standzuhalten. »Danke. Du hast mich nicht alleingelassen und mich davon abgehalten …« Ich stockte, weil ich plötzlich nicht mehr wusste, wie ich den Satz beenden sollte. »Ich wollte dir danken, dass du für mich dagewesen bist«, schloss ich. Alles andere brachte ich nicht über die Lippen. Noch immer war mir mein Verhalten in dieser Nacht furchtbar unangenehm.

Sawyer sah mich lange an, dann nickte er langsam. Ein leichtes Lächeln in seinen Augen begleitete seine Worte. »Gern geschehen.«

Damit war alles geklärt, alles bereinigt. Und jetzt wünschte ich mir, dass er ging.

Und deshalb schwieg ich.

Ein paar Sekunden.

Eine Minute.

Zwei Minuten.

Es war die Art von Stille, die mich nervös machte. Fieberhaft suchte ich in meinem Kopf nach Worten, die diese Lücke füllen konnten, obwohl ich es gar nicht wollte. *Verdammt!*

»Elijah ist Zucker. Habt ihr ein sehr enges Verhältnis, du und Elijahs Mom?«, fragte ich. Ein unverfänglicher Themenwechsel. Seinen Neffen vergötterte er, das hatte ich schon gemerkt. Er war aber auch wirklich süß. Diese strahlenden Augen, voller Neugier und Wärme, die viel zu erwachsen für einen Jungen seines Alters in die Welt sahen. Mit seinen dunklen Haaren und dem weichen Gesicht sah er so aus, wie ich mir Sawyer als Jungen vorstellte. Auf jeden Fall hatte er eine ebenso einnehmende Art wie er, aber auf eine herzliche und angenehme Weise.

»Ja«, antwortete Sawyer mir auf meine Frage. Kurz und knapp. Sein Tonfall hatte sich jäh verändert, er war nicht besonders einladend. Er gab mir unterschwellig zu verstehen, dass ich das Thema lieber vermeiden sollte. Also hielt ich einfach meine Klappe. Ich hatte nur Small Talk führen, die Stille zwischen uns ausfüllen wollen, aber dafür anscheinend ein heikles Thema angeschnitten. Typisch für mich. Vielleicht sollte ich einfach nur die Ärztin raushängen lassen.

Also sah ich auf Elijahs Akte und Prescotts Vermerke und konzentrierte mich. »Die Schwester gibt euch morgen bei der Entlassung noch Tabletten mit. Sag seiner Mom, davon darf er drei am Tag gegen die Schmerzen nehmen, die werden die nächsten zwei Tage relativ stark sein. Dann sollte es sich bessern. Sollte Elijah spucken oder sich schlecht fühlen oder über starke Kopfschmerzen klagen, will ich euch hier sehen. Und zwar sofort.«

»Alles klar, danke.«

»Dafür bin ich da.«

»Arbeitest du eigentlich rund um die Uhr?«

»Wenn ich nicht da bin, kann es sich auch ein Kollege ansehen.«

»Das war nicht die Antwort auf meine Frage.«

Mein Kopf ruckte hoch und ich begegnete seinem beschwörenden Blick. Mein Körper reagierte sofort. Der Puls schoss in die Höhe, das Blut in meine Wangen. »Ich … bin die meiste Zeit hier, ja.«

»Wenn du dir nicht gerade Kickboxen im Fernsehen ansiehst oder mit fremden Männern auf einen Drink mitgehst.« Seine Miene verzog sich kein bisschen.

»Er war nicht fremd. Er hat sich mir vorgestellt«, reagierte ich und war irgendwie stolz auf meine Schlagfertigkeit.

Und tatsächlich: Ein Schmunzeln zog sich für den Bruchteil einer Sekunde über sein Gesicht. »Ein Gentleman?«

»Ja, das war er.«

Seine Augenbraue zuckte. »Wirst du ihn wiedersehen? Auf einen Drink?« Er beugte sich etwas vor, blickte auf den Fußboden, als gäbe es da etwas Interessanteres als abgetretenes graues Linoleum zu sehen und als müsste er sich selbst vor seiner gestellten Frage verstecken. Oder vor der Antwort.

»Ich denke nicht.« Die Worte waren raus, bevor ich weiter darüber nachdenken konnte, ob ich uns oder dem, was sich vielleicht zwischen uns anbahnen könnte, eine Chance geben wollte. Ich hatte weder Zeit noch Nerven für den Versuch, eine Beziehung zu führen, die sowieso scheitern würde.

Sawyer nickte ohne ein Wort, lehnte sich wieder zurück, trank seinen Automatenkaffee und behielt aufmerksam die Tür des Behandlungsraums im Auge, hinter der sein Neffe lag. Ich atmete ein und aus, dreimal, dann hörte ich seine Stimme erneut. »Warum nicht?« Er sah mich immer noch nicht an.

Diese offene Nachfrage irritierte mich. Ich hatte bisher nicht den Eindruck gehabt, dass er mich wiedersehen wollte. Und eigentlich machte er auch jetzt nicht den Eindruck, besonders interessiert an mir zu sein. Also – was wollte er von mir?

»Es hat keinen Sinn, etwas zu versprechen, das man nicht halten kann«, sagte ich nach einer Weile und warf ihm einen Blick von der Seite zu.

Das Schmunzeln verschwand, sein Blick war weiterhin starr auf die Tür zum Behandlungszimmer geheftet. »Das ist wahr.« Er schaute mich aus seinen stahlgrauen Augen an, und ich sah eine tiefe Trauer und Verzweiflung in ihnen. Gleichzeitig fühlte ich mich in einer Art und Weise zu ihm hingezogen, die ich nie zuvor gespürt hatte.

Es fiel mir schwer, mich wieder von ihm zu lösen, aber es musste sein. Also stieß ich mich von der weißen Wand ab und stellte mich mit etwas Abstand vor ihn. »Elijah wird nachher nach oben auf Station gebracht. Du kannst ihn erst mal begleiten. Pass auf ihn auf.«

Er reichte mir die Hand, die ich ergriff. Sein Händedruck war warm und fest, aber nicht zu fest. Er war genau richtig. Und einen Tick zu lang. »Pass auf dich auf, Alice.«

Ich nickte ihm noch einmal zu, dann wandte ich mich ab und ging den Flur runter. Erst als ich um die Ecke bog, fühlte ich seinen Blick nicht mehr in meinem Rücken. Erleichtert atmete ich auf.

Sawyer war ein verdammt attraktiver Mann. Er war klug, gebildet, hatte Manieren und war anscheinend ein Familienmensch. Aber irgendwas stimmte nicht mit ihm. Ich hatte ihm angesehen, dass er gebrochen war. Irgendetwas war in seinem Leben geschehen, das seine Seele hatte brechen lassen. Und so ein Mann war keiner, den ich mir freiwillig antat. Ich hatte selbst genug mit mir zu tun, da brauchte ich niemanden, der mich zusätzlich belastete. Die Erfahrung hatte ich bereits machen dürfen, und das hatte mir bei Gott gereicht. Ich war Ärztin. Ich war nicht gemacht für Beziehungen, die mehr beinhalteten als Sex. Ich war überhaupt nicht in der Lage, die Bedürfnisse anderer zu stillen. Weil mir einfach die Zeit fehlte. Und die Lust. Mich nach Feierabend – wenn es ihn wirklich mal geben sollte – noch mit Menschen zu beschäftigen. Nein. Ich war der geborene Single. Und glücklich damit.

***

Die Bettwäsche roch nach Einsamkeit. Eigentlich roch das ganze Zimmer nach Alleinsein, als ich kurz vor Mitternacht halb tot in mein Bett fiel. Der Tag war gefüllt gewesen mit kleineren Unfällen, bei denen ich Wunden hatte versorgen und nähen müssen, Knochenbrüche richten und tatsächlich noch ein Leben retten. Ein älterer Mann war vom Bremspedal seines Autos abgerutscht – oder besser gesagt, er hatte Gas und Bremse verwechselt – und mit voller Wucht gegen das Nachbarhaus gefahren. Dabei hatte er sich am Kopf verletzt und einen Herzinfarkt erlitten. Dann einen Herzstillstand. Ich musste sein Herz schocken, damit es weiterschlug, aber am Ende des Tages war er auch wieder stabil gewesen, er würde überleben. Also war es ein ganz normaler Tag gewesen.

Mein Magen knurrte und erinnerte mich daran, dass ich den ganzen Tag bis auf ein labbriges Sandwich irgendwann zwischen Frühstück und Mittag nichts gegessen hatte. Ich hatte wirklich Hunger. Aber ich war zu faul, um mir was zu machen. Zu kaputt. Ich hatte keine Energie mehr, um etwas zu kochen, das innerhalb weniger Sekunden in meinem Magen verschwinden würde. Also entweder beschloss ich den Tag mit einem weiteren Sandwich und dem, was unser WG-Kühlschrank so hergab, oder ich begnügte mich mit einer Flasche Wein.

Mit einem Ächzen kam ich wieder auf die Beine und schlurfte in die Küche. Das schwarz-weiß karierte Linoleum war nach Jahren der Benutzung abgewetzt, davon konnten auch die neuen glänzenden Küchenschränke nicht ablenken, die die Vermieterin erst im letzten Sommer hatte einbauen lassen. Aber wir liebten den Boden genau so, erinnerte er uns doch immer an die ersten, mageren Jahre als Assistenzärzte, die längst vorbei waren. Mittlerweile verdiente jeder von uns einen sechsstelligen Betrag im Jahr und hatte seine Schulden aus der Studienzeit abbezahlt. Wir hätten uns locker eine größere und vielleicht auch schönere Wohnung leisten können, aber das wollten wir gar nicht. Wir liebten das Viertel hier, liebten unsere kleinen vier Wände und jede einzelne Erinnerung, die darin steckte.

Das Brummen des großen Kühlschranks vermischte sich mit dem Lärm der U-Bahn, der durch das offene Fenster drang. Die Line fuhr in unmittelbarer Nähe unserer Wohnung vom Untergrund nach oben, und das alle zwanzig Minuten. Doch wir wohnten schon so lange hier, dass ich das gar nicht mehr wahrnahm. Vermutlich würde es mir sogar fehlen, wenn es plötzlich aufhören würde.

Gerade öffnete ich die Kühlschranktür, da hörte ich den Schlüssel im Schloss. Vicky kam nach Hause.

»Ich hoffe, du hast was zu essen dabei«, rief ich, ohne den Blick vom traurigen Inhalt des Kühlschranks zu wenden.

»Gilt auch Flüssignahrung?«

»Rot oder weiß?«

»Beides.«

Mit Schwung knallte ich die Kühlschranktür wieder zu. »Gebongt.« Ich drehte mich um, und vor mir in der Küche stand eine völlig abgekämpfte Vicky, in der Hand eine Papiertüte, in der sie ganz offensichtlich unser Abendessen versteckte. »Ich hole Gläser. Dann trinken wir, und dann knobeln wir darum, wer zuerst unter die Dusche gehen darf.«

»Also alles wie immer?«

»Alles wie immer«, beteuerte ich und holte zwei Weingläser aus dem schicken Küchenschrank mit Glastür.

»Wenigstens hat mein Abend die Beständigkeit, die ich mir erhofft hatte.« Mit einem lauten Seufzen stellte sie die Flaschen auf den Tisch und ließ sich dann auf den Küchenstuhl fallen. Während sie sich die Schuhe von den Füßen streifte, zog sie sich die Haarspangen aus ihren blonden Locken und kratzte sich dann mit den Fingern über die Kopfhaut. »Hach, tut das gut.«

So weit war ich noch gar nicht gekommen. Mein Zopf dürfte sich bei meiner kleinen Auszeit auf dem Bett schon in alle Einzelteile aufgelöst haben, aber *so what* – wir waren schließlich zu Hause. Ich sah auf Vicky runter, die Jeans und T-Shirt trug, und dann auf meine Kleidung, die ebenfalls noch aus Jeans und Bluse bestand. »Wer zuerst in Jogginghose am Tisch sitzt, hat eine Pizza frei«, rief ich aus, und kaum ausgesprochen, jagte ich auch schon los in mein Zimmer. Dabei lachte ich laut. Nicht aus vollem Herzen, sondern eher überdreht. Das Adrenalin nach so einem Tag verschwand nicht einfach. Da half nur Alkohol. Und Pizza. In Windeseile schälte ich mich aus meiner Skinny und der Bluse und warf mich in meine alte graue Jogginghose und ein verwaschenes Nirvana-T-Shirt. Dann zog ich noch das Gummi aus meinem Zopf, schüttelte schnell die Haare durch und rannte zurück in die Küche. »Gewonnen!«, rief ich, und nur zwei Sekunden nach mir schlitterte Vicky auf dicken Socken über den glatten Boden hinein.

»Mist! Das ist schon die dritte Pizza diesen Monat.«

»Du solltest schneller werden, Schätzchen.«

»Nächstes Mal mach ich dich platt.«

»Klar. Aber erst bestellst du Pizza.« Ich zog die Karte vom Lieferdienst vom Kühlschrank und wedelte damit vor ihrer Nase. »Rucola mit Parmesan.«

»Wie immer also.«

»Du wolltest doch Beständigkeit.«

Vicky streckte mir auf ihre erwachsene Art die Zunge raus, schnappte sich das Telefon und bestellte unsere Lieblingspizzen. Ich schenkte uns währenddessen den Weißwein ein und schaltete die Playlist meines Handys an. *Flashlights* von Hailee Steinfeld lief an und tauchte den Abend in ruhigere Stimmung.

»Und? Wie war dein Tag, Schatz?«, fragte sie, nachdem wir uns an den Küchentisch gesetzt und zugeprostet hatten.

»Der Anwalt war heute bei mir.«

»Der Anwalt? Klär mich auf. Warum hast du mit einem Anwalt zu tun?«

»Na, *Tiger*«, half ich ihr auf die Sprünge.

Sie prustete und verschüttete ein paar Tropfen Wein. »Ernsthaft? Was hat er gewollt? Oder war es ein Unfall?«

»Sein Neffe. Armbruch. Das Röntgen hat eine Radiusfraktur festgestellt. Wir haben es geschient. Prescott meinte, dass der Kleine gerade noch um eine OP herumgekommen ist. Er ist erst neun Jahre alt.«

»Autsch.«

»Du sagst es. Aber der Kleine war echt tapfer«, sagte ich. »Und clever. Er hat sofort bemerkt, dass Sawyer und ich uns kennen.«

»Kinder kannst du nicht aufs Kreuz legen, die haben so feine Antennen.«

»Die Situation war anfänglich schon merkwürdig. Ich meine, ich konnte mich an kaum mehr was erinnern, und dann steht er plötzlich vor mir«, murmelte ich kopfschüttelnd.

»Hat er dich darauf angesprochen?« Vicky beugte sich interessiert vor.

»Gott sei Dank nicht!«, rief ich aus und trank schnell einen Schluck Wein. »Das wäre einfach zu blamabel gewesen. Aber ich habe mich bei ihm entschuldigt. Und bedankt.«

Vicky grinste und nickte verständnisvoll. »Ich bin stolz auf dich. Aber wie war er so? Also, ohne den ordentlichen Schwips, den du hattest?«

Ich zuckte mit den Schultern. »Nett.«

Vicky zog ihre perfekt gezupften Augenbrauen nach oben. Die Antwort ließ sie wohl nicht gelten.

»Er war freundlich und rücksichtsvoll. Er hat mich nicht auf mein dubioses Verhalten in besagter Nacht festgenagelt. Er hat mich gefragt, wie es mir geht. Und er geht total lieb mit Elijah, seinem Neffen um.«

»Also die perfekte Partie?«, fragte meine Freundin mit einer Spur von Hoffnung in der Stimme.

»Nein. Mit Sicherheit nicht. Er …« Ich stoppte, weil ich nicht genau wusste, wie ich mein Gefühl in Worte fassen sollte. »Er hat einen dunklen Schatten auf seiner Seele. Ich habe es in seinem Blick gesehen, Vicky. Und da kann er noch so nett und freundlich und kinderlieb sein – ich will keinen Mann mit Problemen. Ich kann das nicht gebrauchen.«

Vicky nickte langsam. Sie schürzte ihre vollen Lippen. Dann stand sie auf, ging in den Flur und kam gleich darauf mit einer Visitenkarte in der Hand wieder zurück. Sie reichte mir die Karte. Sie war aus einem edlen Material. Schwerer Karton, aber irgendwie weich in der Hand. Cremefarben, die Buchstaben in schwarzer Schrift, gut zu lesen.

»Campbell & Partner«, las ich. »Sawyer Lee, Strafverteidiger.«

»Was, wenn er keinen dunklen Schatten hätte?«, fragte Vicky weiter.

Ich sah auf und legte die Karte vor mir auf den Tisch. »Vielleicht. Keine Ahnung. Ich kann mich ja nicht mal richtig an die Zeit mit ihm erinnern, wie soll ich das dann beurteilen? Aber egal – so weit wird es ja sowieso nicht kommen.«

»Sag niemals nie, Schätzchen.«

»Sollte ich irgendwann in Schwierigkeiten sein und einen guten Verteidiger brauchen, werde ich ihn anrufen«, versprach ich mit einem halbherzigen Lächeln.

»Du wirst ihn vorher anrufen. Jede Wette.«

Ich atmete durch, suchte nach einer Antwort, aber ich wusste genau – egal, was ich sagen würde, Vicky wüsste es besser. Also hielt ich einfach meine Klappe und trank meinen Wein. Und nach und nach, Glas für Glas fiel die Last des Tages von mir ab. Und damit auch der Gedanke an Sawyer. Zumindest war ich gut darin, mir das einzureden. Bis ich einige tiefsinnige und noch mehr banale Gespräche, eine Pizza und zwei Flaschen Wein später im Bett lag.

Ich war völlig erledigt, glaubte, dass ich sofort einschlafen würde, sobald mein Kopf das Kissen berühren würde. Aber weit gefehlt. Es war wie ein Fluch, denn in dem Augenblick, in dem ich die Augen schloss, sah ich ihn. Sawyer Lee. Den Anwalt. Über mir, neben mir, unter mir. Nicht im Krankenhaus, sondern hier. Hier in meinem Zimmer, in meinem Bett. Und sobald ich einatmete, hatte ich wieder seinen Duft in der Nase. Ich legte mich unter die Decke, nahm meine Arme auf meine Schenkel und begann mich zu streicheln. Und während ich die Anspannung und den Tag in einem Orgasmus verlor, dachte ich an Sawyer.

Sawyer

»Wer ist sie?«

»Wer ist wer?« Verständnislos sah ich Logan an, der vier Tage nach Elijahs Unfall und dem zufälligen Treffen mit Alice in einem rasanten Tempo neben mir durch den Central Park joggte.

Elijahs Gehirnerschütterung war abgeklungen, Jenna hatte mir die Hölle heißgemacht wegen des BMX-Rads, war aber nach zwei Tagen wieder zurück nach Philadelphia gefahren, um dort ihrem Job nachzugehen. Seit geraumer Zeit schon suchte sie eine Bleibe für Elijah und sich hier in New York, um näher bei mir zu sein. Und vor Kurzem erst hatte sie eine gefunden, die in zwei Monaten bezugsfertig sein würde. Doch bis dahin hatte sie in Philadelphia noch einiges zu regeln. Gut, dass Ferien waren und Elijah bei mir bleiben konnte.

Der war stolz auf seinen Gips, und die Schmerzen im Arm waren weniger geworden. Er war gerade mit Katie, seiner Babysitterin, im Kino, sodass ich ohne Angst oder ein schlechtes Gewissen zu haben joggen gehen konnte.

Wir hatten gerade erst gute zweieinhalb Kilometer unserer üblichen Strecke hinter uns gebracht. Beim Grand Army Plaza waren wir gestartet, hatten uns rechts gehalten, vorbei am Zoo, an den Red Pandas, Flamingos und Schneeleoparden. Wir hatten die Balto-Statue passiert, die zu Ehren des sibirischen Huskys errichtet worden war, der 1925 als Schlittenhund das Medikament gegen eine tödliche Diphterie-Epidemie transportiert hatte.

Jetzt liefen wir direkt auf das Metropolitan Museum of Art zu. Knappe sieben Kilometer hatten wir noch vor uns. Heute war ein guter Tag zum Laufen. Ich musste mich auspowern, denn ich hatte den Kopf voll. Der derzeitige Fall ging mir an die Nieren, er riss tiefe Wunden wieder auf.

Aber das allein war es nicht, was mich beschäftigte. Mein bester Freund spürte das. Er kannte mich einfach zu gut.

»Die Frau, an die du denkst«, antwortete er mit Nachdruck. »Wer ist sie?«

Ich wischte mir mit dem Handrücken den Schweiß von der Stirn, um Zeit für eine Antwort zu schinden. Die Sonne brannte seit wenigen Tagen selbst in den Abendstunden noch vom wolkenlosen Himmel. Überall lagen halb nackte Frauen auf den Wiesen in den Parks. New York glich seit Tagen einem Hexenkessel, und ich war froh um die Schatten spendenden Bäume hier im Park. Im Moment war die Luft klar, das Gewitter am Nachmittag hatte die Schwüle vertrieben.

»Wie kommst du darauf, dass ich an jemanden denke?« Ich fragte mich wirklich, welche Signale ich ausgesendet hatte, dass mein bester Freund auf so was kam.

Logan lachte laut auf und zeigte mit dem Finger auf mich. »Erwischt! Wäre dem nicht so, dann hättest du nämlich meine Frage knapp beiseite gewischt. Aber du reagierst. Also? Wer ist sie?« Er wackelte mit den Augenbrauen und feixte über den verbuchten Sieg.

Ich schüttelte ebenfalls lachend den Kopf. Ja, Logan Hill war ein verdammter Frauenversteher. Das war er schon immer gewesen, und durch Chloes Schwangerschaft und ihre Bedürfnisse hatten seine Antennen ungeahnte Reichweiten angenommen. Dass sie mich und mein inneres Chaos allerdings ebenfalls erfassen konnten, damit hatte ich nicht gerechnet. Normalerweise war ich gut darin, meine Gemütsverfassung zu verstecken. »Du kennst sie nicht.«

»Ist es vielleicht die Frau, die du vor ein paar Tagen mit ins *King's* gebracht hast?«

Ich runzelte die Stirn. »Du hast uns gesehen?«

Er nickte. »Was Ernstes?« Neugierig hielt er den Blick auf mich gerichtet.

In diesem Moment wünschte ich mir einen Baum, der direkt vor seiner Nase aus dem Sand herauswuchs, damit er dagegen lief. Aber natürlich passierte nichts dergleichen.

»Nein«, beteuerte ich. Ihm und mir selbst gegenüber.

»Nein was?«

Ich verdrehte die Augen. »Nein, nichts Ernstes. Ich werde sie nicht wiedersehen.«

»Oh.« Logan runzelte die Stirn. Wir liefen weiter, schweigend, aber mir entging nicht, wie er mich unentwegt dabei unter die Lupe nahm. Immer wieder sah er zu mir rüber, forschend und darauf aus, mir irgendwas aus der Nase zu ziehen, das seine Theorie bestätigte.

»Und das liegt an dir oder an ihr?«, hakte er schließlich nach, als wir weitere hundert Meter gelaufen waren.

»Wie meinst du das?«

»Wie ich es gesagt habe. Will sie *dich* nicht mehr sehen oder du *sie* nicht?«

Darüber brauchte ich eigentlich nicht weiter nachzudenken, denn seitdem wir uns das letzte Mal gesehen hatten, kreisten meine Gedanken ständig um das, was zwischen Alice und mir war. Ob da überhaupt was war. Aber jetzt …

Ich stoppte mitten im Lauf auf dem weichen Sandweg, der als offizielle Joggingrunde im Park ausgeschrieben war. Seitdem keine Autos mehr im Central Park fahren durften, hatten die Fußgänger, Radfahrer und Jogger deutlich mehr Platz. Ich genoss die Luft der grünen Lunge New Yorks. Tiefes Ein- und Ausatmen hier zwischen den Bäumen und tausenden von fremden Menschen beruhigte meine Nerven eigentlich immer. Der Park war einer meiner Lieblingsorte. Besonders die Felsen am Wasserfall, der versteckt lag und von dem die wenigsten Touristen wussten. Man musste durch ein dichtes Gebüsch durch und einen steilen Weg entlangklettern, aber wurde dafür mit dem schönsten Platz im ganzen Park belohnt.

Wir hatten das Museum erreicht, und obwohl es bereits geschlossen hatte, schienen die Besucherströme vor dem Gebäude nicht abzureißen. Die Touristen waren unermüdlich, und wenn sie nicht auf den Stufen zum Gebäude saßen, dann liefen sie drum herum, um es zu fotografieren oder Selfies zu schießen. Was war das nur für eine verrückte Welt, in der alles dokumentiert und mit Millionen von fremden Menschen geteilt werden musste?

»Hey, was ist los?« Logan drehte sich zu mir um. Ich winkte ab. Seine Frage hatte mich aus der Bahn geworfen. Außer Atem stützte ich meine Hände auf die Oberschenkel. Logan stoppte ebenfalls und drehte sich mit skeptischem Blick nun ganz zu mir um.

»Alles in Ordnung?«

Ich nickte. Weil man das tat, wenn nach dem eigenen Befinden gefragt wurde. Niemand wollte die Wahrheit hören. So war es mir beigebracht worden. Also immer nicken und *ja* sagen. Aber das war falsch. Ich spürte, dass es falsch war. Also hob ich den Kopf und sah Logan an, der jetzt auf mich zukam. Als er direkt vor mir stand, richtete ich mich auf. »Nein. Es ist nicht in Ordnung. Ich würde sie schon gerne wiedersehen. Aber …«

»Aber?«, hakte er nach.

»Ich weiß nicht, ob das so gut wäre.«

»Wieso nicht?«

Ich zögerte. »Versprich mir, dass du das für dich behältst und mich nicht vom Gegenteil überzeugen willst.«

Logans Augenbrauen rutschten nach oben, über den Rand seiner Brille. »Wieso?«

Ein abgrundtiefes Seufzen entwich mir.

»Weil … Ach verdammt! Sie gefällt mir irgendwie. Und

ich …« Ich sah ihn an. »Wenn du das weitertratschst, bist du tot.«

»Klar. Also?«

Wieder rang ich nach den richtigen Worten. »Ich habe so was schon lange nicht mehr …«

»Gefühlt?«, half er mir aus.

Ich überlegte. »Ich habe nicht für möglich gehalten, dass so etwas passieren kann«, gab ich zu.

Logan legte mir seine Hand auf die Schulter. »Du bist nicht tot, Sawyer. Auch wenn du dich lange so gefühlt hast. Du bist ein Mensch mit Gefühlen. Und wenn sie etwas in dir wachrüttelt … ist es vielleicht an der Zeit, dem nachzugeben. Manchmal sollten wir einfach das tun, was uns glücklich macht, und nicht das, was vielleicht am besten ist.«

»Logan, bitte! Aus welchem Abreißkalender hast du den Spruch denn?« Ich bereute es schon, ihm davon erzählt zu haben.

Er rieb sich über das unrasierte Kinn und hob seine Brille ein Stück an. »Chloe hat da so eine Box mit Karten … Aber das ist doch völlig egal. Der Spruch ist nicht verkehrt. Da ist was Wahres dran«, rechtfertigte er sich nun.

»Du hast versprochen, mich nicht vom Gegenteil überzeugen zu wollen«, fuhr ich ihn an.

»Hab ich nicht, würde ich nie versprechen. Du kennst mich. Ich will, dass es dir gut geht. Und mal ehrlich, Sawyer – du hast ein bisschen Glück verdient. Und das sage ich nicht, weil meine Freundin schwanger ist und die Hormone in unserem Haushalt überhandnehmen und ich ein paar davon abgeben muss, weil ich sonst verrückt werde, sondern weil ich dein Freund bin und du lange genug gelitten hast wie ein Hund.« Ich wollte etwas einwerfen, aber Logan stoppte mich, redete einfach weiter. »Ich weiß, dass es verdammt schwer ist. Ich weiß auch, dass du dir Vorwürfe machst und dir die Schuld gibst. Und ich will gar nicht, dass du vergisst. Ich will nur nicht, dass du aufhörst zu leben. Und das sage ich dir als dein Freund. Weil ich dich liebe, Mann.« Seine Hand drückte meine Schulter. Ich wusste, dass er seine Worte so meinte, wie er sie sagte. Logan war nicht der Typ, der um den heißen Brei herumredete.

»Du wirst sentimental«, antwortete ich.

»Ja, manchmal hab ich solche Anwandlungen.« Er zuckte entschuldigend mit den Schultern.

Ich sah nach vorn, fixierte einen Pulk Asiaten, die mit ihren Kameras bewaffnet Millionen von Bildern des Museums und der Umgebung machten. Unwillkürlich fragte ich mich, ob sie sich die Fotos jemals alle ansehen würden.

»Wer zuerst am Spielplatz ist«, rief ich Logan zu und rannte los, noch bevor er überhaupt eine Chance hatte, mir zu folgen.

»Du Penner!« Ich hörte Logans Lachen hinter mir, während ich die Strecke zum östlichen Spielplatz rannte, als wäre der Teufel hinter mir her. Vielleicht war er das ja auch. In Form von Gefühlen, die ich nicht einordnen, geschweige denn verstehen konnte. Aber durch unser zufälliges Wiedersehen, das private Gespräch und die plötzliche Nähe zwischen uns, mit der ich verdammt noch mal nicht umzugehen wusste, hatte sich etwas verändert. Und *das* war ungewöhnlich.

Ich sprintete den nächsten Kilometer einfach nur drauflos, Logan hatte keine Chance. Ich raste am Museum vorbei, an der Kirche und hatte keinen Blick für die Schönheit des größten Gewässers im Park: das Jacqueline Kennedy Onassis Reservoir zu meiner Linken. Es war die einstige Joggingstrecke von Jacky Kennedy.

Bald war Logan nur wenige Meter hinter mir, doch durch meinen Speed vergrößerte ich den Abstand rasant wieder. Erst am Spielplatz angekommen machte ich halt. Meine Hände umschlossen den halbhohen Zaun, und während ich den Müttern beim Einpacken ihres Picknicks und der Spielsachen ihrer

Kids zusah, kam ich langsam wieder zu Atem. Wirklich besser fühlte ich mich nicht. Nur noch ausgelaugter.

»Alter, was zum Teufel ist los mit dir?« Logan kam erst ein paar Minuten später angetrabt, er hatte sich nicht auf dieses Rennen eingelassen, als er bemerkt hatte, dass ich nicht einzuholen war. Gemütlich kam er auf mich zu und hielt dann neben mir an.

»Ich hab das jetzt gebraucht.«

»Besser?«

Ich schüttelte den Kopf. »Nicht wirklich.«

»Dann brauchst du kein Rennen, sondern eine Frau. Und wie ich bereits sagte, nicht irgendeine, sondern die ohne Namen.«

»Ohne Namen?«

»Ich weiß immer noch nicht, wer sie ist. Also die Frau ohne Namen.«

Ich stöhnte. »Alice. Sie heißt Alice.« Und während wir auf den Spielplatz gingen, den jetzt auch die letzten Kids mit ihren Müttern verlassen hatten, erzählte ich meinem Freund die Geschichte, die Alice und mich zusammengeführt hatte. Ich erzählte ihm von ihrem Verlust im OP und quälte mich dabei mit Klimmzügen am Klettergerüst. Das gab mir das Gefühl, ihren Schmerz zu fühlen. Ich sprach mit Logan über unser Gespräch im *King's* und machte dabei Liegestütze am Balancierbalken. Dass sie mit mir hatte schlafen wollen, ich mich aber nicht darauf eingelassen hatte, erwähnte ich beiläufig, ohne in die Details zu gehen, aber als ich auf unsere Begegnung im Krankenhaus kam, hakte Logan ein.

»Sie hat dich sofort erkannt?«

Ich dachte kurz nach. »Ich glaube schon, ja. Warum?«

»Und war es ihr unangenehm oder …?«

»Sie hat nicht schreiend Reißaus genommen, falls du das meinst. Es war komisch. Ich war total überrascht, sie dort zu sehen. So sehr, dass sogar Elijah bemerkt hat, dass wir uns schon kannten«, gab ich zu.

»Du solltest sie wiedersehen.«

Ich antwortete nicht. Was auch? Ja, ich wollte Alice wiedersehen. Aber ich würde sie nicht wiedersehen. Ich hatte schon jetzt ein schlechtes Gewissen, wenn ich an die Nacht dachte, an den Kuss und an die Gefühle im Krankenhaus. Es fühlte sich nicht richtig an. Sie war die Chance auf ein bisschen Licht in meiner Dunkelheit. Aber ich hatte kein Licht verdient.

Punkt.

Alice

»Worauf wartest du?«

Vicky sah mich an und machte keinerlei Anstalten, die Umkleiden zu verlassen. Seit sie mitgeschnitten hatte, dass ich tatsächlich Interesse an Sawyer hatte, belagerte sie mich. Keine Ahnung, wie oft ich ihr schon gesagt hatte, dass ich für eine Beziehung keine Zeit hatte. Besonders nicht für eine mit einem Mann, der, wie ich vermutete, einiges mit sich rumschleppte.

Aber Vicky war hartnäckig, und so liefen die Begegnungen zwischen Sawyer und mir in Endlosschleife vor meinem inneren Auge ab. Wir hatten die letzten vierundzwanzig Stunden zusammen gearbeitet, ihr letzter Patient war ein siebenundsechzigjähriger Mann mit einem Oberschenkelhalsbruch gewesen. Jetzt hatte sie eine kurze Pause und wollte sich aufs Ohr hauen. Mein letzter Patient dieser Schicht war eine dreißigjährige schwangere Frau gewesen, die von einem Auto angefahren worden war. Aber wir konnten Mutter und Kind versorgen, es ging beiden den Umständen entsprechend gut. Trotzdem waren es harte zwei Tage gewesen mit wenig Schlaf. Ich wusste, dass es keine gute Idee war, jetzt über einen Anruf bei Sawyer nachzudenken. Meine Sinne waren vernebelt, ich war k. o. und konnte nicht klar denken.

»Wenn du hierbleibst, werde ich ihn erst recht nicht anrufen«, drohte ich.

Vicky wackelte nur mit dem Zeigefinger.

»So wirst du mich nicht los.«

Ich wollte etwas erwidern, aber irgendwie fehlte mir die Kraft dazu. »Okay, dann hör zu und lerne«, sagte ich und zog mein Handy aus meinem Spind, um Sawyer Lees Nummer einzutippen. Ich könnte mich einfach nach Elijah erkundigen. Mein Interesse wäre nicht mal geheuchelt, ich mochte den aufgeweckten kleinen Kerl wirklich irgendwie. Doch zu meinem Glück piepte Vickys Pager in dieser Sekunde.

Sie zog ihn aus ihrer Hosentasche, warf einen kurzen Blick drauf und stöhnte. »Oh Mist, immer wenn es spannend wird.«

»Soll ich mitkommen?«

Sie schüttelte energisch den Kopf. »Du bist fertig, mach Feierabend. Ich will dich dort nicht sehen, verstanden?« Sie wusste, dass ich nur schwer davon abzuhalten war, zu helfen.

Aber ich merkte selbst, wie die Müdigkeit meine Knochen immer mehr beherrschte, und nickte matt. »Alles klar. Bis dann, Vic.«

Sie küsste mich auf die Wange, bevor sie aus der Umkleide stürmte und mich allein ließ. Ruhe. Ich setzte mich mit dem Handy und der Visitenkarte in der Hand auf die Bank.

»Pro und contra«, murmelte ich.

Für pro stand der gute Sex, den ich mit ihm hätte haben können. Ich war zu hundert Prozent sicher, dass der Sex mit ihm fantastisch werden würde. Er hatte so eine Ich-bin-ein-Sexgott-Ausstrahlung. Allein bei dem Gedanken daran, endlich mal wieder mit einem Mann zu schlafen – und dann noch mit einem seines Kalibers –, kribbelte es ziemlich stark zwischen meinen Beinen. Also eindeutig pro. Contra dagegen war, dass … eigentlich alles.

Dass ich keine Zeit hatte.

Dass er mich hatte abblitzen lassen.

Dass ich ihn nicht interessierte.

Dass ich ihm nicht hinterherlaufen wollte.

Dass ich den dunklen Schatten auf seiner Seele gesehen hatte.

Dass ich nicht seine Retterin sein wollte.

Dass ich meine eigenen Probleme hatte.

Dass –

»Scheiß drauf!« Pro überwog. Eindeutig.

Ich gab die Handynummer ein, die auf der Visitenkarte stand. Dreimal. Denn die ersten zwei Male hatte ich den Anruf beendet, bevor jemand abnehmen konnte. »Schisser«, fluchte ich und drückte ein drittes Mal auf Wählen. Ich hielt mir das Handy ans Ohr und zuckte bei jedem Freizeichen zusammen. *Mein Gott, es ist nur ein Anruf. Ich erkundige mich nach seinem Neffen. Ganz unverfänglich.*

»Hallo, hier ist Elijah«, meldete sich eine leicht piepsige Kinderstimme. Ich wusste nicht, ob es Erleichterung war, die mich durchströmte, oder Enttäuschung. Auf jeden Fall löste sich der feste Knoten in meiner Brust schlagartig auf.

»Elijah, hi! Hier spricht Doktor Davis aus dem Krankenhaus. Wie geht's dir?«

Elijah schwieg für einen Moment. Ich konnte die Denkmaschine in seinem kleinen Kopf förmlich rattern hören. »Danke, es geht mir viel besser«, sagte er dann. »Danke, dass Sie sich nach mir erkundigen.« Meine Güte, war dieser Junge höflich. Viel zu erwachsen für sein Alter. Wie früh hatte er seinen Vater verloren?

»Aber natürlich, ich muss doch wissen, wie es dem angehenden BMX-Star geht. Ich hoffe, du schonst deinen Arm gut?«

»Ja, das muss ich. Onkel Sawyer lässt mich nichts machen, was Spaß macht«, grummelte er und schnaubte dann in den Hörer. Ich verkniff mir ein Auflachen. Der Kleine war wirklich süß.

»Es ist gut, dass er so auf dich aufpasst, Elijah. Dann wirst du schnell wieder gesund und kannst bald wieder mit deinem BMX Wheelys üben.«

»Das wäre cool, aber ich schätze mal, meine Mom wird mir das nicht mehr erlauben.«

»War sie sehr böse, weil du es hinter ihrem Rücken gemacht hast?«, hakte ich nach.

»Nicht auf mich. Aber auf Onkel Sawyer«, gab er nach kurzem Nachdenken zu.

»Sie macht sich eben Sorgen.«

»Ich weiß. Sie macht sich immer Sorgen, seitdem Dad gestorben ist.«

Darauf wusste ich nichts zu sagen.

»Und? Wie vertreibst du dir jetzt die Zeit?«

»Ich lese und gucke Fernsehen. Eigentlich wollte ich mit meinen Freunden an diesem Wochenende in den Luna Park. Joey hat Geburtstag und uns alle eingeladen. Aber das holen wir dann wohl nach, wenn ich wieder fit bin.« Er klang traurig. Das konnte ich gut verstehen. Der Luna Park war ein toller Freizeitpark in Brooklyn. Aber das Fahren und Durchrütteln in Achterbahnen, Kettenkarussellen und Schiffschaukeln war nicht das, was seiner Genesung förderlich wäre. Er wusste das und versuchte, wie ein Erwachsener mit dieser Enttäuschung umzugehen, der Arme.

»Magst du Tiere?«

»Klar. Ich bin neun Jahre alt, Doktor Davis. Welcher Neunjährige mag keine Tiere?« Was für ein kleiner Naseweis. Ich lachte auf.

»Da hast du wohl recht. Was hältst du von einem Besuch im Zoo? Das wäre auch mit deiner Verletzung in Ordnung.«

»Kennen Sie den Bronx Zoo? Der ist toll. Da würde ich gerne mal wieder hin.«

Schnell ging ich meinen Dienstplan im Kopf durch. Doch dann wurde mir klar, wie seltsam es wirken würde, wenn ich einen meiner Patienten in den Zoo einladen würde. Dann hörte ich Stimmen und ein Rascheln in der Leitung.

»Sawyer Lee hier, hallo?«

Ich war nicht gefasst auf seine tiefe, kratzige Stimme, die

mich einhüllte wie eine warme Decke. Ich war nicht vorbereitet auf mein Herzrasen, das mit jeder Sekunde, in der ich ihn am anderen Ende atmen hörte, schlimmer wurde. Ich kam nicht zurecht mit der Nervosität, die mich umklammert hielt und schier verrückt machte. Ich war vierunddreißig Jahre alt und stand mit beiden Beinen fest im Leben. *Verdammt, Davis!*

»Hallo?«

Ich zuckte zusammen. »Sawyer …«

Er stutzte. »Alice?« Ich konnte die Fragezeichen durch die Leitung hindurch hören. Obwohl ich ihn angerufen hatte, war ich nicht minder überrascht, ihn zu hören.

»Ja, ich …«

»Ich hoffe, Elijah hat dich gut unterhalten, während ich im Gespräch war?« Er schien überrascht zu sein. Kein Wunder.

»Ja … ich …« Gott, ich war doch keine dreizehn mehr! *Alice, reiß dich zusammen!* Ich räusperte mich. »Ja, er war sehr souverän und hat sich gut mit mir unterhalten«, antwortete ich und räusperte mich erneut. »Ich … ich wollte mich nur nach ihm erkundigen.«

»Elijah geht es gut. Er erholt sich prima, der Arm tut im Moment kaum noch weh, und der Kopf schmerzt auch nicht mehr. Wir halten uns an deine Anweisungen. Ja, Elijah geht es gut«, wiederholte er.

»Ja, das sagte er. Und dir? Wie geht es dir?«, fragte ich, nachdem ich meinen ganzen Mut zusammengerafft hatte.

»Woher hast du diese Nummer?«

»Du hast deine Karte in unserem Flur verloren.« Als er nichts sagte, redete ich einfach weiter. »Es tut mir leid, ich hätte nicht anrufen sollen.«

»Nein. Nein, schon okay. Das ist nett …«

»Wie gesagt, ich wollte nur …«

»Alice, bleib bitte kurz dran«, unterbrach er mich. Ich hörte wieder dieses leise Rascheln und gedämpfte Stimmen. Er hatte das Handy vom Ohr genommen und hielt es abgedeckt. Mit wem sprach er? War das eine Frau? Mein Gedankenkarussell begann sich zu drehen. Unaufhaltsam und immer schneller, während am anderen Ende immer noch gemurmelt wurde.

Dann hörte das Rascheln auf, und Sawyer war wieder da. Er seufzte ins Telefon, als Elijah im Hintergrund anscheinend weiter auf ihn einredete.

»Sawyer, wenn es jetzt ungünstig ist, dann –«

»Geh mit uns aus«, würgte er mich ab.

»Was?« Ich musste mich verhört haben. Was hatte er gesagt?

»Elijah möchte sich bedanken. Er …« Ich hörte das leise, kratzige Lachen auf der anderen Seite. »Er möchte sich gerne bei der netten Ärztin bedanken.« In Verbindung mit dem letzten Satz klang das Lachen nicht, als würde er die Idee seines Neffen für völlig daneben halten und wäre unter Bedrohung einer Spielzeugwaffe zu dieser Bitte gezwungen worden. Eher, als würde ihm die Idee ganz entgegenkommen.

»Das hat er gesagt?«

Sawyer zögerte fast unmerklich. »Ja, so in der Art hat er sich ausgedrückt.«

»Und du hältst das nicht für eine Schnapsidee?«

»Ich … Was? Nein! Wie kommst du darauf?«

Mein Puls beschleunigte sich, und in meinem Magen begann es zu flattern. »Na ja … nach der Nacht …«

Seine Antwort ließ einen Moment auf sich warten. »Ich denke, dass wir das Ganze falsch angegangen sind.«

»Du meinst, ein Reset und es läuft besser?«

»Vielleicht?«

In diesem einen Wort lag eine Frage. Und in dieser Frage eine Entschuldigung. Wir waren erwachsen. Er war attraktiv. Und unter anderen Umständen wäre es vielleicht wirklich anders, besser gelaufen. Vielleicht sollte ich auf Vicky hören.

»Okay.« Warum nicht mal selbst auferlegte Regeln brechen

und über seinen Schatten springen? Erstaunlich, wie einfach das war. Und wie gut es sich anfühlte.

»Okay?« Er schien ebenfalls erstaunt.

»Ja, okay. Ich meine, ich habe gerade eine Vierundzwanzig-Stunden-Schicht hinter mir, bin also nicht zurechnungsfähig. Aber in Anbetracht der Tatsache, dass du um ein Reset gebeten hast und Elijah nicht mit seinen Freunden in den Luna Park fahren kann, habe ich mich gerade gefragt, ob es … also ob … Wie wäre es mit einem Besuch im Bronx Zoo?« Sawyer sagte nichts. Ich hörte ihn nicht mal atmen. »Hallo? Bist du noch da?«

»Ja, bin ich. Das … hört sich gut an. Sehr gut sogar. Wie sieht es zeitlich bei dir aus?«, fragte er, und ich hatte den Eindruck, dass ein kleines bisschen Euphorie in seinen Worten mitschwang.

»Ich habe morgen frei und dann wieder einen Nachtdienst.«

»Also hast du Sonntag frei?«

»Gut kombiniert, Watson.«

Ein kurzes Rascheln, dann wieder diese tiefe, samtige Stimme an meinem Ohr. »Prima. Dann Sonntag.«

»Du arbeitest nicht am heiligen Sonntag?«, neckte ich ihn.

Ein warmes Lachen drang an mein Ohr. »Nein. Nicht, wenn ich meinen Neffen bei mir habe. Elijah ist noch bis nächsten Dienstag bei mir, also mache ich das, was ein guter Onkel so macht. Nämlich frei.«

»Okay, dann also Sonntag.«

»Wir holen dich ab. Zehn Uhr.«

»Du weißt nicht, wo ich wohne«, wandte ich ein.

»Ich habe dich nach Hause gebracht, schon vergessen? Bis Sonntag, Alice.« Ja, das hatte ich für einen Moment tatsächlich verdrängt.

»Bis Sonntag«, flüsterte ich in den Hörer, doch da hatte er schon aufgelegt.

Alice

Zehn vor zehn am Sonntagmorgen stand ich ausgehfertig am Fenster und sah runter auf die Straße. Mein Magen flatterte, und ich war verdammt nervös. Das war das erste richtige Date seit Jahren. Auch wenn es ein sonntägliches Dreierdate mit einem Kind und arrangiert von einem Kind war – ich konnte mich gar nicht erinnern, wann ich das letzte Mal mit einem Mann ausgegangen war. Normalerweise liefen meine »Dates« seit Jahren gleich ab: Ich lernte jemanden kennen und ging entweder mit ihm mit oder nahm ihn mit zu mir. Dann hatten wir Sex, und danach war nichts anders als vorher. Es war nicht zu leugnen, dass ich keine Zeit für Beziehungen hatte und sie mir auch nicht nahm. Ich war Single, hatte gelegentlich One-Night-Stands und sah den Typen in der Regel dann nie wieder. Allein diese Regel hatte Sawyer schon gebrochen. Wir hatten uns wiedergesehen, und das hatte mir gefallen. Zwar hatte es eine Weile gedauert, mir das einzugestehen, aber, ja, es hatte mir gefallen. Und das machte mir Angst. Aber mein Mantra »Ich bin keine dreizehn mehr« erinnerte mich daran, dass ich mit fast Mitte dreißig vielleicht doch anfangen sollte, mehr vom Leben zu wollen als nur unverbindlichen Sex.

»Nervös?« Vicky kam in die Küche und holte sich eine Flasche Wasser aus dem Kühlschrank. Sie war vor einer Stunde aus dem Krankenhaus gekommen und hatte nun die nächsten vierundzwanzig Stunden frei, die sie vermutlich in ihrem Pyjama verbringen würde. Das Beste, das man an einem freien Tag anhaben konnte. Es sei denn, man hatte ein Date.

»Unglaublich nervös«, gab ich zu. Nachdem ich ihr von

Elijahs quasi erzwungener Einladung erzählt hatte, hatte sie sich einfach für mich gefreut. Zwar hatte ich nicht nur einmal zum Telefon gegriffen, um ihm im letzten Moment abzusagen. Aber dann hatte ich an Elijah gedacht. Ihn wollte ich nicht enttäuschen.

»Brauchst du nicht. Du siehst toll aus.«

»Danke.« Dass ich seit dem Telefonat mit Sawyer damit beschäftigt gewesen war, mir Gedanken um mein Outfit zu machen, in aller Herrgottsfrühe aufgestanden war und mich umgeben von Cremes, Lotionen und Make-up stundenlang im Bad eingeschlossen und im Laufe der letzten Stunden mehrmals umgezogen hatte, musste ich ihr ja nicht auf die Nase binden.

Meine Freundin trat zu mir ans Fenster, hinter dessen Vorhang ich mich etwas versteckte, während ich die Straße im Auge behielt. »Ich finde es gut. Du hast dir mal etwas …«

»Abwechslung verdient?« Ich drehte meinen Kopf, um sie anzusehen.

»Abwechslung braucht keiner von uns mehr. Beständigkeit, Davis. Beständigkeit ist das Zauberwort.«

»Es ist nur ein Date, keine Hochzeit«, widersprach ich.

»Auch eine Hochzeit fängt mit einem Date an«, unkte sie. Doch dann wurde sie ernst. Ihre Hand drückte meine Schulter. »Lass es doch einfach zu, Alice. Lass es einfach mal zu. Mach, was dein Herz dir sagt«, zitierte sie dann aus *Good Will Hunting*. Einer unserer Feierabend-Pyjamaparty-Pizza-Wein-Lieblingsfilme.

Dann verschwand sie mit ihrer Wasserflasche aus der Küche und ging zurück in ihr Zimmer, aus dem ich kurz darauf die Filmmusik zu *Herr der Ringe* hörte, und ich war wieder allein. Aber nicht lange, denn wenige Minuten später lenkte ein Wagen auf den Seitenstreifen vor unserem Haus und hielt an. Als die Tür sich öffnete und ich Sawyer erkannte, blieb mein Herz für einen kurzen Moment stehen.

Lässig in Jeans und einem hellen Hemd mit aufgekrempelten Ärmeln sprang er aus einem silbernen Sportwagen-Cabrio. Ja, dieses Auto passte zu ihm. Warum auch immer, nichts anderes hätte ich von ihm erwartet. Auf der Rückbank saß Elijah mit Sonnenbrille und seiner Schiene und strahlte übers ganze Gesicht. Sawyer trug auch eine Sonnenbrille, die er jetzt abnahm, dann ließ er seinen Blick suchend an der Hauswand entlangfahren. Als er den richtigen Eingang zu unserer Wohnung gefunden hatte, verschwand er aus meinem Blickfeld, und kurz darauf klingelte es schon an der Tür.

Ich war froh, dass ich mich nicht so sehr aufgebrezelt hatte, auch wenn mein Marathon in Schlaf- und Badezimmer das hätte vermuten lassen. Ebenfalls in Jeans und einem grauen Micky-Maus-T-Shirt sowie Chucks öffnete ich die Tür und suchte Schlüssel und Handy zusammen – ich tat zumindest so, denn natürlich hatte ich das bereits Stunden vorher parat gelegt –, während er die Treppen nach oben stieg. Und dann stand er vor mir.

Halleluja!

Ich schwöre, ich konnte mich nicht erinnern, je so ein nervöses Flattern in meiner Mitte gehabt zu haben, nur weil ich einem Mann gegenüberstand. Ich bemerkte die Panik, noch bevor sie gänzlich durch meine Blutbahn in mein Gehirn schießen und Schaden anrichten konnte. Hastig atmete ich durch und schob sie in die hinterste Ecke meines Seins. Ich holte noch einmal tief Luft, schloss für den Bruchteil einer Sekunde die Augen, schob die dunklen Wolken voller Unsicherheit beiseite und erinnerte mich daran, was ich mir vorgenommen hatte.

Also straffte ich meine Schultern und setzte ein möglichst entkrampftes Lächeln auf. »Hey …« Meine Stimme klang entsetzlich, was ihm glücklicherweise nicht aufzufallen schien. Und wenn doch, dann ließ er es sich nicht anmerken.

»Hey«, echote er und warf mir ebenfalls ein Lächeln zu, das keine Bedenken erkennen ließ. Das nahm mir den Druck ein bisschen. Zwar war die Einladung nicht auf seinem Mist gewachsen, und ohne Elijah würden wir nicht hier stehen, aber es zeigte mir, dass er sich ehrlich freute, mich zu sehen. Meine Nervosität diesbezüglich legte sich.

»Ich bin so weit«, hörte ich mich sagen.

»Dann lass uns gehen. Elijah wartet unten.«

Ich zögerte. »Du könntest ihm sagen, dass es mir nicht gut geht, ich krank bin oder es mir einfach anders überlegt habe. Quasi eine letzte Chance für einen Rückzieher«, bot ich mit einem schiefen Lächeln an und hoffte inständig, dass er das Angebot nicht annahm.

Sawyers Blick war eindeutig. »Soweit ich das beurteilen kann, geht es dir gut. Und anders hast du es dir auch nicht überlegt, weil du sonst nicht fertig wärst. Also … Wollen wir gehen?«

»Gut kombiniert.«

»Ich weiß.« Wieder dieses minimale Lächeln. Die Vorstufe von dem, das mich zum Schmelzen bringen würde.

Schnell wich ich seinem Blick aus, schnappte mir meine vor Stunden fertig gepackte Handtasche und den Schlüssel. Dann zog ich die Tür hinter mir ins Schloss und wandte mich zu ihm um. »Bereit, wenn Sie es sind.«

Er unterzog mich einer skeptischen Musterung. »Hannibal Lecter-Fan?«

Ich zuckte mit den Schultern. »Da bin ich ganz offensichtlich nicht die Einzige.«

Ein knappes Lächeln, dann war es schon wieder verschwunden. »Also dann. Elijah kann kaum erwarten, dass es endlich losgeht.« Er wartete auf mich und stieg leichtfüßig neben mir die Treppen runter, während mein Herz sich bei jedem Schritt fragte, was ich hier eigentlich tat. Ich erkannte mich selbst nicht wieder. Ich war Ärztin, stand mit beiden Beinen fest im Leben, und trotzdem benahm ich mich, als wäre ich dreizehn und als hätte mich Robbie Williams auf eine Cola eingeladen. Und als ich auf Sawyers Rücken starrte, während er vor mir die Stufen nahm, bekam ich auch eine leise Ahnung, warum das so war. Verdammt, dieser Kerl wäre der Jackpot, ich müsste mich nur darauf einlassen.

»Hey, Doktor Davis«, begrüßte Elijah mich, als wir am Auto ankamen, und im selben Moment war die Unsicherheit wegen Sawyer vergessen. Elijah hatte mein Herz im Sturm erobert, und ich freute mich auf den Tag mit ihm.

»Hey, Elijah. Du solltest mich Alice nennen, okay?«

Er legte den Kopf schief, sah seinen Onkel an, dann wieder mich. »Okay«, sagte er begleitet von einem Schulterzucken. »Sie … du darfst vorne sitzen, Alice.«

»Vielen Dank.« Als ich Sawyers Blick auffing, wäre es mir lieber gewesen, er hätte das Angebot nicht gemacht. Aber ich setzte mich auf den Beifahrersitz und schwor mir, dass ich mich nicht von meiner Libido leiten lassen würde.

Sawyer strich seinem Neffen im Vorbeigehen über das Haar, stieg ebenfalls ein und startete den Wagen. Kurz darauf fädelte er sich in den Verkehr ein, und wir ließen uns den Fahrtwind um die Nase wehen. Sawyer lenkte den Wagen Richtung East River, und wir passierten den Seaport Historic District, wo man einige der ältesten Gebäude von Downtown Manhattan bestaunen konnte. In den alten, zum Teil original erhaltenen Handelshäusern befanden sich Läden und Restaurants sowie das South Street Seaport Museum. Davor schaukelten wieder hergerichtete Segelschiffe im Wasser. Kurz dahinter zu unserer Rechten lag schon die Brooklyn Bridge, und ein Blick auf das glitzernde Nass ließ mich meine Sonnenbrille aus der Tasche holen. Die Fahrt am East River entlang ging zügig voran, wir passierten Roosevelt Island und konnten den Leuchtturm auf der Inselspitze bestaunen, dessen Geschichte weit zurückreichte.

»1872 gab die Stadt New York den Auftrag, dort einen Leuchtturm zu bauen«, antwortete Sawyer auf Elijahs Nachfrage hin. Der Junge kam aus Philadelphia und kannte die Geschichte von Roosevelt Island noch nicht. »Damals hieß die Insel noch Welfare Island, weil sich nur Gefängnisse, Hospitäler und Armenhäuser auf ihr befanden. Die Gefangenen bauten den Turm aus Steinen, die auf der Insel gefunden wurden. Das rote Licht des Turms war wichtig beim Passieren des engen Kanals im East River. Einen Wärter allerdings gab es dafür nie.« Ich hing ebenso wie Elijah an Sawyers Lippen, während wir weiterfuhren, und es war auch für mich spannend, die Geschichte der Insel mal im Detail zu erfahren. Aber noch spannender war es zu hören, wie anders er mit seinem Neffen sprach. Weicher, geduldig, liebevoll.

»Bis in die Vierzigerjahre half der Turm den Kapitänen beim Navigieren, dann war Schluss. Heute gilt er als Wahrzeichen und Touristenattraktion der Insel. 1973 wurde sie dann in Roosevelt Island umbenannt. Weißt du, warum?«, fragte er seinen Neffen.

»Hat das was mit dem Präsidenten Franklin D. Roosevelt zu tun?«, wollte Elijah wissen. Sawyer nickte und erklärte noch etwas zum Bau des Denkmals des alten Präsidenten.

»In den Achtziger- und Neunzigerjahren wurden die alten Gebäude abgerissen und neue Häuser gebaut. Heute kann man über eine Brücke auf die Insel kommen, aber noch viel cooler ist es, mit der Drahtseilbahn über den East River zu schweben.«

»Echt? So was gibt es?«

»Aber ja. Und weißt du was? Wenn du das nächste Mal zu mir kommst, dann fahren wir zwei damit. Was meinst du?«

»Das ist super!« Elijahs Augen leuchteten. »Kommst du dann auch wieder mit, Alice?«

»Ich … Ich weiß noch nicht …«

»Ich versuche, Alice zu überreden, wenn es so weit ist, okay, Kumpel? Und du weißt, wie überzeugend ich sein kann«, rettete Sawyer die Situation und zwinkerte mir fast unmerklich zu. Ich konnte nur stumm nicken, weil ich mich darauf konzentrieren musste, das Herzrasen in meiner Brust unter Kontrolle zu bekommen.

Wir brauchten fast eine Stunde, bis wir vor dem Kassenhäuschen des Zoos angekommen waren. Der Verkehr war okay gewesen, aber die Parkplatzsuche die Hölle. Nachdem Sawyer den Jaguar in eine klitzekleine Parklücke gequetscht hatte, betraten wir den Zoo über den Eingang River Gate, wo sich vor uns das große Vogelparadies erstreckte. Bunte exotische Vögel, so weit das Auge reichte, ich konnte kaum einen von ihnen mit Namen benennen, aber das erledigte Elijah für mich. Wie sich herausstellte, war er nicht das erste Mal hier im Zoo und kannte die meisten Tiere bereits. Was seine Freude an diesem Besuch aber nicht schmälerte.

»Von Tieren kann ich nie genug bekommen«, wurde er nicht müde zu sagen und freute sich schon auf die Fütterung der Seelöwen, die in wenigen Minuten beginnen sollte. Also rasten wir im Eiltempo an den Vögeln und den Bisons vorbei und ergatterten noch drei freie Plätze an der Abgrenzung zum Seelöwen-Gehege. Einige Tiere sonnten sich auf den Felsen, die vom Wasser umgeben waren, andere wiederum spielten im Wasser miteinander. Und als vor unserer Nase ein Seelöwe auftauchte und in seine Flossen klatschte, quiekten nicht nur er und Elijah auf, sondern auch ich.

Kurz darauf betrat ein Pfleger in Shorts und einem T-Shirt des Zoos mit einem gefüllten Eimer eine Felsplattform. Wir hatten Glück, dass wir ihm genau gegenüberstanden und alles gut beobachten konnten. Nebenbei ertönten aus den Lautsprechern Informationen zu den Seelöwen. Es war total schön anzusehen, wie die Tiere kleine Kunststückchen machten, um ihren Fisch zu bekommen. Der Pfleger öffnete seine Hand wie ein Maul, und der Löwe machte es ihm mit dem Maul nach. Er deutete eine Rolle mit der Hand an, der Löwe drehte sich. Elijah lachte, als der Seelöwe den Pfleger abklatschte, und applaudierte, als er einen Fisch aus dem Wasser beförderte, den der Pfleger ihm dort hineingeworfen hatte. Er strahlte und hatte ganz offensichtlich Spaß, während Sawyer und ich nicht weniger begeistert rechts und links neben ihm standen.

Ich merkte, dass Sawyer mich immer mal wieder verstohlen beobachtete. Ab und an trafen sich unsere Blicke. Während Sawyers Miene eher undurchdringlich blieb, durchliefen mich heiße Schauer, die mein Herz und auch mein Gehirn für einen kurzen Moment außer Gefecht setzten.

Nach der Fütterung, die eine knappe halbe Stunde dauerte, folgten wir den angelegten Wegen im Zoo. Die Sonne schien vom wolkenlosen Himmel, und die Temperaturen waren bereits so angestiegen, dass ich meine dünne Jacke nun auszog.

»Elijah hat gemeint, seine Mom wäre sauer auf dich? Wegen dem Armbruch und so. War es sehr schlimm?« Mitfühlend sah ich ihn von der Seite an.

Er schluckte, und ich sah, wie er nach Worten suchte. Schließlich seufzte er. »Sie war sauer, weil ich ihm hinter ihrem Rücken und trotz ihres Verbots ein solches Rad gekauft habe. Ich verstehe das und sie hat recht. Das hätte ich nicht machen dürfen. Aber …« Er zuckte mit den Schultern und grinste ein wenig. »Elijah hat sich so gefreut. Das war es wert. Der Sturz allerdings hätte nicht sein müssen. Und das mit Jenna, das renkt sich wieder ein. Allein schon, wenn sie hört, wie sehr Elijah den heutigen Tag hier genießt.«

»Es ist so schön hier«, bemerkte ich, als wir durch das Grün zwischen den einzelnen Tiergehegen spazierten.

»Es war eine gute Idee von dir.« Sawyer warf mir einen kurzen Blick zu, bevor er nach seinem Neffen sah, der schon zu den Krokodilen vorgelaufen war und nun an der Mauer stand, um diese zu beobachten. Wir schlenderten langsam hinterher.

»Herrlich ruhig hier«, setzte ich hinterher.

»Ruhig? Die Tiere brüllen, wiehern, schnattern, zwitschern, brüllen … und was nicht noch alles. Hier ist es alles andere als ruhig.« Er wirkte irritiert.

Unbeirrt nickte ich. »Es ist hier ruhiger und friedlicher als im Krankenhaus. Jenseits von Tod, Krankheit und Hektik. Und das genieße ich.« Selbst die Kinder, die umherliefen und quiekten, die Eltern, die nach ihnen riefen, und die Lautsprecher, die so manche Ansage der Tierpfleger ausgaben, störten mich nicht.

Er warf mir einen langen Blick zu. »Warst du schon mal hier?«

»Nein. Obwohl ich schon so lange in New York lebe – eigentlich bereits mein ganzes Leben –, war ich noch nie in diesem Zoo«, antwortete ich unbefangen. Allmählich wurde ich lockerer und wünschte mir, auch mehr von ihm zu erfahren. »Du?«

Sawyer nickte. Er schien wirklich ein Familienmensch zu sein. Das hatte ich anfänglich nicht erwartet.

Mittlerweile waren wir am Gehege der Krokodile angekommen, wo Elijah ganz fasziniert die Reptilien betrachtete. Wir stellten uns neben ihn an die Mauer, und als ich meine Hände auf die Absperrung legte, berührte Sawyer sie versehentlich mit seinen. Ihm machte das anscheinend nichts aus, er bemerkte es vermutlich nicht einmal, nur mir jagte die Berührung wieder tausend Fragezeichen durch den Kopf.

»Als Kind sind Mom, Granny und ich immer im Zoo des Central Parks gewesen. Der Eintritt war nicht so teuer, und man brauchte nicht den ganzen Tag, um sich die Tiere anzusehen, weil er viel kleiner ist.« Obwohl ich schon erwachsen war und die Zeit mit Mom und Granny schon so lange her war, tat es immer noch weh, an sie zu denken.

»Was ist mit deiner Mom? Lebt sie hier in der Nähe?«, fragte Sawyer vorsichtig nach.

»In der Nähe von Boston. Wir sehen uns eher selten, sie ist Krankenschwester und hat wenig Freizeit«, erklärte ich.

»Sie ist sicher stolz auf dich«, vermutete Sawyer.

»Welche Mutter ist nicht stolz auf ihr Kind?«, wich ich aus. Ich war es nicht gewohnt, so private Details aus meinem Leben preiszugeben. Deswegen hatte ich bisher auch niemandem erzählt, was mein Vater vor Jahren getan hatte. Zwar hatte meine Mom sich schon vor langer Zeit vor ihm getrennt, aber seine Tat war auch an uns nicht spurlos vorübergegangen. Ich hatte es bisher ganz gut geschafft, ihn aus meinem Leben und meinen Gedanken zu verdrängen. Und das wollte ich auf keinen Fall ändern.

»Und du? Du warst sicher schon mehrmals mit Elijah hier im Zoo, oder?«, lenkte ich von mir ab.

Sawyer bestätigte das. Und dann erzählte er wie ausgewechselt von den Ausflügen, die sie gemeinsam machten, wenn Elijah bei ihm zu Besuch war. Das kam mehrmals im Jahr vor. Ich hörte die Begeisterung in seiner Stimme und sah ihm an, wie sehr er den Jungen liebte. Ich fragte mich unwillkürlich, was mit seinem Bruder passiert war, dass seine Schwägerin alleine mit dem Jungen war. Aber so neugierig ich auch war – fragen würde ich ihn niemals danach. Es ging mich ja auch nichts an. Außer dass er Anwalt war, einen Neffen und eine Schwägerin hatte, wusste ich nichts von ihm. Aber je länger ich Zeit mit ihm verbrachte, umso stärker wurde der Wunsch, das zu ändern.

Alice

»Wie wäre es mit einem Abendessen?« Sawyer sah mich an, als ich gerade den Schlüssel in die Eingangstür stecken wollte.

Nachdem Elijah und er mich nach einem wirklich schönen Tag im Bronx Zoo am frühen Abend nach Hause gebracht hatten, hatte er mich noch zur Tür begleitet. Wie ein Gentleman. Und jetzt überraschte er mich gänzlich, mir fiel fast der Schlüssel aus der Hand.

»Ich … bitte?« Ich musste ihn angestarrt haben wie ein hypnotisiertes Kaninchen, denn er lachte tatsächlich leise auf.

»Abendessen. Nur wir zwei. Ich könnte dich abholen, wenn ich Elijah ins Bett gebracht habe.«

»Und Elijah bleibt alleine?« Er war doch erst neun.

»Ich habe einen Babysitter. Elijah kennt Katie schon von klein auf, sie hat manchmal auf ihn aufgepasst, wenn Jenna und … mein Bruder in der Stadt waren.« Ich merkte, wie er kurz stockte, aber er fing sich sofort wieder.

»Ah, klar.« Natürlich würde ein pflichtbewusster Mann wie Sawyer einen Neunjährigen nicht allein lassen.

»Also?«

»Was?«

»Gehst du mit mir essen?«, wiederholte er seine Frage geduldig.

»Ich …« Eigentlich lag mir ein Nein schon auf der Zunge. Aus reiner Gewohnheit. Weil ich niemals Dates hatte. Geschweige denn ein zweites. Aber als seine stahlgrauen Augen mich so eindringlich ansahen und mein Herzschlag sich beschleunigte … »Ja. Ja, warum nicht.«

»Dann hole ich dich gegen acht ab.«

»Okay.«

Ich schloss die Tür auf, und als ich eintrat, nickte Sawyer noch einmal stumm, dann hüpfte er die Treppen leichtfüßig wieder runter, stieg ins Auto und fuhr los. Elijah winkte aus dem Fenster, ich winkte zurück.

Aufgeregt wegen seiner Einladung flitzte ich die Treppen zu unserer Wohnung hoch und stürmte gleich in mein Zimmer.

»Alles in Ordnung?«, hörte ich Vicky rufen, die im Bad war.

»Nein«, rief ich panisch aus. »Nichts ist in Ordnung.«

»Was hat der Mistkerl dir angetan?« Sie stand plötzlich in der Tür zu meinem Zimmer und nahm mich forschend unter die Lupe.

»Er hat mich zum Abendessen eingeladen.«

Vicky runzelte die Stirn, dann brach sie in Gelächter aus. »Na, wenn das dein einziges Problem ist, dann geht's ja.«

* * *

»Hunger?« Vor wenigen Minuten war Sawyer vor meiner Haustür aufgekreuzt, um mich abzuholen.

»Machst du Witze? Ich könnte ein halbes Schwein auf Toast verdrücken«, platzte ich raus. Vor lauter Aufregung hatte ich den ganzen Tag nichts Essbares runterbekommen. Während Elijah und Sawyer im Zoo Pommes, Burger und Eis verdrückt hatten, hatte ich mich an Wasser oder Kaffee festgehalten. Ein Donut zum Kaffee war das Einzige gewesen, das ich gegessen hatte. Dafür meldete sich mein Magen aber just in dieser Sekunde, als würde er zuhören.

»Dann habe ich ja alles richtig gemacht«, meinte er und zwinkerte mir zu. Sawyer Lee zwinkerte. Mir. Zu.

Seine Augen leuchteten, und seine Körperhaltung war lockerer. Er war aufgeschlossen und entgegenkommend. Ich war völlig überfordert.

»Was meinst du?«

»Ich nehme an, du bist keine Vegetarierin oder Veganerin oder so?« Ein wenig unsicher sah er mich an.

»Nein, warum?«

»Du hast heute nichts von dem gegessen, was wir dir angeboten haben«, bemerkte er in einem fast vorwurfsvollen Tonfall.

»Ich … bin es nicht gewohnt, über Tag viel zu essen«, redete ich mich raus. »Im Krankenhaus komme ich meistens nicht dazu.«

»Das ist der Grund?«

»Sicher.«

Sawyers Miene strahlte. »Okay. Und? Magst du Steaks?« Ich nickte. Er auch. Und dann hielt er mir die Beifahrertür seines Sportwagens auf. »Dann lass uns keine Zeit verlieren.« Sein Lächeln war unbeschreiblich, ich hatte den Eindruck, dass es Erleichterung beinhaltete.

Ich war auf jeden Fall erleichtert und atmete meine Anspannung aus, während er um den Wagen herumging. Als er einstieg und den Motor startete, sich weiterhin entspannt gab, wurde auch ich endlich lockerer. Ich sollte aufhören, die Situation analysieren zu wollen, das brachte nichts, und lieber einfach den Moment genießen. Es so annehmen und schauen, was daraus werden würde. Aber vielleicht, ohne mein Herz dabei zu weit zu öffnen.

Die Fahrt dauerte nicht lange. Obwohl es in der Gegend, in der wir wohnten, genügend Restaurants und Cafés gab, verließen wir Downtown, und nach etwa einer halben Stunde fanden wir uns in Chelsea vor einem alten, umgebauten Lagerhaus inmitten von Wohnblöcken wieder. Vicky und ich waren – wenn es die Zeit zuließ – gerne mal in diesem Viertel, weil es hier tolle Restaurants und Klamottenläden gab und es in den vergangenen Jahren zum Zentrum der New Yorker Kunstszene geworden war. Hier reihten sich Restaurants an Bekleidungsgeschäfte an Galerien. Die Leute hier waren bunt gemischt, Chelsea galt als größtes Lesben- und Schwulenviertel der Stadt. Hier war das Leben fröhlich.

Sawyer parkte in einer Lücke am Straßenrand, stellte den Motor ab und stieg aus. Er hielt mir die Tür auf und half mir aus dem tiefergelegten Wagen. Ich atmete den Geruch von heißem Teer ein, der unter unseren Füßen noch die Hitze des Tages gespeichert hatte.

»Du scheinst eine Vorliebe für Bars in dunklen Seitenstraßen zu haben«, stellte ich fest, als ich mich umsah. Die Mauern der umliegenden Häuser waren hoch und kratzten am orangeroten Himmel. Die Sonne würde in der nächsten Stunde untergehen, und bei klarem Himmel war das ein spektakuläres Ereignis. Selbst in New York. Besonders, wenn die Sonne zwischen den Häuserschluchten versank. Manhattanhenge nannte man dieses Spektakel, das nur viermal im Jahr stattfand. Nämlich dann, wenn die Sonne exakt auf das Straßennetz ausgerichtet unterging und die ganze Straße erleuchtete.

»In den dunkelsten Gassen gibt es die besten Drinks und die besten Steaks«, erwiderte er.

»Hört, hört.«

Er grinste erneut, ein Grübchen bohrte sich in seine Wange. Ich schmolz. »Bereit, dich überzeugen zu lassen?« Er hielt mir tatsächlich den Arm hin. Ein Mann alter Schule. Das Ganze hier gefiel mir immer besser. Ich stand total auf Gentlemen.

»Das Leben ist wie eine Schachtel Pralinen – man weiß nie, was man kriegt«, antwortete ich mit einem Zitat und hakte mich bei ihm unter. Ihn so dicht neben mir zu spüren, ließ meine Hormone Tango tanzen.

»Forrest Gump.« Er nickte lächelnd und lenkte mich zu

einem großen Fabrikgebäude, an dem ich von weitem eine Leuchtreklame erkennen konnte. Als wir vor der Tür standen und ich unter vielen verschiedenen Flaggen eine französische an der Seite erspähte, musste ich lachen.

»Warum lachst du?«

»Ein Big Mac ist ein Big Mac«, zitierte ich erneut aus einem Film. So was machte ich normalerweise nur mit Vicky, die genauso filmverrückt war wie ich. Manchmal schafften wir ganze Dialoge, die nur aus Zitaten bestanden.

Er hielt mir die Tür auf und sah mich an. »Aber die nennen ihn Le Big Macke«, führte er den Satz aus *Pulp Fiction* fort, und das Grübchen in seiner Wange vertiefte sich.

Als wir eingetreten waren bemerkte ich, dass das Restaurant kein Edelschuppen war, wie ich anfänglich befürchtet hatte, sondern eine ziemlich gemütlich eingerichtete Burgerbude. Tische und Stühle aus dunklem Holz, bunte Blechschilder an den Wänden, auf denen verschiedene Sprüche, Zitate oder Kennzeichen zu lesen waren. Aus Lautsprechern dudelte leise Rockmusik, und im hinteren Teil befand sich tatsächlich so etwas wie eine kleine Destille. Aber bei näherem Hinsehen erkannte ich, dass sie außer Betrieb war, also nur zu Dekorationszwecken im Raum stand.

»Wie urig«, rief ich aus, als der Kellner uns zu einem Tisch nahe der gemauerten Wand führte.

»Eines meiner Lieblingsrestaurants«, bemerkte Sawyer, als wir uns setzten. »Hier gibt es nicht nur die besten Steaks der Stadt, sondern auch die besten Burger. Stimmt's, Angelo?«

Das Lächeln des mexikanisch aussehenden Kellners, der in schwarzer Hose und einem grauen Hemd mit hochgekrempelten Ärmeln vor uns stand, wurde breiter, er entblößte eine Reihe weißer Zähne, als er lachte. »Si, Señor Lee.« Dann legte er uns die Karten hin. »Möchte Señora selbst aussuchen, oder darf ich Empfehlung mache?«, fragte er mich. Ein Blick in seine schokobraunen Augen, und ich konnte gar nicht anders.

Also klappte ich die Karte ungelesen wieder zu. »Gerne.«

»Wir haben heute frische Ware bekommen, sehr gute Porterhouse draus schneiden«, begann Angelo zu schwärmen. »Dick und saftig. Für beide.« Er zeigte abwechselnd auf Sawyer und mich.

»Porterhouse hört sich gut an«, beschloss ich. Ich hatte nichts gegen ein schönes, saftiges T-Bone-Steak, bei dem auf der einen Seite das Filet und auf der anderen Seite des Knochens das Rumpsteak saß. Allein beim Gedanken daran lief mir das Wasser im Mund zusammen. Ich warf Sawyer einen fragenden Blick zu.

»Gute Wahl.«

Wir bestellten ein Porterhouse für uns zwei, dazu Baked Potatoes, Salat und Brot. Und einen Cabernet Sauvignon für mich sowie ein alkoholfreies Bier für Sawyer.

»Ich bin froh, dass du keinen Alkohol trinkst, wenn du fährst«, sagte ich, als Angelo abgezogen war.

»Für mich selbstverständlich.«

»Es gibt genug Idioten, denen das egal ist. Ich sehe den Ausgang davon jeden Tag im Krankenhaus.«

Er beugte sich vor. »Mich wirst du zumindest aus diesem Grund niemals auf dem Tisch vorfinden.«

»Das beruhigt mich.« Ich sah auf und direkt in seine stahlgrauen Augen. Es war nicht nur ein einfacher Blick, den man seinem Gegenüber mal so schenkte. Er ging mir unter die Haut.

»So, einmal die Wein für die bezaubernde Señora.« Angelo stand wie aus dem Nichts an unserem Tisch und schenkte mir den Wein aus einem Dekanter ein. Sawyers Bier war frisch gezapft. Dazu reichte er uns einen kleinen Korb mit frischem Weißbrot, das himmlisch duftete. »Die Steak wird gleich fertig sein. Hm, rieche gut in Küche«, machte er uns den Mund wässrig und zeigte auf die Tür neben dem Tresen. Dann waren wir wieder allein.

»Er ist süß«, befand ich.

»Er ist … sehr zuvorkommend, ja.«

»So könnte man es auch benennen. Du bist Stammgast hier?«

»Ich komme gerne hierher, weil ich hier meine Ruhe habe. Und, weil es das beste –«

»Steak der Stadt gibt«, fiel ich mit ein.

»Wo gehst du gerne essen?«, wollte er wissen, griff sein Bier und trank einen Schluck.

»Ich gehe kaum in Restaurants«, gab ich zu. »Erstens weil mir die Zeit dafür fehlt, und zweitens koche ich eigentlich ganz gerne, wenn es die Zeit zulässt. Es erdet mich.«

»Hättest du das vorher gesagt …« Sawyer zwinkerte mir zu. Schon wieder.

»Ich bin mir nicht sicher, ob ich das Steak auch so gut hinbekommen würde.«

»Was kochst du am liebsten?«

»Pasta. In allen erdenklichen Richtungen.«

»Ich liebe Pasta.«

»Kochst du auch?«, wollte ich wissen, obwohl ich die Antwort in seinem Gesicht schon lesen konnte, noch bevor ich die Frage ganz ausgesprochen hatte.

»Im Vergleich zu euch bin ich so was wie ein Hund«, zitierte er aus *Jupiter Ascending* und sah mich treuherzig an. Er war echt ein Showtalent. Und dieses Rumgealber nach all den ernsten Themen, die uns zueinander geführt hatten, gefiel mir wirklich.

Ich bemühte mich um einen schmachtenden Blick und zitierte ebenfalls: »Aber ich liebe Hunde.«

Ein breites Lächeln legte sich auf sein Gesicht. »Gut zu wissen.«

Sawyer

Das T-Bone Steak war überdimensioniert und reichte locker für uns beide. Es schmeckte wie immer sehr gut, ein Grund, warum ich Alice hierher ausgeführt hatte und nicht in eines der Edelrestaurants, in denen ich mit Klienten oder Kollegen Geschäftsessen absolvierte. Das war beruflich, privat mochte ich es bodenständiger und legerer. Ich glaubte auch nicht, dass Alice ein Amuse-Gueule und winzige Portionen auf riesigen Tellern gefallen hätten. So schätzte ich sie nicht ein. Überhaupt war sie so anders als die Frauen, mit denen ich mich sonst umgab. Sie war natürlicher, kein bisschen künstlich. Sie war echt. Das gefiel mir. Und ich mochte es, sie zu beobachten, während sie erzählte. Sie untermalte ihre Worte mit viel Mimik und Gestik, ihre Wangen röteten sich, und ihre dunklen Augen funkelten. Wenn ihr Mund sich zu einem Lachen verzog, dann strahlte ihr ganzes Gesicht. Und während wir uns die große Portion von rustikalen Tellern schmecken ließen, kam unsere Unterhaltung nicht einmal ins Stocken.

»Ich habe noch nie jemanden getroffen, der auch so viele Zitate aus Filmen im Kopf hat«, gab sie zu. »So was bin ich eigentlich nur von Vicky gewohnt. Meine Mitbewohnerin, du erinnerst dich bestimmt …«

Ich setzte eine möglichst ernste Miene auf. »Du meinst die Frau, die völlig verschlafen und unfreiwillig verhindert hat, dass du mich sturzbetrunken in dein Bett zerren konntest?«

Sie biss sich auf die Lippe und blickte ziemlich zerknirscht drein. »Treffer. Versenkt.«

Ich lachte leise. »Ja, ich erinnere mich. Vage. Und es war gut so«, setzte ich hinterher.

Sie schluckte, dann nickte sie. »Das war es. Aber dafür habe ich mich ja schon bedankt«, versuchte sie zu witzeln, aber ihr Blick war ernst. Ich erkannte, wie unangenehm ihr die ganze Situation war.

»Du brauchst dich deswegen nicht schlecht zu fühlen oder dir Gedanken zu machen, was ich dadurch von dir denken könnte. Oder warum ich … nicht mit dir geschlafen habe.«

»Mach ich nicht«, wehrte sie gleich ab.

»Doch, das machst du.«

Sie runzelte die Stirn. »Woher willst du das wissen?«

»Ich bin Anwalt, schon vergessen?«

Sie verdrehte die Augen und lächelte dann. »Okay, du hast recht. Es ist mir nach wie vor peinlich, und ich möchte immer noch im Boden versinken, weil ich mich total daneben benommen habe.«

»Das hast du nicht. Ich bin mir sicher, dass du einfach nur … nicht alleine sein wolltest. Verständlich nach dem, was du an dem Abend durchgemacht hast. Bist du … Kommst du mittlerweile damit klar?«, wollte ich wissen. Sie zögerte einen Moment, bevor sie mir antwortete.

»Das Mädchen war nicht die erste Patientin, die unter meinen Händen gestorben ist. Es ist mein Job, Leben zu retten. Und manchmal ist es einfach aussichtslos. So wie bei ihr. Der eigentliche Grund, die Ursache, warum es mir so schlecht ging, war, dass ich bei jedem Tod eines Patienten an den Tod meiner Großmutter erinnert werde. Auch sie habe ich nicht retten können. Auch sie ist in meinen Armen gestorben.«

Von ihrem Verlust hatte sie mir schon im *King's* erzählt. Aber ich hatte nicht gewusst, dass ihre Dämonen sie immer noch fest im Griff hatten. Wie meine immer noch mein Leben bestimmten. Ich wusste, wie es ihr ging. Also zögerte ich nicht, sondern griff über den Tisch hinweg nach ihrer Hand. »Das tut mir leid, Alice.«

Sie zog ihre Hand nicht weg. »Danke. Eigentlich komme ich gut damit klar, nur solche Situationen lassen die Wunde wieder aufreißen und mich in ein dunkles Loch fallen.« Ihr Blick hob sich und fand meinen. »Du warst da und hast aufgepasst, dass ich nicht tief falle. Das war hilfreich.«

Ohne zu antworten drückte ich ihre Hand. Sie lächelte.

»Okay. Wir waren bei Filmzitaten. Und Vicky. Was ist mit ihr?«, lenkte ich das Gespräch wieder auf das ursprüngliche Thema zurück. Dankbar nahm sie den Wechsel an.

»Wir liefern uns manchmal Dialoge, die nur aus Filmzitaten bestehen. Andere um uns herum halten uns dann auch mal für bekloppt.« Sie lehnte sich zurück, wobei sie meine Hand losließ. Ich legte meine auf den Tisch und bemühte mich, mir den leisen Stich einer Enttäuschung nicht anmerken zu lassen.

»Das habe ich noch nicht geschafft. Aber ich habe einige Jahre über einem Kino gewohnt. Die Wände waren dünn«, sagte ich entschuldigend.

»Ernsthaft?«

»Ich war jung und brauchte das Geld. Fürs Studium. Ich bin nicht mit einem goldenen Löffel im Mund aufgewachsen, habe für meinen Lebensunterhalt gearbeitet, seit ich die Highschool verlassen habe. Ich erinnere mich an jeden einzelnen Job, und war er noch so beschissen. Von der Küchenhilfe bei einer Fastfood-Kette über das Waschen von Autos bis zum Cocktailshaken in einer Studentenkneipe hab ich so ziemlich alles durch.«

»Kennst du daher das *King's*?«

»Nein, da habe ich noch nie ausgeholfen. Mittlerweile habe ich ja einen guten Job.«

»Mir ging es ähnlich. Ich habe auch mal hier, mal da gejobbt. Und jetzt wohne ich zwischen solchen Restaurants und Coffeeshops«, sagte sie lachend. »Ein Kino in der Nachbarschaft wäre mein finanzieller Ruin.«

»Aber nichts geht über einen guten Film. Dazu ein Bier und eine Schale Nachos und ich bin ein glücklicher Mann.«

»So genügsam bist du?«

»So genügsam bin ich.« Wieder sah sie mich an, dass mir ganz anders wurde. In mir wurde ein Funken entzündet, und wenn ich nicht aufpasste, würde er sich zu einem Feuerball entwickeln.

»Was ist dein Lieblingsfilm?«, wollte ich wissen, um von mir abzulenken.

»Ich glaube, den wirklichen Lieblingsfilm habe ich nicht. Dafür sind es einfach zu viele. Welche Filme sind deine Lieblingsfilme?«, ließ sie die Frage einfach zurückgehen.

»Ich mag *Fight Club*. Dadurch bin ich zum Boxen gekommen.«

»Das war meiner Meinung nach Pitts beste Rolle.«

»Na komm, in *Sieben* war er auch nicht schlecht.«

»Morgan Freeman war brillant.«

»Morgan Freeman ist in jeder Rolle brillant.«

»Auch wieder wahr. Wie bist du wirklich zum Boxen gekommen?«, hakte sie nach.

»Ich hatte gehofft, um die peinliche Geschichte drumrum zu kommen«, gab ich zu.

»Ich liebe peinliche Geschichten.« Sie schnitt sich ein weiteres Stück Fleisch ab und führte ihre Gabel zum Mund. Kurz davor stoppte sie. »Was?«

Ich kicherte. »Adrian«, rief ich leise, aber ziemlich wehleidig aus, verzog dabei das Gesicht und kniff die Augen zusammen. Erst als Alice laut loslachte, öffnete ich sie wieder. Sie lachte so herzhaft, dass es ansteckend war.

»Ernsthaft? Rocky?«

»Rocky Balboa. Er war mein Vorbild. Echt peinlich, oder?«

»Nicht peinlicher als Brad Pitt. Oder van Damme. Ich liebe *Bloodsport*«, schwärmte sie.

»Und *Karate Kid*.«

»Haha, nein, den find ich doof. Obwohl Mister Miyagi schon anbetungswürdig ist.«

»Absolut«, stimmte ich ihr zu. »Der alte Karatemeister ist wirklich klasse.«

Wir warfen uns weiter Zitate hin und her. Von *Inception* über *Der Herr der Ringe* über *Der Club der toten Dichter* bis hin zu den *Avengers* – ich stellte fest, dass wir so ziemlich denselben Geschmack hatten, was Filme betraf.

»Haben Sie manchmal Déjà-vus?«, ahmte ich Bill Murray in *Und täglich grüßt das Murmeltier* nach.

Sie antwortete prompt: »Ich glaube nicht, aber ich könnte ja in der Küche nachfragen.«

Ich weiß nicht, ob das der Moment war, in dem mir der Gedanke kam, dass sie die Eine sein könnte. Die Eine, von der ich weder geträumt noch sie herbeigesehnt hatte. Aber eine Frau, die auf dieselben Filme stand wie ich und meinen durchaus nicht Mainstream-Humor verstand ... Das war selten.

»Erzähl mir von dir«, bat sie mich. Und anstatt wie sonst abzublocken, wenn mich eine Frau um Details aus meinem Leben bat, überlegte ich, womit ich anfangen sollte.

»Was möchtest du wissen?«

Überrascht sah sie mich an, dann legte sie den Kopf etwas schief und verzog ihre Mundwinkel nur ein klitzekleines bisschen nach oben. So, als würde sie gerade einen kleinen Etappensieg feiern. Das hatte sie auch. Bisher hatte noch keines meiner Dates mehr als ein Treffen überstanden. Dies war unser drittes.

»Woher kommst du? Wo bist du aufgewachsen?«

Ich schluckte. Das war keine Frage, die ich gerne beantwortete, aber ich konnte jetzt keinen Rückzieher machen. »In der Bronx. Ich will nicht sagen, dass ich ein kaputtes Elternhaus hatte, aber es war nicht immer ein Zuckerschlecken. Aber aus mir ist trotzdem was geworden.«

»Ich verstehe …« Alice' Blick spiegelte Mitgefühl wider. »Der Grund, warum du Anwalt geworden bist?«

Erneut schluckte ich und bereute in diesem Moment, ihr die Chance gegeben zu haben, mich das zu fragen. »Einer von vielen Gründen«, wich ich aus. Es war nicht der richtige Zeitpunkt, meine Dämonen freizulassen. Ich wusste ja nicht einmal, ob der jemals kommen würde. Denn viel zu sehr hatten die Ereignisse meiner Vergangenheit mich im Griff.

»Erzähl mir von deinen Freunden«, schwenkte Alice um, fast so, als wäre sie bei dem stummen Zwiegespräch in meinem Kopf dabei gewesen. »Jaxon, den Barbesitzer, habe ich ja schon kurz kennengelernt. Und Hope, die rothaarige Kellnerin, die zu Jaxon gehört. Wen gibt es da noch?«, fragte sie und sah mich gespannt an. Ich war unglaublich erleichtert über den Wechsel. Und beeindruckt, dass sie diese Details noch wusste.

»Chloe. Sie ist Jaxons Schwester. Und Logan ihr Verlobter. Also eigentlich ihr bester Freund, aber seit einigen Monaten sind sie zusammen und bekommen bald ein Kind«, erklärte ich die Verbindungen.

»Und du und Logan versteht euch auch?«

»Er und Jaxon sind meine besten und ältesten Freunde. Wir kennen uns seit dem College. Chloe auch. Wir waren immer so was wie die Musketiere«, gab ich zu. Alice nickte verstehend.

»Vicky und ich sind irgendwie auch wie Musketiere. Nur zu zweit«, sagte sie und lächelte dabei. »Sie ist immer für mich da, egal wann und wofür ich sie brauche. Ich kann mich auf sie verlassen. Und umgekehrt natürlich auch. Es ist wichtig, so jemanden an seiner Seite zu haben.« Sie sah mich ernst an. »Ich freu mich für dich, dass du auch das Glück hast.«

Wir bestellten einen Nachtisch und Kaffee. Ich genoss die Zeit mit Alice, fühlte mich wohl bei unseren Gesprächen und war dankbar, dass sie die Umleitungen sofort verstand, wenn es mir bei den Fragen nach meinem Leben zu sehr ins Detail ging. Es war nicht so, dass ich ihr nichts erzählen wollte. Nur war ich mittlerweile so auf mich selbst gestellt, dass es mir schwerfiel, mich darauf einzulassen. Einen Schritt nach dem anderen. Lange hatte ich mich nicht mehr so wohl gefühlt. Und das, obwohl ich es nicht geplant hatte. Ich wollte sie unbedingt wiedersehen und hoffte inständig, dass es ihr ebenso ging.

»Wie wäre es, wenn wir mal zusammen ins Kino gehen oder uns einen Film ansehen?«, wagte ich es beim Dessert, das aus einer Crème brûlée bestand.

»Welchen?« Ihr Löffel durchbrach mit einem Knacken die karamellisierte Schicht.

Ich zuckte mit den Schultern. »Ich habe keinen Plan, aber irgendwas werden wir schon finden, meinst du nicht?«

»Gott, ist das köstlich«, murmelte sie, während sie zustimmend nickte. »Ja, werden wir. Also gerne.«

»Prima.« Mehr brauchte es nicht. Ich wollte das Leben nicht herausfordern.

***

Es war stockdunkel in der Gasse, als wir aus der Tür des Restaurants traten. Die Laternen schienen hier in der Straße nicht zu funktionieren, alles lag in völliger Stille und Dunkelheit. Ungewöhnlich für New York.

»Am dunkelsten ist die Nacht vor der Dämmerung«, murmelte ich, als ich nach vorne blickte, und erstarrte kurzzeitig.

Und für einen winzigen Moment holte die Vergangenheit mich ein.

Aus dem Schatten heraus traten zwei Gestalten. Und eine von ihnen erweckte in mir mit einem Schlag die Erinnerung an den Tag vor fünf Jahren. Groß, dunkel und bedrohlich. Gefährlich. Und unausweichlich. Sie kamen näher, schlenderten fast. Ich hielt unwillkürlich die Luft an, spannte jeden Muskel meines Körpers an, bereit zur Verteidigung.

»*Dark Knight*. Ich liebe das DC Universum.« Während Alice weiter arglos plapperte, überrannte mich ein unheilvolles Kribbeln, lief den Rücken rauf bis in den Nacken. Ich behielt die beiden im Blick, achtete auf jede noch so kleine Bewegung, starrte auf ihre Hände. Ich konnte ihre Hände nicht sehen! Wo waren ihre Hände? Ich spürte die Panik, die sich meinen Rücken hocharbeitete, mein Magen drehte sich einmal und mir war plötzlich kotzübel.

Keine Bewegung!

Alice ahnte nichts von meiner Vorahnung, wie auch. Sie hatte keinen Grund, so auf der Hut zu sein.

Nehmen Sie die Waffe runter!

Fragend sah sie zu mir rüber, während wir weitergingen. Ich war versucht, ihre Hand zu nehmen, um sie zu beschützen, zu zeigen, dass sie zu mir gehörte. Und als die Schatten näher kamen, tat ich es.

Verdammt, nehmen Sie die Waffe runter!

Ich merkte, wie Alice zuckte, sich für den Bruchteil einer Sekunde versteifte.

Sawyer, sei still!

Aber dann ergriffen ihre Finger meine und hielten sie fest.

Nein! John!

Ich umschloss ihre Hand fester, jeder Muskel meines Körpers war bis zum Zerreißen gespannt. Ich merkte, dass ich zitterte.

»Was ist los?«, fragte Alice irritiert. Ich hörte sie kaum. Vor meinem inneren Auge lief ein Film ab. So real, wie ich ihn schon lange nicht mehr gesehen hatte.

Und dann zerbarst die Stille um uns herum, und ein ohrenbetäubender Knall zischte durch die Luft.

Sawyer

Eigentlich hätte dieser Abend ein schöner werden sollen, aber in dieser Sekunde verfluchte ich den Moment, in dem ich den Entschluss gefasst hatte, mit Alice auszugehen. Niemals hätte ich sie so in Gefahr bringen dürfen. Niemals hätte ich das Leben herausfordern dürfen. Aber wie oft kam es schon vor, dass das Schicksal zweimal zuschlug?

Warm und feucht fließt mir die Flüssigkeit über die Hände. Der unverkennbare Geruch dringt in meine Nase, so intensiv, dass ich es fast schmecken kann, Übelkeit steigt in mir auf. Meine Augen sind in der Dunkelheit gefangen, ich kann nicht sehen, was vor sich geht. Aber ich höre die Schreie, spüre die Hitze, rieche das Mündungsfeuer. Und fühle, dass sich in dieser Sekunde etwas verändert. Schmerzhaft wird mir klar, dass ich nichts mehr tun kann. Es ist zu spät.

Ich schreie.

»Sawyer?«

»Blödes Vieh! Hau bloß ab!«, schrie eine Stimme, und erneut knallte es. Dann huschte etwas Dunkles, Quiekendes vor unseren Füßen vorbei.

»Was …?« Alice sprang zur Seite, schrie auf und lachte dann laut. Und erst dann begriff ich: Es hatte nicht geknallt. Das war kein Schuss gewesen. Niemand war verletzt worden. Es ging uns gut. Und ich hatte extrem überreagiert.

Es hatte nur gescheppert. Und die beiden Gestalten vor uns waren nichts weiter als zwei Securitys, die scheinbar irgendein Müll räuberndes Tier verfolgten. Ich war kurz davor auszuflippen.

»Sawyer? Ist alles okay?«

Ich knurrte, war nicht in der Lage zu sprechen, stand nur wie angewurzelt da und starrte auf die beiden Männer, die sich wieder aus der Gasse zurückzogen. Kurz darauf waren wir wieder alleine, und die gedämpften Geräusche der Nacht, die uns beim Verlassen des Restaurants empfangen hatten, kehrten in mein Bewusstsein zurück. In meinen Adern pulsierte das Blut, in meinen Ohren rauschte es, und langsam nur ebbte das Adrenalin in meinem Körper ab. Und erst, als sich die Starre in mir löste, ich wieder atmen konnte, erst dann sah ich Alice an.

»Nichts ist in Ordnung, Alice. Rein gar nichts.« Ich merkte, wie die Anspannung in mir ein Ventil suchte. Sie wollte raus. Sie musste raus. Viel zu stark hatte sie sich aufgestaut. Und genau das zeigte mir, dass ich noch immer nicht darüber hinweg war. Und wohl auch nie kommen würde.

»Was kann ich tun?« Alice sprach mit sanfter Stimme und legte mir ganz langsam und fast zögernd ihre Hand auf den Oberarm. Ich spürte ihre Handfläche durch den Stoff meines Hemds hindurch. Das tat gut. Es erdete mich. Der Drang, auf irgendetwas einzuschlagen, trat langsam in den Hintergrund.

»Ich … lass uns hier abhauen«, presste ich hervor.

»Nichts lieber als das«, murmelte sie. Sie griff nach meiner Hand. Und beschützte mich so. Vor den Dämonen, die mich heimgesucht hatten, als ich es am wenigsten erwartet hatte: in einem Moment voll unerwarteten Glücks.

Schweigend und mit fest ineinander verschränkten Händen brachten wir den Weg raus aus der Gasse bis zum Auto hinter uns. Sie stieg ein, und ich schloss die Tür, ging um den Wagen herum und setzte mich hinters Steuer. Doch bevor ich den Jaguar startete, sah ich sie an. Im Halbdunkel des Wagens konnte ich nicht viel mehr als ihr Profil erkennen. Die kleine gerade Nase, die geschwungenen Lippen und das hübsche Kinn, unter das ich liebend gerne meine Finger gelegt hätte, um ihr

Gesicht zu mir zu drehen. Aber ich ließ es. Ich musste mich zusammenreißen, es nicht zu tun, aber ich ließ es. Dennoch fragte ich mich erneut, was diese Frau an sich hatte, dass ich so kurz davor war, alle meine Prinzipien über Bord zu werfen. Ich war doch überhaupt nicht auf der Suche nach etwas Ernstem. Ich hatte überhaupt keine Zeit für etwas Ernstes. Ich war überhaupt nicht der Typ für etwas Ernstes. Und ich hatte etwas Ernstes überhaupt nicht verdient. Das war mir immer ganz klar gewesen. Jetzt nicht mehr. Das klare Nein verschwamm zu einem Vielleicht, und das brachte alles durcheinander. Und ich wusste nicht, wie ich damit umgehen sollte.

»Geht's dir gut?«, fragte sie, als ich mich nicht rührte und auch sonst keine Anstalten machte, den Motor zu starten. Ich fühlte mich wie betäubt.

»Ich weiß, du fragst dich sicher, was gerade mit mir los war«, begann ich, nicht wissend, wie ich diesen Anfang zu Ende bringen sollte.

»Ich will nicht lügen, also ja, das tue ich. Aber ich möchte nicht, dass du es mir erzählst, nur weil du dich mir gegenüber irgendwie verpflichtet fühlst«, setzte sie hastig hinterher.

»Ich fühle mich nicht verpflichtet, Alice.« *Ich fühle mich bei dir gut aufgehoben.* Das konnte ich denken, aber brachte es nicht über die Lippen.

In ihren Augen flackerte es. In meinem Magen ebenfalls. Und das war nicht gut. Ich saß hier neben dieser bezaubernden Frau und wollte nichts mehr, als sie zu küssen. Und als sie in eben diesem Moment ihr Gesicht zu mir drehte, meinte ich, in ihren Augen dasselbe zu erkennen.

Langsam beugte ich mich zu ihr, näherte mich ihrem Gesicht wie in Zeitlupe, fasste vorsichtig in ihren Nacken, hielt ihren Blick dabei unentwegt fest, und erst als mein Mund nur noch wenige Zentimeter von ihrem entfernt war, schloss ich die Augen und küsste sie. Sie schmeckte nach der Süße der

Crème brûlée und der Herbe des Espressos im Anschluss. Ihr Geruch war eine Mischung aus dem Aroma ihres fruchtigen Shampoos und der Frische ihrer Haut. Ihre Haut fühlte sich weich und zugleich klar und glatt an. Sie schien nur aus Gegensätzen zu bestehen. So wie ich. Ich wollte sie. Aber ich durfte sie nicht wollen. Irgendwann würde ich mich entscheiden müssen. Aber jetzt … jetzt wollte ich sie einfach nur.

***

Ich brachte Alice nach Hause. Sie fragte nicht, ob ich mit reinkommen wollte. Und ich wartete nicht darauf. Wir stiegen die Treppen hoch, und in ihrem Zimmer angekommen, schloss ich die Tür hinter uns. Erwartungsvoll sah sie mich an, als ich langsam auf sie zuging. Dies war nicht der Moment für Schnelligkeit. Ich hatte das Bedürfnis, alles, was geschah, mit allen Sinnen zu genießen.

»Alles okay?«, fragte ich sie, als ich dicht vor ihr stand. Ihre Brust hob und senkte sich, dann nickte sie stumm, während sie mir in die Augen blickte. »Prima«, raunte ich, legte meine Hand in ihren Nacken und senkte meinen Mund unendlich langsam auf ihren. Als wir uns berührten, zog ich sie näher an mich. Ich brauchte jetzt ihre Nähe, wollte ihre Nähe. Es war so anders mit ihr. Es war schön.

Ich schälte sie aus ihrer Jacke, die auf dem Boden landete. Ihr T-Shirt folgte kurz darauf, und ich öffnete behutsam ihren BH. Ihre Brustwarzen standen aufrecht, und als ich sie in den Mund nahm, stöhnte sie leise auf und hielt sich an meinen Schultern fest. Ich umfasste ihre festen Brüste und knetete sie, bis sie ihren Unterleib an meinen Oberschenkel presste. Die ganze Zeit küssten wir uns, und ich genoss es.

Nach und nach befreiten wir uns aus unserer Kleidung. Ich schlüpfte zuerst aus Schuhen, Hemd und Jeans, dann kümmerte ich mich wieder um sie. Ich schob sie vorsichtig Richtung Bett, kniete mich dann vor sie, öffnete ihre Hose und zog sie ihr samt dem schwarzen Slip über die schmalen Hüften. Jetzt stand sie nackt vor mir.

»Du bist so schön«, flüsterte ich. Und das war sie wirklich. Ich nahm mir einen Moment, um sie zu betrachten. Ihre weichen Gesichtszüge wurden von ihrem langen Haar umschmeichelt, ihre wachen Augen funkelten, und ihre geschwungenen Lippen waren leicht geöffnet. Ich wusste nicht, was sie von mir erwartete, aber ich war bereit, alles zu geben, um ihre Erwartung zu erfüllen.

Mein Blick streifte ihren schlanken Hals, ihre festen, kleinen Brüste, erfasste die straffen, muskulösen, aber schmalen Arme, glitt über ihren flachen Bauch, an dem ich den Ansatz eines Sixpacks erkannte, flog über ihre nackte Scham, strich über ihre langen, wohlgeformten Beine und zurück zu ihrer glatten Mitte, von der ich den Blick kaum mehr abwenden konnte. Allein die Vorstellung, mich darin zu versenken, brachte mein Blut noch stärker in Wallung.

Dann zog ich meine Brieftasche aus meiner Jeans und holte ein Kondom heraus. Ich streifte es mir über und sah sie an. Ein unmerkliches Nicken war die Antwort auf meine stumme Frage.

Ich umfasste ihren Hintern, hob sie hoch und legte sie sachte auf das Bett. Dann zog ich auch meine Shorts aus und kniete mich nackt vor sie. Meine Hände umfassten ihre Hüften und öffneten schweigend ihre Beine. Sie erzitterte unter meiner Berührung, bäumte sich leicht auf und krallte ihre Finger in die Matratze, als ich sanft über die Innenseiten ihrer Schenkel fuhr. Ihre Haut war weich, doch darunter fühlte ich trainierte Muskeln.

Ich kniete mich zwischen sie und sah sie an. Unsere Blicke verhakten sich ineinander, und dann fand mein Penis den Weg von allein. Ich sah zu, wie er sich in ihr versenkte, während sie die Augen schloss und den Kopf dabei in den Nacken legte. Ich ließ meinen Blick über ihren Hals, ihre Brüste und ihren Bauch streifen, bis er wieder von dem Punkt unserer Vereinigung angezogen wurde. Ich sah, wie nass sie war, sah, wie bereit und geschwollen sie war. Und es machte mich tierisch an. Ich beherrschte mich, schob mich langsam in sie, langsam wieder raus, begleitet von unserem Atem, unserem Aufstöhnen. Dann beschleunigte ich den Rhythmus, Alice ging mit. Sie passte sich mir an, stöhnte schneller, und erst als sie kam, erlaubte ich mir, meiner Lust endgültig nachzugeben. Ich stieß noch zwei-, dreimal tief in sie – sie war so eng, stimulierte mich und ließ mich explodieren. Ich presste mich tief in sie und ließ meine Erlösung mit einem langen Stöhnen heraus.

Erst als wir beide etwas zu Atem kamen, zog ich mich wieder aus ihr raus und rollte mich von ihr runter. Dann streifte ich das Kondom ab und legte mich neben sie, stützte mich auf dem Ellenbogen auf und betrachtete ihren nackten, wunderschönen Körper, sah, wie ihre Brust sich hob und senkte und sie immer noch keuchend atmete. Sie war wunderschön, und ich konnte nicht genug davon bekommen, jeden Quadratzentimeter ihres nackten Körpers anzusehen. Als ich ihr ins Gesicht sah, hatte sie die Augen geöffnet und betrachtete die Stelle unter meinem linken Schlüsselbein. Ich folgte ihrem Blick. Die Erregung fiel schlagartig von mir ab.

»Was?«, ich ging automatisch in Abwehrhaltung. Ich konnte nicht anders.

Irritiert sah sie mich an. »Ich habe nur gerade die Narbe gesehen. Eine Schusswunde, oder?«

Sie war Ärztin, klar, dass ihr das nicht entging.

»Ich will nicht darüber reden. Okay?« Mein Ton ließ keine Diskussion zu. Entweder würde sie das akzeptieren oder ich ging. Etwas dazwischen gab es nicht.

Sie nickte unmerklich. »Okay.«

Ich nickte ebenfalls. Unsere Blicke hielten sich noch für einen Moment fest, und ich sah die Zweifel in ihrem Blick.

»Wenn du willst, dass ich gehe, dann geh ich«, sagte ich nun.

Sie zögerte nicht. »Ich will nicht, dass du gehst.«

Ich nickte erneut. Dann beugte ich mich zu ihr und presste meine Lippen auf ihre. Mit einem leisen Stöhnen öffnete sie den Mund, schlang ihre Arme um meinen Nacken und zog mich zu sich.

Sie erschauderte, als ich über die Innenseiten ihrer Schenkel strich, wimmerte leise und bog ihren Rücken durch, als ich ohne Vorwarnung einen Finger in sie schob. Gott, sie war so nass. Und heiß. Und weich. Mein Schwanz richtete sich wieder auf.

»Sawyer!« Sie krallte ihre Finger in die Bettwäsche und hob ihre Hüften an, mir entgegen. »Ich will, dass du mich fickst«, flüsterte sie rau.

Nichts wollte ich mehr. Nichts anderes brauchte ich jetzt. Ich musste die Bilder aus meinem Kopf bekommen.

Alice

»Du fühlst dich so gut an«, raunte Sawyer, als er meine Klit mit seinem Mund verwöhnte.

Er leckte und saugte an ihr, was mich in ungeahnte Höhen katapultierte. Ich stöhnte laut und unkontrolliert, sah Blitze hinter meinen geschlossenen Augen, als er seine Finger dazunahm und damit mein Innerstes ausfüllte. Er bewegte sie so, dass er es schaffte, meinen G-Punkt zu stimulieren. Dann zog er sich plötzlich zurück.

»Was …?« Ich hörte Folie knistern. Noch bevor ich die Augen öffnen konnte, spürte ich sein Gewicht auf mir. Er dirigierte seinen Penis an meine Spalte und schob sich in mich. Wieder stöhnte ich auf, doch das ging in dem Laut unter, der in diesem Moment aus seiner Kehle kam.

»Ahhhhhhh … Ja …« Er keuchte, stöhnte mit mir im Takt, seine Arme schoben sich unter meinem Rücken durch und hielten mich umschlossen, seine Lippen legten sich auf meine, und während er sich langsam in mir bewegte und mich küsste, entfachte er das Feuer in mir erneut. Wieder wurde mir heiß, wieder kribbelte es in meinem Bauch, in meinem Unterleib, in meiner Vagina. Wie von allein bewegte mein Körper sich, passte sich seinen Bewegungen an.

»Du bringst mich noch um«, stöhnte ich zwischen zwei Küssen und klammerte mich an ihn, als würde ich ohne ihn ertrinken. Ich war wirklich kaputt, mein Körper kämpfte noch mit dem letzten Orgasmus, mein Kopf mit der Frage, was ich hier eigentlich tat. Aber trotzdem flammte in mir die Lust erneut auf.

»Hattest du schon mal jemanden auf deinem Tisch, der an zu viel Sex gestorben ist?«, flüsterte er und biss mir sanft ins Ohrläppchen.

»Nein.«

»Willst du, dass ich aufhöre?« Jetzt sah er mir in die Augen. Ich erzitterte unter seinem Blick.

»Nein!«

Zufrieden nickte er und küsste mich erneut. Seine Zunge spielte mit meiner, und während seine Lippen sich auf meine pressten, mir kaum die Chance ließen, Luft zu holen, steigerte sich die Lust in meinem Innersten mit jeder Bewegung mehr.

»Ich komme«, stöhnte er in meinem Mund, als ich merkte, wie meine Vagina sich zusammenzog, um mich gleich darauf zu erlösen.

»Ja, ja, ja!«, keuchte ich. »Nimm mich, ja. Fester. Ja, gut …« Ich war mir nicht sicher, ob ich verknallt in Sawyer war – aber ich war auf jeden Fall verknallt in seine Lippen, seine Zunge, seine Finger und seinen verdammt prachtvollen Penis. Er konnte Dinge damit machen, von denen ich vorher nicht mal zu träumen gewagt hatte. Auch wenn ich in meinem vierunddreißigjährigen Leben schon mit einigen Männern geschlafen hatte – so wie bei Sawyer hatte ich mich noch nie gehen lassen. Bei ihm hatte ich nicht das Gefühl, die Kontrolle behalten zu müssen, sondern das Bedürfnis, sie abzugeben.

Er stöhnte mit mir im Takt, umklammerte meine Unterschenkel, legte sie sich auf die Schultern, um noch tiefer in mich einzudringen. Ich trieb ihn an, kam ihm entgegen, zog ihn noch tiefer in mich. Und während er mich unbarmherzig fickte, geräuschvoll Haut an Haut klatschte, sich die Matratze unter uns ächzend bewegte, ich sein Stöhnen in meinem Ohr hatte und dabei zusah, wie sein Schwanz tief in mich stieß und er ihn wieder rauszog, kam ich. Ich kam mit einem lauten Schrei, und während meine Vagina um ihn herum zuckte, presste er mit einem letzten Stoß seine Säfte aus sich raus.

Ich weiß nicht mehr, wie er sich aus mir herausgezogen hatte, keine Ahnung, ob ich neben ihm oder in seinem Arm eingeschlafen war. Das Einzige, was mir noch in Erinnerung blieb, war, dass ich in ein traumloses Koma fiel und mich so erledigt, aber auch so befriedigt fühlte wie noch nie zuvor.

***

Es war schon hell, als ich aufwachte. Mein Körper schmerzte, als ich mich bewegte, und ich stöhnte leise auf. Ganz langsam dämmerte mir, warum das so war. Vorsichtig setzte ich mich auf. Die Schmerzen waren nicht unangenehm, nur ungewohnt. Ich wusste ja, woher sie rührten, und dass ich in meinem Leben noch nie einen solchen Sex-Marathon durchgezogen hatte. Es war unglaublich gewesen. Sawyer war unglaublich gewesen. Wie spät war es nur? Ich wollte noch nicht aufwachen, das Gefühl war einfach zu gut, als sich jetzt schon der Realität zu stellen. Ich brauchte noch ein bisschen Zeit, um mein Bewusstsein an die Oberfläche zu bringen. Noch waren da nur Sawyer und ich, nackt und geöffnet vor ihm und – Scheiße!

Ich riss die Augen auf und schloss sie sogleich wieder. Viel zu hell war das, was da in meine Augen drang. So viel Licht. Wo kam das her? Ich blinzelte vorsichtig, hob meinen Arm und schirmte meine Augen ein wenig mit der Hand ab, bevor ich einen zweiten Versuch wagte. Ich sah eine weiße Zimmerdecke, also drehte ich den Kopf ein wenig, und mein Blick erfasste ein Fenster, durch welches ich das strahlende Blau des Himmels sehen konnte.

Verdammter Mist! Die Jalousien waren nicht geschlossen und die Sonne knallte vormittags frontal auf mein Zimmerfenster. *Ich sollte aufstehen und –*

»Mist!« Ich fuhr hoch. »Mist, Mist, Mist!

Ich hatte verschlafen. Um das zu begreifen, brauchte ich keine Uhr, denn die Sonne wanderte im Sommer zwischen halb acht und acht um die Ecke und schien direkt in mein Zimmer. Und selbst halb acht war zu spät. Viel zu spät! Ich riss die Bettdecke beiseite und war bereit, aus dem Bett direkt in meine Klamotten zu springen. Aber als sich neben mir ein nackter Männerkörper streckte, hielt ich inne. Und grinste. Ich nahm mir einen kurzen Moment, seinen Oberkörper mit meinem Blick abzutasten, die knackigen Muskeln nachzufahren und erst am Rand des Bettlakens halt zu machen. Wenn ich jetzt noch Zeit hätte … Ich seufzte und ließ meinen Blick zu seinem Gesicht wandern. Mit geschlossenen Augen, leicht geöffneten Lippen und diesem entspannten Gesichtsausdruck sah er so anders aus als der Mann, den ich kennengelernt hatte. Nicht nur verdammt sexy, sondern auch weich und verletzlich. Aber es nützte ja nichts.

»Sawyer, hey, aufwachen.« Ich beugte mich zu ihm und legte vorsichtig eine Hand auf seine Brust. Diese Zurückhaltung war total bescheuert, wenn man bedachte, dass ich ihn wecken *musste*. Damit, dass er wach war und mich zu sich runterzog, hatte ich nicht gerechnet.

»Guten Morgen, Doktor Davis.« Das Kratzen seiner Stimme törnte mich aufs Neue an, und nichts hätte ich lieber getan, als jetzt noch mal mit ihm zu schlafen. Aber ich musste zum Dienst. Also schob ich seine Hand, die sich auf meinen Hintern legte, beiseite.

»Sawyer, nein …«, wehrte ich mich halbherzig. Ich wusste, würde er weitermachen, wären mir alle Dienstpläne dieser Welt egal. »Ich muss zum Dienst. Ich bin schon viel zu spät dran …«

Seine Hand stoppte augenblicklich, und er riss die Augen auf. »Wie spät ist es?«

»Ungefähr acht«, sagte ich, aber kam nicht mehr dazu, meine Antwort zu erklären. Denn schon im nächsten Moment richtete Sawyer sich auf. Er küsste mich flüchtig auf den Mund und riss die Bettdecke beiseite.

»Ich habe Elijah vergessen!«

»Ach du …« Ich schlug mir vor Entsetzen die Hand auf den Mund. An Elijah hatte ich überhaupt nicht mehr gedacht. Mir fiel ein, dass Sawyer einen Babysitter für ihn bestellt hatte, weil wir essen gegangen waren. Aber dass der die ganze Nacht blieb, war sicher nicht geplant gewesen.

Sawyer war aus dem Bett gesprungen und fummelte in seinen Jeans nach seinem Handy. Während er in Windeseile in seine Klamotten sprang, versuchte er zu telefonieren. Vermutlich rief er zu Hause an. Ich konnte das nackte Entsetzen in Sawyers Augen sehen. »Der Akku ist leer.«

»Nimm meins.« Ich reichte ihm mein Smartphone. Doch kurz darauf gab er es mir zurück. »Es geht keiner ran.«

Jetzt breitete sich auch in mir die Unruhe aus.

»Vielleicht schläft er noch?«, versuchte ich, ihn zu beruhigen. Dämlicher Versuch.

»Elijah schläft nie länger als bis sieben Uhr. Ich bin so …« Er raufte sich die Haare, steckte sein Handy weg und zog sich mit fahrigen Fingern seine Schuhe an. »Ich muss los.«

»Melde dich, wenn du –« Aber er hörte mich nicht mehr, sondern war schon aus der Tür raus, noch bevor ich den Satz zu Ende sprechen konnte. Ich blieb verwirrt und in Angst versetzt zurück.

Wenn Elijah irgendwas passiert war, ich würde es mir nie verzeihen. Und Sawyer auch nicht. Dessen konnte ich mir sicher sein.

Sawyer

»Elijah? Elijah, wo steckst du? Bist du hier?«

Noch bevor ich die Wohnungstür öffnete, rief ich seinen Namen. Eigentlich schrie ich ihn eher, denn noch nie seit Johns Tod hatte ich so eine Panik in mir gespürt. Sollte ihm etwas zugestoßen sein, würde ich mir das nicht nur niemals verzeihen. Ich würde auch nie wieder Licht am Horizont sehen.

Mit schnellen Schritten betrat ich die Wohnung. Rambo erhob sich von seinem Platz im Flur und kam schwanzwedelnd auf mich zu. Ich schenkte ihm nur kurz Beachtung und durchsuchte dann die Wohnung hastig. Jede Tür riss ich auf und rief nach ihm. Doch jedes verdammte Zimmer war leer. Und nach zwei Minuten wusste ich – die gottverdammte ganze Wohnung war leer!

Wo war Elijah? Wo war mein Neffe abgeblieben? Ich steckte mein Handy ans Ladekabel und rief Katie vom Festnetz aus an, die Babysitterin, die immer auf Elijah aufpasste, wenn er bei mir war und ich keine Zeit oder abends etwas vorhatte.

»Sawyer, endlich!«, meldete sie sich.

»Katie! Wo ist Elijah?«

»Ganz ruhig, Sawyer. Hast du meine Nachricht nicht bekommen?«

»Akku leer. Wo ist er?«

»Hier bei mir. Ich hatte keine andere Möglichkeit, als ihn mit zur Arbeit zu nehmen. Sorry, mein Chef rief heute Morgen an, ich musste einspringen.«

Erleichterung durchströmte mich, und ich merkte, wie ein ganzer Sack Steine von meinen Schultern und meiner Brust abfiel. »Danke, Katie«, flüsterte ich. Ich wusste, dass er bei ihr gut aufgehoben war, und machte mir ab dieser Sekunde keine Sorgen mehr.

Sie lachte leise. »Schon okay, Sawyer. Aber das kostet extra, das ist dir klar, oder?«

»Alles, was du willst, Katie. Ich mache mich gleich auf den Weg und hole ihn ab.«

Katie hatte einen Job als Verkäuferin in einem der vielen Stores am John F. Kennedy Flughafen, etwas mehr als eine Stunde Fahrt von Manhattan entfernt.

»Musst du nicht ins Büro?«

Fuck! Meinen Termin mit dem neuen Mandanten, den ich angenommen hatte, hatte ich total vergessen. Ich checkte kurz die Uhrzeit und überschlug im Kopf, dass ich es nach der Hinfahrt zum Flughafen und der Rückfahrt niemals schaffen würde, noch pünktlich im Büro aufzutauchen. »Ja, ich habe einen neuen Mandanten«, sagte ich. »Und dann muss ich noch für einen anderen Fall ins Gericht. Heute fällt wohl die Entscheidung im Fall Morgan. Katie …«

»Hey, schon klar, Sawyer. Ich bringe ihn dann heute Abend zu dir nach Hause. Er kommt ganz gut klar hier. Im Moment sitzt er hinten und guckt ein paar Filme auf Netflix. Mit Rambo war ich heute Morgen nur einmal kurz um den Block, also müsstest du noch mal mit ihm raus.«

»Klar, das mache ich gleich. Ich stehe tief in deiner Schuld«, dankte ich ihr.

»Wie gesagt, die Uhr läuft.« Ich hörte ihr Grinsen bis hierher.

»Du hast dir einen extra dicken Bonus verdient. Ich bin hoffentlich gegen achtzehn Uhr wieder zu Hause. Vielleicht kommt Jenna auch schon vorher aus Philadelphia zurück. Passt das für dich?«

»Vorher bin ich auch nicht wieder da. Und sonst bestellen wir schon mal Pizza. Auf deine Rechnung.«

»Alles klar, Katie. Grüß den Kurzen von mir. Bis heute Abend.«

Ich legte auf. Und ließ mich für einen Moment auf das Sofa sinken. Ich schob die Erleichterung um Elijahs Verbleib beiseite und zog mich schnell um. Während ich mit Rambo eine schnelle Runde durch den Park drehte, begann ich im Geiste, mich auf den heutigen, hoffentlich letzten Verhandlungstag im Fall Morgan vorzubereiten. Etwas, das ich eigentlich hätte am Wochenende machen sollen, aber da war mir etwas wirklich Wichtiges dazwischengekommen. Alice.

»Alice!« Ich fuhr zusammen, und kaum war ich wieder zu Hause, griff ich mein Handy. Dann schickte ich ihr eine kurze Nachricht, in der ich den Stand der Dinge zusammenfasste. Sie sollte sich keine Sorgen machen müssen. Denn das hatte sie, das war nicht zu übersehen gewesen. Allerdings antwortete sie mir nicht gleich, aber auch das war vermutlich normal in ihrem Job. Sie war im Dienst, und wahrscheinlich war das Checken ihres Handys nicht das Wichtigste, was sie da zu tun hatte. Und das war ja auch gut so.

Ich gab Rambo noch was zu fressen, ging unter die Dusche und versuchte, mir Alice aus dem Kopf zu waschen, mich auf meinen neuen Mandanten zu konzentrieren und mein Plädoyer noch mal durchzugehen.

***

»Danke, Mr. Lee. Ich danke Ihnen von Herzen.«

Es war endlich vorbei. Nach diesem zermürbenden letzten Verhandlungstag umfasste Mrs Morgan meine rechte Hand mit ihren beiden kalten Händen und drückte sie. Tränen standen in ihren Augen, als sie von mir zu ihrem Mann und wieder zu mir zurück blickte.

»Ich bin froh, dass wir es geschafft haben.«

»Sie, Mr Lee. Sie haben es geschafft.« Sie drückte erneut meine Hand, ließ sie dann los und wandte sich ihrem Mann zu, der immer noch völlig fassungslos im Gerichtssaal auf seinem Platz saß und auf das mittlerweile leere Richterpult starrte.

Nach einem erneuten endlosen Verhandlungstag, an dem die Anklage ihren letzten Zeugen aufgerufen hatte, lief es nicht wie erwartet. Der Zeuge verstrickte sich in Lügen und bestätigte dadurch das bisher zweifelhafte Alibi meines Mandanten. Somit war der Beweis erbracht, dass mein Mandant unschuldig war, und wir konnten damit tatsächlich die zwölf Geschworenen überzeugen.

Gemeinsam mit meiner Kollegin Sarina brachten wir Mr Morgan dazu, aufzustehen und mit uns und seiner Frau an seiner Seite das Gerichtsgebäude zu verlassen. Draußen hatten sich wie erwartet Reporter versammelt, und kaum traten wir durch die schwere Tür nach draußen, blitzen die Lichter von allen Seiten auf. Rufe ertönten, immer dieselben Fragen wurden uns entgegengeworfen.

Mr Morgan und seine Frau gaben keine Kommentare. Das hatte ich ihnen geraten, und ich war froh, dass sie meinen Rat beherzigten. Zwei Polizeibeamte schirmten sie ab und brachten sie zu einem Wagen. Kurz darauf fuhren sie in einem Polizeiauto fort, und die Meute stürzte sich auf mich.

»Wie geht es Mr Morgan?«

»Wie geht es jetzt weiter?«

Beschwichtigend hob ich die Hände, und kurz darauf verstummten die Fragen. Die Blitzlichter und Kameras allerdings nicht. Jeder wollte den Moment, in dem ich redete, festhalten.

»Heute hat die Gerechtigkeit gesiegt. Nach einem langen und ungerechten Kampf, den die Staatsanwaltschaft gegen meinen Mandanten geführt hat, konnten wir heute seine Unschuld beweisen. Keiner der Anklagepunkte konnten aufrechterhalten werden. Im Gegenteil. In meinen Augen steht der Fall

Morgan für die Ungerechtigkeit, die dem amerikanischen Bürger geschieht, wenn der Staat willkürlich handelt.« Stimmen wurden laut, aber ich ignorierte sie und drängte mich durch die Menge hindurch, um zu meinem Wagen zu gelangen. Ich nahm die letzten Stufen im Laufschritt, konnte es kaum erwarten, aus dieser Meute von Aasfressern rauszukommen, als sich mir ein schmieriger Kerl in den Weg stellte. Er trug dunkle Hosen und Turnschuhe, die schon fast auseinanderfielen. Sein T-Shirt war dreckig, sein Bart ungepflegt und seine Augen wässrig. Aus jeder Pore seines Körpers stank er nach Schweiß. Als er den Mund öffnete, entblößte er gelbe, faulige Zähne, und sein Atem erinnerte an einen Schnapsladen. Als er grinste, hob er gleichzeitig die Hand, und ich sah erst viel zu spät, was er damit umklammert hielt.

In meinem Leben hatte es noch nicht viele Situationen gegeben, in denen ich mich überfordert gefühlt hatte. Aber diese war eine davon. Als ich in die Mündung der Waffe blickte, schoss mein Leben wie im Schnelldurchlauf an mir vorbei. Es stoppte in dem Moment, in dem ich meinen Bruder in meinem Arm hielt. Und dann sah ich rot.

Sawyer

»Geht's dir gut?« Elijah krallte sich an meinem Hals fest und klammerte sich an mich, als ich ihn auf den Arm hob. Er zitterte.

»Ja. Ja, mein Kleiner. Es geht mir gut.« Über seine Schulter sah ich Jenna im Hausflur stehen. Sie hatte Tränen in den Augen und streichelte Rambo, der mit wedelndem Schwanz seine Nase an ihr Bein drückte.

Wenige Stunden, nachdem ich den Angreifer ausgeknockt hatte, einen verwirrten, dreiundfünfzigjährigen Mann, der weder etwas mit dem Prozess zu tun, noch es speziell auf mich abgesehen hatte, standen die beiden vor meiner Haustür. Ich hatte mich gegen einen Check in der Klinik gewehrt, mich nur kurz von einem Sanitäter am Tatort untersuchen lassen, und war selbst gerade erst eine halbe Stunde zu Hause, in der ich wie ein Tiger im Käfig in meiner Wohnung auf und ab gelaufen war.

Jenna war gerade auf dem Weg von Philadelphia nach New York gewesen, um Elijah abzuholen, als sie im Radio von dem Vorfall gehört hatte.

»Komm rein«, sagte ich, setzte Elijah ab und trat beiseite, um sie reinzulassen. Ich ging vor ins Wohnzimmer und setzte mich mit meinem Neffen auf die Couch. Rambo legte sich gleich zu seinen Füßen ab. Er spürte, dass der Junge traurig war.

»Hey, beruhig dich«, flüsterte ich ihm zu. »Es ist nichts passiert, es geht mir gut.«

Er weinte, die Tränen liefen sein kindliches Gesicht hinunter und seine Augen glänzten feucht. Aber er schluckte und nickte. Dann schniefte er und wischte sich mit dem Ärmel über die Nase. »Okay.«

Ich konnte nachvollziehen, was gerade in ihm vorging. Und in Jenna. Beinahe hätten sie wieder jemanden verloren, den sie liebten.

Mit dem Ärmel wischte Elijah seine Tränen weg, Jenna reichte ihm ein Päckchen Taschentücher. »Ich muss mal auf die Toilette«, meldete er sich dann. Er warf mir einen kurzen Blick zu. Ich nickte. Ja, er konnte mich allein lassen. Gott, er war doch erst neun Jahre alt, aber wollte schon so viel Verantwortung übernehmen. Das konnte ich nicht zulassen.

Kaum, dass die Tür vom Badezimmer hinter ihm geschlossen wurde, wandte ich mich an meine Schwägerin.

»Es tut mir leid, Jenna. Ich habe Elijah bei Katie gelassen, weil –«

Sie stoppte mich sofort. »Elijah hat erzählt, dass du die ganze Nacht nicht zu Hause warst, aber darüber sprechen wir ein anderes Mal.« Ein kurzer, vorwurfsvoller Blick traf mich. »Ich habe mir Sorgen um dich gemacht, Sawyer. Ich habe es im Auto gehört, dich nicht erreicht und dann gleich Katie angerufen, weil ich mir schon dachte, dass sie auf ihn aufpasst, wenn du bei Gericht bist.«

Ich atmete tief durch und sah sie an. »Es tut mir leid, Jenna. So war das nicht geplant.«

»Das will ich hoffen.«

»Nicht auszudenken, wenn Elijah bei mir gewesen wäre und der Kerl dann …« Ich brach ab, Übelkeit stieg in mir auf und ich musste schlucken. »Der Mann tauchte aus dem Nichts vor mir auf.« Ich versuchte, meine Erinnerungen an die völlig absurde Situation wiederzugeben, fasste zusammen, wie ich mit den Morgans aus dem Gericht gekommen war, den Reportern ein kurzes Statement abgegeben hatte und zu meinem Wagen hatte laufen wollen. Und dann, wie der betrunkene Kerl vor mir gestanden hatte. »Ich habe nur noch die Waffe gesehen. Und bevor der Mann abdrücken konnte, habe ich ihm meine Faust ins Gesicht gerammt.«

»Das hast du gut gemacht«, sagte Jenna leise. »Du hast wohlüberlegt gehandelt.«

Ich sah sie an. »Es war nötig, ja. Aber ... Ich habe nicht nachgedacht. Nicht über die Folgen, die meine Reaktion hätte nach sich ziehen können, nicht über mein Leben. Ich habe keinen Gedanken daran verschwendet, dass die Waffe hätte losgehen und mich oder Umstehende verletzen oder gar töten können. Dass ich zu impulsiv gehandelt habe, anstatt das den Cops zu überlassen, die in der Nähe waren und hätten eingreifen können. Nichts von alledem hatte ich bedacht. Ich hatte nur den schrecklichen Tag vor Augen, an dem John gestorben ist.«

»Hatte der Mann es auf dich abgesehen, oder ...?«

Ich schüttelte den Kopf. »Der Angreifer war ein verwirrter, alkoholisierter Mann um die fünfzig, der überhaupt nicht wusste, was er tat. Er kannte mich nicht und hatte auch nichts mit dem Fall zu tun. Aufgrund seines Alkoholpegels hatte er meinem Schlag nichts entgegenzusetzen und ist gleich darauf umgekippt. Das war mein großes Glück. Er schlug auf dem Treppenabsatz auf, und die Waffe fiel ihm aus der Hand. Doch bevor er oder ich danach greifen konnten, waren schon ein Haufen Polizisten an meiner Seite, die mich aus dem Schussfeld brachten und sich um den Mann kümmerten«, erklärte ich. Erst als man mich zu einem Krankenwagen gebracht hatte und ein Sanitäter mir eine Beruhigungsspritze geben wollte, wurde ich wieder klar im Kopf. Die Spritze hatte ich verweigert. Mir ging es gut. »Ich habe nicht nachgedacht und einfach nur reagiert«, wiederholte ich. »Ich habe rot gesehen, hab in dem Moment nur die Situation von damals im Kopf gehabt und wollte nicht ... Ich wollte nicht wieder schuld sein ...«

Jenna wechselte den Platz, setzte sich neben mich, legte ihre Hand auf meine.

»Du bist nicht schuld. Du hast nichts Falsches getan, Sawyer«, sagte sie leise. »Heute wie damals nicht. Du hast nachgedacht. Und gehandelt. Und Menschen beschützt, die sonst vielleicht zu Schaden gekommen wären. Du hast sie beschützt, Sawyer. Das liegt in den Genen eurer Familie.« Sie stoppte und presste kurz ihre Lippen aufeinander. »Weißt du, ich habe damals jeden einzelnen Tag damit gerechnet, dass John nicht heil wieder nach Hause kommt. Und wenn er dann da war, habe ich Gott gedankt. Jeden einzelnen Tag. Ich bin froh, dass ich eine so lange und schöne Zeit mit ihm haben durfte. Wir wussten beide, dass es so kommen konnte. Und haben uns eins versprochen: Wir würden weitermachen. Und das haben wir, Sawyer. Elijah und ich, wir machen weiter. Aber du, du hängst noch immer in der Zeitschleife fest. Du glaubst, dass du kein Recht hast weiterzuleben, weil dein Bruder tot ist. Aber das stimmt nicht! John hätte gewollt, dass du weiterlebst. Er hätte gewollt, dass du glücklich bist.«

Ich schluckte, weil sie die Wahrheit sagte. Und durch Alice war ich langsam auf dem Weg, das zu begreifen. Doch noch immer waren da die leisen Zweifel, die an mir nagten. Zweifel, die mir sagten, dass ich kein Glück verdient hatte, während die Familie meines Bruders litt, weil ich einen Fehler gemacht hatte.

Das Wasserrauschen im Bad verstummte. Jenna legte mir ihre schmale Hand auf die Wange.

»John hat dich geliebt, Sawyer. Und er würde dich nie verurteilen. Ebenso wenig wie wir. Du hast gehandelt, wie es in dieser Situation am besten war. Damals wie heute. Das würden wir niemals infrage stellen. Und«, jetzt umarmte sie mich. Ich drückte sie an mich. »Und wir lieben dich, Sawyer. Du bist unsere Familie. Aber du darfst nicht nur an uns denken. Du musst auch an dich denken. Versprich mir das. Versprich mir, dass du dein Glück zulässt.«

Ich wusste nicht, was Elijah seiner Mutter über Alice erzählt hatte, aber mir war klar, dass es darum ging. Ich spürte den Kloß in meinem Hals, doch ich ließ der Angst keinen Raum. Ich musste stark sein. Stark für unsere Familie.

»Ich liebe euch auch, Jenna.« Aber ich konnte ihr nichts versprechen, was ich vielleicht nicht würde halten können.

Sawyer

»Hinterlasst eine Nachricht, ich melde mich zurück, sobald ich kann.« Der Signalton ertönte, und ich legte auf.

Das war bereits der dritte Anruf, der auf die Mailbox von Alice' Handy lief. Sie hatte Dienst, vermutlich stand sie gerade im OP und war beschäftigt damit, Leben zu retten. Glücklicherweise war es nicht meins.

Nachdem Jenna mir das Versprechen abgerungen hatte, nach vorne zu sehen, waren sie und Elijah gegangen. Sie wollten zurück nach Philadelphia fahren, um den anstehenden Umzug zu regeln. Die neue Wohnung lag in der Upper West Side, nahe dem Central Park und meiner Wohnung. Jenna hatte sie mit dem Geld aus Johns Lebensversicherung gekauft.

Jetzt, eine Stunde nachdem die beiden gegangen waren, saß ich wieder allein auf meinem Sofa, der Fernseher war an und der Vorfall vor dem Gericht lief als Breaking News auf den Nachrichtensendern. Zuerst sah man mich im Interview, dann wurde der Überfall von hinten gefilmt. Optisch kam ich sogar ganz gut dabei weg. Meine Rechte traf ihn sauber an der Schläfe und knockte ihn direkt aus. Seine Beine knickten ein, und er krachte auf die Stufen. Dann brach der Tumult aus.

Ich schaltete den Fernseher aus und knallte die Fernbedienung in Richtung Wand. Sie landete ein Stück davor auf dem Fußboden und zerfiel in ihre Einzelteile. Rambo zuckte zusammen, kam sofort zu mir und drängte sich an mich. Mit auf die Knie gestützten Ellenbogen verbarg ich mein Gesicht in den Händen und versuchte, mich zu beruhigen. Aber das war nicht so einfach. Seit dem Vorfall an dem Abend, als ich mit Alice essen gegangen war, hatte die Vergangenheit mich wieder fest im Griff. Hatte ihre mächtigen Klauen um mich gelegt und hielt mich mit ihrem Klammergriff gefangen. Ich fühlte mich wie ein Wrack.

Also stand ich auf, ging ins Schlafzimmer, tauschte den Anzug gegen Sportsachen, schnappte mir Rambo und joggte mit ihm eine Runde durch den Park. Doch auch dabei konnte ich die Bilder in meinem Kopf nur schwer loswerden. Also ging ich danach in mein Arbeitszimmer, das gleichzeitig auch ein kleiner Fitnessraum war, in dem mein Boxsack hing und einige Gewichte herumstanden. Diese Art von Abreagieren war besser als jede scheiß Droge. Ich wusste doch, wohin das führen konnte. Und in die Hölle, in der ich gewesen war, wollte ich nie wieder.

Ich stellte die Musikanlage an, und *Lose Yourself* von Eminem erklang. Dann schlug ich mit kurzen Aufwärtshaken und langen Jabs gegen den Sack, wechselte die Kombos. Die Bilder in meinem Kopf sorgten dafür, dass sie immer härter wurden. Es reichte mir nicht, nur gegen den Sack zu schlagen. Ich wollte ihn zerstören. Ich hörte meine Stimme, mein Keuchen, mein Stöhnen bei jedem Schlag, aber es war mir egal. Meine Schläge knallten schneller gegen das glatte Leder, hallten in meinen Ohren wider und übertönten das Rauschen des Blutes in meinen Adern. Ich bretterte die Fäuste gegen den Sack, bis meine Muskeln schmerzten und meine Fingerknöchel aufgescheuert und blutig waren. Bis mir der Schweiß von der Stirn tropfte und in meinen Augen brannte. Bis mein Pulsschlag genauso laut war wie das Knacken meiner Knöchel. Bis … ich nach Atem rang, den Boxsack festhielt und mich vor ihn auf den Boden sinken ließ.

Nach und nach wurde meine Atmung langsamer, mein Puls normalisierte sich. Und die Bilder vor meinem inneren Auge hatten sich gewandelt. Sie waren ruhiger geworden, und ich sah John beim Surfen zu, anstatt ihn blutend in meinem Arm liegen zu sehen.

Ich schüttelte mich und stand auf, ging unter die Dusche und zog mich an. Dann griff ich meine Jacke und meine Schlüssel und verließ die Wohnung. Ich war vielleicht ein Wrack – aber ich würde nicht alleine zu Hause sitzen und mich bemitleiden. *Es kommt im Leben nicht darauf an, wie viel du austeilst, sondern darauf, wie viel du einstecken kannst!* Das sagte schon Sylvester Stallone in *Rocky*. Er war damals mein Vorbild gewesen. Und vielleicht war es nicht verkehrt, sich jetzt wieder daran zu erinnern.

Eine halbe Stunde später saß ich am Tresen im *King's*, vor mir meinen Lieblingsbourbon und Jaxon, der hinter der Bar stand und mich besorgt musterte. Ich hatte nicht alleine in meiner Wohnung sitzen wollen, aber keinen Bock auf fremde Menschen. Das *King's* war mein zweites Zuhause, hier war ich nicht allein. Jaxon war da, sonst niemand. Die Bar hatte heute geschlossen, aber auf meinen Freund konnte ich mich verlassen. Ich konzentrierte mich auf meinen Platz an der Bar, die Stille in meinem Kopf und auf die Hoffnung, dass es morgen wieder besser wäre.

»Wie geht's dir?«, wollte Jaxon wissen, kaum dass er mich reingelassen hatte. Er hatte die Nachrichten gesehen, versucht, mich zu erreichen, aber ich hatte ihn kurz angebunden abgeblockt. Ich wusste – wenn er gekonnt hätte, wäre er zu mir gekommen, um sich persönlich davon zu überzeugen, dass es mir gut ging. Logan hatte ebenfalls mehrmals auf meine Mailbox gesprochen. Auch ihn hatte ich mit kurzen Worten abgefertigt. Ja, sie waren meine Freunde, sie wussten um das, was vor Jahren passiert war. Sie machten sich Sorgen um mich. Aber ich hatte die Einsamkeit gebraucht. Jetzt brauchte ich meine Freunde.

»Okay«, murmelte ich, auch wenn das gelogen war. Es ging mir absolut nicht okay.

Jaxon wusste das, doch er korrigierte mich nicht, sondern nahm es hin, dass ich ihn und mich selbst belog. *Das* war okay. Dankbar nickte ich und kippte den Whiskey runter. Kaum war das Glas leer, füllte Jaxon es wieder nach. Wir brauchten keine Worte. *Das* war okay.

Nach dem dritten oder vierten Whiskey nahm ich Jennas Stimme in meinem Kopf, die mir mein Glück aufzwingen wollte, nicht mehr wahr. Sie war mir egal geworden, ging mir am Arsch vorbei. *Das* war okay.

Und nach weiteren drei oder vier Whiskey wurde ich müde. Ich merkte, wie sich die Anspannung der letzten Stunden löste. Wie ich ruhiger und gelassener wurde. Wie die Gedanken in meinem Kopf zu einem Brei verschwammen und mir keine Angst mehr machten. *Das* war okay.

»Gib mir deine Autoschlüssel«, verlangte Jaxon kurz darauf. Ich gab sie ihm. Weil ich wusste, dass er auf mich aufpasste. *Das* war okay.

»Taxi«, rief ich. Jaxon schüttelte den Kopf, dann griff er in die Schublade und holte etwas heraus. Einen Moment später stand er neben mir.

»Komm, ich bring dich nach Hause.« Er war ein wahrer Freund. *Das* war okay. Mehr als okay.

An seiner Seite ging ich zu meinem Auto, das in der Gasse vor dem *King's* stand. Ich war nicht mehr in der Lage, selbst zu fahren. Alle Gedanken, die mir noch vor ein paar Stunden Angst gemacht hatten, waren weg. Ich fühlte mich wenigstens für den Moment leicht und unbeschwert.

»Lass uns irgendwo feiern gehen«, schlug ich mit schwerer Zunge vor, als Jaxon mich in meinen Jaguar bugsierte und auf dem Fahrersitz Platz nahm.

Mein Freund grinste scheinheilig, dann startete er den Wagen und lenkte ihn aus der dunklen Gasse des *King's* auf die hell erleuchtete Straße. Ich lehnte den Kopf gegen die kalte Scheibe, und während die Lichter der Stadt an mir vorüberzogen, das Dröhnen des Motors sich in meinen Magen grub und die Ereignisse des Tages immer mehr verblassten, schloss ich die Augen und träumte von …

»Alice!« Ich schreckte hoch, als mich jemand am Arm fasste und rüttelte.

»Nicht ganz, mein Freund.« Jaxon versuchte mich aufzuwecken, was ihm nur mäßig gelang. Die kurze Strecke vom *King's* zum Central Park hatte ich tatsächlich verschlafen, und jetzt fühlte mein Körper sich schwer und unförmig an wie ein nasser Sack.

»Schade«, murmelte ich, während ich versuchte, mithilfe der Tür und Jaxon aus dem niedrigen Sportwagen auszusteigen.

»Wieso hast du hier geparkt?«, fragte ich ihn. Er hatte den Wagen vor dem Apartmenthaus abgestellt, anstatt in die Tiefgarage zu fahren.

»Du glaubst ernsthaft, dass ich dir den Wagen hier lasse und zu Fuß nach Hause laufe?«

»Du könntest dir auch einfach ein Taxi nehmen«, folgerte ich.

Er grinste. »Könnte ich.«

Ich dachte kurz nach. »Aber tust du nicht.«

Jaxon feixte und nickte. »Nein.«

Dann sah er mich mit diesem wissenden Blick an. »Alice? War das nicht die alte Freundin, die du vor der Bar getroffen hast?«

Ich nickte. Dann schüttelte ich den Kopf. »Ja und nein.«

»Okay.«

Ich war endlich ausgestiegen und hielt mich an der offenen Tür fest. Dann wischte ich seine Antwort mit einer Handbewegung beiseite. »Nichts ist okay, Mann. Sie … Alice … Ich mag sie irgendwie.« Erstaunlich, wie leicht die Worte mir über die Lippen kamen. Musste wohl am Whiskey liegen.

»Das ist prima«, fand Jaxon. Wieder wischte ich seine Worte beiseite.

»Bullshit! Das ist nicht prima. Ich darf sie nicht mögen.«

»Ist sie verheiratet?«

Ich schüttelte den Kopf.

»Hat sie einen Freund?«

Wieder verneinte ich stumm.

»Sawyer, dann *ist* das Bullshit! Natürlich darfst du sie mögen. Du stehst dir nur mal wieder selbst im Weg.«

Ich stöhnte auf und versuchte mich auf sein Gesicht zu konzentrieren, das ständig hin und her wackelte. Warum konnte der Kerl nicht einfach stehen bleiben?

»Es sollte nur Sex sein. Sonst nichts. Aber ich will mehr und fange an, Fehler zu machen. Ich habe Elijah vergessen! Und dann habe ich einen Mann umgehauen, der eine Waffe auf mich gerichtet hatte. Das war wie ein Déjà-vu. Ist das Karma? Nein, Jax. Ich kann sie unter diesen Voraussetzungen auf keinen Fall an mich ranlassen, Jaxon, versteh doch. Es geht nicht.«

»Du hast Elijah vergessen?«

Ich fasste kurz die Schreckensstunde zusammen. »Wäre ihm was passiert …«

»Aber es ist ihm nichts passiert. Und das hat alles auch überhaupt nichts mit Alice zu tun.«

Ich sah ihn an. »Ich bin verletzlich, Jaxon. Ich bin kaputt. Ich bin eine tickende Zeitbombe, eine Gefahr für alle, die mich lieben. Verdammt noch mal! Ich habe ein Problem, Jaxon. Ich handle zu schnell. Ich denke an den Tag, als das mit John passiert ist, und verliere die Kontrolle. Das ist verdammt noch mal nicht gut.«

»Du bist für niemanden eine Gefahr!«, widersprach er. »Du bist ein Mensch mit Gefühlen, so wie wir alle. Und du musst da nicht alleine durch. Du hast Elijah und Jenna. Und du hast uns, deine Freunde. Und«, er legte mir seine Hand auf die Schulter.

»Und du hast Alice. Also, wenn du so willst, bist du an all diesen Punkten verwundbar. Und Fehler, Sawyer«, er schüttelte langsam den Kopf, »Fehler machen wir alle mal.«

Ich schluckte und dachte über seine Worte nach. »Aber keine, die andere das Leben kosten können. Nein, ich kann sie oder andere nicht in Gefahr bringen. Es geht einfach nicht.«

Jaxon schüttelte den Kopf. »Es geht sehr wohl. Du musst es nur wollen. Du darfst es nicht als Gefahr sehen, sondern als Chance.« Er stand vor mir und packte mich an den Schultern, sah mich mit diesem oberlehrerhaften Blick an, den ich nicht leiden konnte. Er war mit seiner Standpauke noch nicht am Ende angekommen. Das konnte ich nicht ausblenden, da half auch der Alkohol nicht. »Du musst damit aufhören, Sawyer. Du machst dich kaputt, du gehst vor die Hunde, wenn du so weitermachst. Lass nicht zu, dass du dich selbst zerstörst.«

»Du kannst reden«, stieß ich aus. »Du hast alles, was du brauchst, dir geht es gut. Du hast keinen verdammten Bruder verloren.« Ich wusste im selben Moment, als die Worte meinen Mund verließen, dass sie falsch waren. Unfair und gemein. Jaxon sagte nichts, er ließ mir Zeit, meine Worte zu revidieren. »Es tut mir leid, Mann. Ich … ich weiß nicht, was mit mir los ist … tut mir leid.« Er hatte seine Mutter verloren. Seinen Vater. Seine Großeltern. Und Jules. Er hatte zu viele Menschen verloren, die er geliebt hatte. »Tut mir leid. Ich bin ein egoistisches Arschloch.«

»Schon okay.« Er drückte meine Schulter, dann dirigierte er mich zur Eingangstür des Apartmenthauses, in dem ich wohnte. Ich versuchte, einfach einen Fuß vor den anderen zu setzen, ohne zu sehr nach einem Betrunkenen auszusehen, als wir ins Gebäude traten.

»Guten Abend, Mr Lee. Mr King.« Tom, die gute Seele des Hauses, saß in seinem Pförtnerbereich und blickte vom Fernseher auf, als wir hineinkamen. Vermutlich sah er gerade die

Wiederholung des Footballspiels, denn ich hörte leisen Jubel hinterm Tresen.

»Guten Abend, Tom«, erwiderte Jaxon den Gruß, während ich die Klappe hielt, ihm zunickte und weiterhin darauf achtete, einigermaßen unbeschadet zum Aufzug zu gelangen. Ich wollte vermeiden, dass ich Gesprächsthema auf der nächsten Eigentümerversammlung wurde.

Jaxon manövrierte mich in den Fahrstuhl, dann in meine Wohnung. Rambo begrüßte uns schwanzwedelnd. Als ich auf das Sofa fiel, legte der Hund sich zu meinen Füßen und Jaxons Arbeit war erledigt. Aber er blieb vor mir stehen und sah auf mich runter. »Willst du drüber reden?«

Ich schüttelte den Kopf, zumindest ein bisschen, ohne dass mir schwindlig wurde. Jaxon nickte. Er wusste, wann er die Klappe halten musste. »Alles klar. Dann fahre ich wieder. Schlaf dich aus, und wenn was ist – du weißt, wo du mich findest.«

Darauf gab ich ihm keine Antwort. Er wusste so gut wie ich, dass ich mich nicht melden würde. Es gab Dinge, da musste ein Mann alleine durch. Und das hier – das war so ein Ding. Aber trotzdem war es gut zu wissen, auf meinen Freund zählen zu können. Ich liebte Jaxon King wie einen Bruder und war froh, ihn an meiner Seite zu haben.

Schwerfällig erhob ich mich vom Sofa, streichelte Rambo über den Kopf und ging erst mal pinkeln. Auf dem Weg ins Bad streifte ich die Schuhe von den Füßen, zog die Jacke aus und das T-Shirt über den Kopf. Alles ließ ich achtlos irgendwo auf den Fußboden fallen. Nachdem ich mich erleichtert hatte, zog ich auch die restlichen Klamotten aus, stopfte sie in den Wäschesack und ging unter die Dusche. Kaltes Wasser würde vielleicht helfen.

Ich duschte geschlagene zwanzig Minuten lang, versuchte, das Gefühl des Verlustes von meiner Haut zu waschen, was mir natürlich nicht gelang. Dafür saß es zu tief, dafür schmerzte es zu sehr in meinem Innersten, fraß mich auf und ließ mich einfach nicht vergessen. Aber daran hatte ich mich mittlerweile gewöhnt. Ich jammerte nicht mehr, ich schluckte den Schmerz einfach runter, schüttelte mich und machte weiter. Es war nicht okay, es war beschissen.

Als ich aus der Dusche trat, war ich wieder einigermaßen klar im Kopf. Einen Bluttest hätte ich nicht überstanden, aber zumindest konnte ich wieder denken und fühlte mich nicht mehr wie von einem Monstertruck überrollt. So sehr ich es mochte, mich in dem Rausch zu verlieren, so sehr hasste ich das Gefühl der Hilflosigkeit dabei. Und es kam auch nicht oft vor, dass ich mich betrank.

Ich zog mir eine Jeans und ein frisches T-Shirt über, dann machte ich mir in der Küche einen Espresso, schnappte mir mein Handy und kontrollierte meinen Nachrichteneingang. Er quoll fast über vor Nachfragen von besorgten Bekannten, die den Übergriff auf mich im TV gesehen hatten. Doch keine von ihnen war mir wichtig genug, um sie zu beantworten. Ich sah auf die Uhr und seufzte.

»Frauen«, murmelte ich. Ich setzte mich zu Rambo auf den Boden, das Sofa in meinem Rücken, und lehnte mich an. Der Hund robbte ein Stück zu mir und legte seine kalte Schnauze auf meine Oberschenkel. Er spürte, dass es mir nicht besonders gut ging. Ich legte meine Hand auf seinen Hals und streichelte ihn. Mit jeder Handbewegung wurde ich ruhiger und er schläfriger.

Es waren nun mehrere Stunden vergangen, seit ich Alice versucht hatte zu erreichen. Bis jetzt hatte sie sich nicht gemeldet. Gut, sie war Ärztin, hatte vermutlich gerade einen Patienten zusammenzuflicken oder andere Verpflichtungen. Vielleicht aber wollte sie mich auch nicht zurückrufen oder mich sehen. Normalerweise war es andersrum. Eigentlich war ich bisher immer derjenige gewesen, der Frauen kein zweites Mal datete. Einmal Spaß gehabt, ließ es sich sowieso nicht toppen, warum es also auf Krampf versuchen? Und an ernsthaften Beziehungen hatte ich kein Interesse. Bis jetzt.

Ich lehnte meinen Kopf an das Sofa und schloss für einen Moment die Augen. Rambos tiefe Atemzüge unter meiner Hand schläferten langsam auch mich ein. Allmählich forderte der Tag seinen Tribut, meine Erschöpfung ließ sich nicht mehr verleugnen.

Alice

»Hi, Alice!«, nahm Sawyer meinen Anruf am Abend nach dem Überfall an. Er hörte sich ziemlich geschafft an.

»Sawyer! Wie geht es dir?« Ich war nach einem endlos langen Dienst in der Notaufnahme unglaublich müde und kaputt, aber ich war froh, dass ich ihn endlich sprechen konnte. »Ich habe deine Nachrichten bekommen. Sorry, es war so viel los hier. Und dann hatte ich noch eine OP, die hat Stunden gedauert. Ich bin gerade erst raus. Wie … ist alles okay mit dir?«

Er zögerte kurz. »Ja. Ja, mir geht es gut.« Er log.

»Ich habe gehört, was passiert ist«, sagte ich. Ich konnte mir vorstellen, wie es ihm nach dem Vorfall gestern gehen musste. Ich hatte es nur am Rande über die Nachrichten erfahren und wollte ungern am Telefon darüber reden. Doch wieder wich er mir aus.

»Ich wollte dich sehen, aber jetzt ist es spät und du bist kaputt und …«

»Ich gehe jetzt duschen und dann nach Hause. Du könntest in … einer Stunde bei mir sein«, schlug ich vor. »Dann können wir reden. Wenn du reden möchtest«, setzte ich hinterher. Ich wollte ihn auch sehen. Er fehlte mir.

»Okay.«

Seine Zustimmung erleichterte mich. »Hast du … vielleicht Hunger oder so? Ich könnte uns auf dem Weg was vom Italiener mitbringen«, machte ich den nächsten Vorschlag.

»Sehr gerne.«

In Windeseile duschte ich und machte mich auf den Heimweg. Eine Viertelstunde später klingelte es auch schon.

»Komm rein.«

Ich trat zur Seite, um Sawyer hineinzulassen. Er sah müde aus, und das war nicht die Art von Müdigkeit, die von zu wenig Schlaf kam. Vielleicht war es heute an mir, ein guter Zuhörer zu sein.

Er trug ein graues Kapuzen-Sweatshirt, das die Farbe seiner Augen betonte. Dazu Jeans und Sneakers. Aber seine sonst aufrechte Haltung war leicht gebeugt, und sein Blick – so freundlich er auch war – hatte etwas Trauriges. Kein Wunder, nach dem, was ihm passiert war.

Es war ein komisches Gefühl, ihn wiederzusehen nach allem, was zwischen uns gewesen war.

»Ich habe die Nachrichten gesehen«, wiederholte ich, als ich in unsere kleine Küche vorging, um die Pasta aufzuwärmen. Ich hatte unserem Stamm-Italiener an der Ecke zwei Portionen seiner leckeren Spaghetti mit Pesto abluchsen können, die ich nur wieder warm machen musste. Dazu hatte er mir noch eine Flasche Wein in die Hand gedrückt und mir mit einem Zwinkern einen schönen Abend gewünscht. Ich war mir sicher, dass er andere Vorstellungen davon hatte.

»Er hatte es nicht auf mich abgesehen«, sagte Sawyer, stellte den Wein auf den Tisch und sah mich an. »Ich war nur zur falschen Zeit am falschen Ort.«

»Du hast ihn überwältigt.«

»Ich habe getan, was nötig war. Es war keine Heldentat. Ob es richtig war, weiß ich nicht. Aber zumindest wurde niemand verletzt.«

Bruchstücke von Bildern aus alten Nachrichten zuckten durch meinen Kopf. Vor fünf Jahren hatte es jemanden gegeben, der nicht so glimpflich davongekommen war. Vor vier Jahren hatte mein Vater auf einen Menschen geschossen, der danach nicht mehr aufgestanden war. Und obwohl wir weder mit meinem Vater noch mit der Tat irgendwas zu tun hatten –

wir hatten uns schlecht gefühlt. So wie Sawyer jetzt. Ich konnte ein wenig nachfühlen, wie es ihm ging. So ein Ereignis wirft einen völlig aus der Bahn.

Seine Miene wirkte verschlossen. Entweder hatte er das Geschehene noch nicht verarbeitet, wollte nicht mit mir darüber reden, oder es hatte irgendwas mit dem dunklen Schatten auf seiner Seele zu tun, der mir schon bei unserer ersten Begegnung aufgefallen war. Ich wusste nicht, wovor ich mehr Angst hatte. Ich hatte das Gefühl, mich auf ganz dünnem Eis zu bewegen, wenn ich weiterbohrte. Weil ich mir Sorgen um ihn machte. Weil ich Angst vor dem hatte, was ich erfahren würde. Und weil ich verdammten Schiss davor hatte, mein eigenes Geheimnis preiszugeben. Ich war so feige.

Also nickte ich stumm, ließ es auf sich beruhen, wandte mich den Spaghetti zu, die nun heiß genug waren, und nahm sie vom Herd. Ich hatte mir so was in der Art schon gedacht, und das Letzte, was ich wollte, war zu nerven. Als Sawyer mich in einer dunklen Stunde aufgelesen hatte, hatte er Geduld bewiesen. Das hatte gutgetan. Dasselbe würde ich jetzt für ihn tun. Also holte ich zwei Gläser aus dem Schrank, stellte sie auf den Tisch und reichte Sawyer den Korkenzieher aus der Schublade. Während er uns einschenkte, richtete ich die Pasta auf zwei Tellern an, stellte sie ebenfalls auf den Tisch und holte noch den Parmesan aus dem Kühlschrank. Dann setzte ich mich zu Sawyer, der bereits Platz genommen hatte.

»Das sieht gut aus.«

»Ich hoffe, es schmeckt«, sagte ich und hielt mir die Hand vor den Mund, um ein Gähnen zu verstecken.

Sawyer sah mich an. »Es war keine gute Idee herzukommen, oder? Du bist müde und –«

»Sawyer! Halt die Klappe und iss. Ich will nicht umsonst in der Küche gestanden haben.« Ich sah hoch, und als ich sein schockiertes Gesicht sah, tat es mir fast leid, ihn so angefahren zu haben. Aber dann spürte ich dieses Kitzeln im Rachen. Dieses Kitzeln, das sich einstellte, wenn man lachen musste, aber genau wusste, dass es unpassend war, und man es deswegen zurückhielt. Aber das Zucken meiner Mundwinkel konnte ich nicht länger kontrollieren und brach schlussendlich doch in Lachen aus. Sawyer wirkte für einen Moment irritiert, doch dann stimmte er in mein Lachen mit ein. Das Eis war gebrochen, der bizarre Moment endlich vorbei.

»Was macht mein Lieblings-Elijah?«, fragte ich mit einem Lächeln. »Hat er die ... Nacht ohne dich gut überstanden?«

Sawyer senkte den Blick. »Die Nacht hat er gut überstanden, ja. Er ... er und Jenna waren bei mir. Gestern. Nach dem Vorfall ... Er ... Elijah hat geweint. Er hatte Angst und ich fühlte mich so hilflos«, brach es plötzlich aus ihm heraus. »Ich liebe den Jungen. Und ich könnte es nicht ertragen, wenn er auch noch –« Dann stoppte er abrupt und schüttelte langsam den Kopf. »Das war alles in allem ein wirklich beschissener Tag.«

»Das kann ich mir vorstellen.«

Er hob den Kopf, und ich sah den Ansatz eines Lächelns. »Ich hatte wirklich Panik gestern Morgen, als ich geschnallt hatte, dass ich Elijah vergessen hatte. Ich meine – wie konnte das passieren?«

»Weiß seine Mutter davon?«

»Sie hat ihn von Katie abgeholt. Wegen dem, was vor Gericht passiert ist, kam sie bisher noch nicht dazu, mir die Hölle wegen Elijah heißzumachen. Weil ich ihn vergessen habe«, gab er mit gequälter Miene wieder.

»Hey, dafür musst du dich nicht schämen. Schlimm wäre es, wenn es dir egal wäre, dass du ihn ... vergessen hast.«

»Nein, das war es nicht.«

»Ich weiß. Ich mag ihn auch sehr und bin froh, dass alles gut gegangen ist. Ich hoffe, deine Babysitterin hat ein fettes Extra bekommen?«

Er grinste schief. »Ein richtig fettes Extra.«

»Du verbringst viel Zeit mit dem Jungen«, wandte ich ein und fragte mich, woher er die Zeit nahm. Als erfolgreicher Anwalt hatte er doch sicher anderes um die Ohren, als einen Neunjährigen zu bespaßen. Auch, wenn der noch so süß war.

Sawyer zögerte. Er trank einen Schluck Wein, und es dauerte noch einen weiteren Moment, bis er etwas erwiderte. »Das war nicht immer so. Aber jetzt will ich es nicht mehr missen.« Seine Stimme klang fest, und ich glaubte ihm jedes Wort. Und als ich ihm in die Augen sah, erkannte ich, dass Elijah irgendwas mit dem dunklen Schatten auf Sawyers Seele zu tun haben musste. Mit der Schusswunde in seiner Brust.

Am dunkelsten ist die Nacht vor der Dämmerung. Unwillkürlich dachte ich an meinen Vater. Jahrelang hatte ich ihn aus meinem Kopf gestrichen. Aus meinem Herzen sowieso. Ich würde ihm nie verzeihen können, dass er einen Mann ermordet hatte. Erschossen. Einem Menschen das Leben ausgehaucht. Was zur Hölle war Sawyer passiert? War er auch von einem Junkie angeschossen worden? Nur wegen Geld? Wie viel Glück hatte er gehabt, dass er noch lebte? Wie knapp war es gewesen?

Als wir in der Gasse von den Security-Männern erschreckt worden waren, hatte Sawyer mir schon ein Stück dieses Schattens gezeigt. Unfreiwillig, aber es war da gewesen. Ich vermutete stark, dass all das etwas mit der Narbe zu tun hatte, die er auf seiner Brust trug. Aber auch da hatte er nicht darüber reden wollen. Gut, ich würde das akzeptieren, etwas anderes konnte ich sowieso nicht. Aber mittlerweile fürchtete ich, dass ich mich in etwas verrannte, das ich nicht steuern konnte. Mein Herz hatte übernommen. Und ich hasste es, die Kontrolle abzugeben. Doch ich merkte immer mehr, wie sehr ich mich für den Mann, der mir in meiner Küche gegenübersaß, interessierte. Und wie sehr ich mir wünschte, dass die Dämonen, die ihn umtrieben, ihn nicht zerstört hatten. Denn ich wollte mehr. Mehr als Sex. Und plötzlich schnürte mein Hals sich zu, und die Angst packte mich. Die Angst davor, ihn zu verlieren. Auf welchem Weg auch immer. Aber die musste ich abstreifen. Sonst hätten wir keine Chance.

Ich war immer noch nicht der Meinung, dass ich diejenige war, die den gebrochenen Mann retten konnte. Aber manchmal half es einfach, wenn jemand da war, der einem zuhörte. Dafür waren Wein und Pasta schon mal ein guter Anfang. Ein Blick hinter die Kulissen wäre gut, aber ich würde warten. Denn tief in mir hoffte ich, dass es sich lohnte.

»Das glaube ich dir. Er ist ein toller Junge.«

»Ich bin froh, wenn er bald in meiner Nähe wohnt.«

»Ja«, freute ich mich mit ihm. »Dann könnt ihr euch öfter sehen. Und Jenna natürlich auch«, warf ich hinterher.

»Ja, Jenna …« Sein Blick verlor sich kurz, dann fing er sich wieder. »Sie ist eine starke Frau. Ich liebe sie sehr.«

Ich schluckte. Auf welche Weise liebte er sie? War es Freundschaft zwischen ihnen oder Verpflichtung? Wie lange war sein Bruder schon nicht mehr da? Was war passiert? Es war zum Haareraufen, dieser eine Satz hatte Fragen in mir aufgeworfen, die ich mir überhaupt nicht stellen sollte. Und schon gar nicht sollte ich sie ihm stellen. Das war viel zu persönlich. *Pasta und Wein*, erinnerte ich mich. Aber nur dafür war es schon längst zu spät.

Alice

»Hast du noch Lust auf einen Absacker?«

Sawyer sah mich fragend an. Wir standen fünf Tage nach unserem letzten Treffen vor dem Eingang des Presbyterian, und draußen hatte es zu regnen begonnen. Ein leichter Sommerregen, der alle Gerüche der Nacht aufwirbelte und reinwusch. Ich liebte Sommerregen. Es fühlte sich immer wie ein Neuanfang an. Seit ein paar Tagen hatte sich etwas Grundlegendes zwischen uns verändert. Ohne, dass wir darüber sprechen mussten, war aus uns ein Paar geworden. Wir waren nahtlos von einer ungeplanten, lockeren Affäre ohne Verpflichtungen zu einer Beziehung übergegangen. Und es fühlte sich so leicht an. Es war, als säße ich in einer rosa Zuckerwatteblase, und niemand von außerhalb konnte mir darin etwas anhaben. Ich fühlte mich fast unverwundbar. Fast.

»Was schwebt dir vor?«, fragte ich, drehte mich kurz um und sah auf die große Uhr über dem Eingang. Es war Sonntagnacht, kurz nach Mitternacht. Ich war wirklich kaputt. Gerade erst war ich aus dem OP gekommen, in dem ich die Milz und die Leber eines Autounfalls gerettet hatte. Meine Schicht war nun nach fast achtundvierzig Stunden endlich vorbei, und eigentlich sehnte ich mich nur nach etwas Ruhe. Und einem Bett. Aber Sawyer sah mich so erwartungsvoll an, dass ich wenigstens so tun wollte, als würde ich darüber nachdenken.

»Ich dachte, wir fahren noch ins *King's*? Auf einen Bootlegger«, sagte er mit einem Augenzwinkern.

»Gott bewahre!«, entfuhr es mir. »Keinen Bootlegger mehr. Nie wieder.« Das war der Drink, mit dem ich mich abgeschossen hatte, als Sawyer mich vor dem *King's* aufgegriffen hatte. Das würde ich nie vergessen. »Aber wenn es noch was anderes gibt, bin ich gerne dabei«, setzte ich hinterher, als ich einen leichten Anflug von Enttäuschung auf seinem hübschen Gesicht sah.

»Sicher? Du bist kaputt und –«

»Halt die Klappe und lass uns fahren. Bevor ich es mir anders überlege«, unterbrach ich ihn, stellte mich auf die Zehenspitzen und verschloss ihm die Lippen mit einem Kuss. Und merkte in dieser Sekunde mal wieder, wie sehr ich Sawyer bereits verfallen war. Ich wünschte mir wirklich nichts mehr, als dass das, was zwischen uns war, das, worauf wir uns gerade einließen, funktionierte. Denn wenn ich ehrlich war: Ich wollte mir gar nicht mehr vorstellen, wie es ohne ihn war. An seiner Seite fühlte ich mich glücklich und vollwertig. Ich fühlte mich ganz.

Wir lösten uns voneinander, und ich seufzte unbeabsichtigt auf. Sawyer grinste. Er strich mir sanft über die Wange, legte dann den Arm um meine Schultern und führte mich zur Straße, wo er uns ein Taxi organisierte. Wie ich es von ihm gewohnt war, hielt er mir die Tür auf und rutschte dann neben mich auf die Rückbank. Das war ein Verhalten, das mich faszinierte. Denn er sah es als selbstverständlich an.

Sawyers Hand legte sich auf meinen Oberschenkel, sobald wir losgefahren waren. Wir brauchten eine knappe Viertelstunde, dann hielt das Taxi vor der Gasse zum *King's*. Sawyer zahlte und stieg aus. Aber meine Beine waren wie gelähmt, ich schaffte es einfach nicht auszusteigen.

»Was mache ich nur, wenn sie mich nicht mögen?«, fragte ich mich. Allerdings laut, sodass Sawyer mich hörte.

»Wer soll dich nicht mögen?« Sawyer steckte seinen Kopf wieder in den Wagen und sah mich irritiert an.

»Deine Freunde. Sie werden sicher hier sein, oder nicht?

Ich meine, das ist eure Stammkneipe.« Ich verstand selbst nicht, warum ich so nervös war. Schließlich war ich eine erwachsene Frau, die mit beiden Beinen fest im Leben stand. Aber plötzlich fühlte ich mich unscheinbar und hatte wirklich eine Heidenangst davor, dass seine Freunde mich nicht mögen würden, mich vielleicht sogar ganz ablehnten.

Ich musste entsetzlich verunsichert aussehen, denn Sawyers Blick sprach Bände. »Ja, sie sind hier. Glaube ich zumindest. Aber es gibt keinen Grund, dich verrückt zu machen. Sie werden dich nicht *nicht* mögen. Können sie gar nicht. Sie werden dich lieben, vertrau mir. Meine Freunde sind die besten, die man sich vorstellen kann, und wenn du dich nicht in den nächsten drei Minuten von meiner Traumfrau zu einer Superzicke verwandelst, dann wirst du super mit ihnen zurechtkommen.«

Ich sah zu ihm rüber. Seine Augen waren so voller Wärme, dass ich nicht anders konnte, als mich davon beschützt zu fühlen. »Okay«, flüsterte ich. Und beschloss, ihm zu glauben. Er reichte mir die Hand und ich stieg endlich aus dem Wagen aus. Die Tür schloss sich hinter meinem Rücken, das Taxi fuhr an und war kurz darauf im Verkehr der Nacht verschwunden.

Sawyer stellte sich vor mich, sah mich an und umarmte mich fest. Und als sein Gesicht sich meinem näherte und absenkte, schloss ich die Augen und verlor mich in diesem zarten, aber auch bestimmenden Kuss, der mir alle meine Ängste nahm und dafür sorgte, dass ich mehr wollte. Jetzt und auf der Stelle.

»Hey, nimm die Zunge aus der Frau, das ist kein Imbiss!« Eine tiefe Stimme riss uns aus dem Kuss. Sawyer zog sich tatsächlich zurück, aber ließ mich nicht los. Und während ich noch eine Sekunde brauchte, um wieder im Hier und Jetzt zu landen, hatte er sich schon dem Störfaktor zugewandt.

Ein großer, blonder Mann mit einer Nerdbrille und einem

frechen Grinsen im Gesicht stand wie aus dem Nichts neben uns und sah uns ungerührt an. Vage konnte ich mich an sein Gesicht erinnern, er war auch in der Bar gewesen, als ich sie das erste Mal an Sawyers Seite betreten hatte. Ich wollte kurzzeitig im Boden versinken vor Scham. Obwohl man mich normalerweise nicht so schnell aus der Ruhe bringen konnte und ich eigentlich auch eine ganze Menge Anzüglichkeiten durch betrunkene Patienten gewohnt war, brachte mich diese Situation in Verlegenheit. Ich hatte doch einen besonders guten Eindruck auf Sawyers Freunde machen wollen, und jetzt erwischte einer von ihnen uns beim Knutschen in einer dunklen Gasse wie zwei Teenager. *Ein sehr guter erster Eindruck, Davis! Sehr gut.*

»Logan!« Sawyer und dieser Logan gaben sich die Hand und verfielen in eine kurze Männerumarmung. Dann stellte Sawyer sich mit einem breiten Lächeln gleich wieder zu mir, legte besitzergreifend seinen Arm um meine Schultern und drückte mich an sich. »Alice, das ist Logan. Einer meiner zwei besten und ältesten Freunde. Logan, das ist Alice. Meine Freundin.«

Oh mein Gott! Mein Herz machte einen unkontrollierten Hüpfer und raste dann unaufhaltsam los, meine Atmung kam kaum hinterher, und mich auf Logans Hand zu konzentrieren, die zwischen uns in der Luft schwebte, fiel mir schwer. Die Bezeichnung Freundin war völlig normal. Aber es war ungewohnt. Und flashte mich total. Und das Wichtigste war – es machte mir keine Angst mehr. Als ich das begriff, legte ich die Unsicherheit endgültig ab und sah Logan mit hocherhobenem Kopf an.

»Schön, dich endlich kennenzulernen«, begrüßte er mich und schüttelte meine Hand. »Sawyer hat schon –« Sawyer unterbrach ihn, indem er ihm unsanft gegen die Schulter boxte. »Schön, dich kennenzulernen«, wiederholte Logan jetzt nur noch und zwinkerte mir zu. Er sah nett aus mit seinem verschmitzten Grinsen und den grünen Augen, die mich einmal schnell, aber nicht unbemerkt unter die Lupe nahmen. Was ich allerdings unkommentiert ließ. Mir war ja klar gewesen, dass ich auf dem Präsentierteller stehen würde, sobald seine Freunde mich zu Gesicht bekamen.

»Danke.«

Gemeinsam betraten wir die Gasse zur Bar, und während Sawyer – mein Freund – und Logan sich ein Wortgefecht lieferten, das an Albernheit nicht zu überbieten war, grinste ich still in mich hinein und freute mich darüber, dass Sawyer sich selbst treu blieb, auch wenn ich dabei war. Das war so viel wert.

Sawyer hielt mir die Tür auf, und wir betraten das *King's*. Im Gegensatz zum letzten Mal, als ich hier gewesen war, war der Geräuschpegel wesentlich niedriger. Auf den ersten Blick konnte ich keinen DJ am Tresen erkennen, sondern hörte nur Loungemusik in Hintergrundlautstärke. Auch die Tische waren nicht alle besetzt, und am Tresen saßen nur drei Leute vor ihren Drinks.

»Sonntags ist es hier ruhiger«, beantwortete Sawyer meine unausgesprochene Frage. »Ist der Tresen für dich okay?«

»Klar.« Ich vermutete, dass es ein ungeschriebenes Gesetz von ihm und seinen Freunden war, am Tresen zu sitzen. Also wollte ich nicht die sein, die neue Regeln aufstellte.

Logan hatte bereits einen freien Barhocker besetzt, während Sawyer mich zwischen ihm und seinem Freund Platz nehmen ließ.

»Hey, Jungs. Hallo … Alice, richtig?« Die Rothaarige vom letzten Besuch stand hinter dem Tresen und begrüßte uns.

»Richtig. Hi, Hope«, grüßte ich zurück und hoffte, dass ich ihren Namen richtig behalten hatte. Sie lächelte. Das hieß wohl ja.

»Was kann ich euch bringen?«

Sawyer sah mich fragend an. »Summershine?«

»Was auch immer das ist – solange es mich nicht wieder aus den Latschen haut, nehme ich das.«

Hope lachte auf. »Ein Summershine ist harmlos. Das ist unser Bitter Rose mit Tonic auf Eis mit Grapefruit.«

Ich beschloss, dass das lecker klang und nickte. Sawyer und Logan bestellten sich je einen Bourbon.

»Wo ist Jaxon?«, fragte Logan.

»Im Büro. Es ist Sonntag«, erinnerte sie ihn, zwinkerte uns zu, verließ den Tresenbereich und war dann hinter einer Ecke verschwunden.

»Wie geht es Chloe?«

»Könnte nicht besser gehen. Sie genießt die freie Zeit und steckt ihre Nase pausenlos in irgendein Buch«, sagte er. »Sie ist verrückt nach Büchern«, erklärte er mir dann.

»So wie du«, fiel Sawyer ein.

Logan schob seine Brille auf der Nase zurecht. »Ich stehe auf Comics. Das ist was anderes.«

»Da sind auch Buchstaben drin.«

»Ja, so was wie *Pong* oder *Pow* oder *Bang*«, mischte ich mich lachend ein.

Logan nickte anerkennend. »Siehst du, Kumpel? Diese Frau hat das Prinzip verstanden.«

»Ich lese auch gerne mal einen Comic«, gab ich zu. Sawyer zog die Augenbrauen hoch, Logan strahlte.

»Echt? Was liest du denn so?«

»Die Avengers finde ich ganz cool.«

»Ernsthaft? Das sind Marvel-Figuren«, gab er mit gerunzelter Stirn zurück.

»Ja, und?«

»Er steht nur auf CD«, warf Sawyer ein.

»DC!«, korrigierte Logan ihn.

»Gibt es da Unterschiede?«, fragte ich ahnungslos.

»Ja, die gibt es. DC ist … Ach, vergiss es. Das ist Frevel, aber schon okay. So schlimm sind die Avengers jetzt auch nicht, dass ich mich aufregen müsste.«

Ich lachte auf, obwohl ich kein Wort verstand. »Okay. Danke.«

»Wofür?«, fragte er irritiert.

»Dafür, dass du mich nicht disst, nur weil ich die falschen Comics lese«, sagte ich trocken.

Logan sah mich an, dann Sawyer und dann wieder mich. Er lächelte. »Du hast vielleicht die falschen Comics, aber du hast den richtigen Mann. Dann passt das schon.« Er zwinkerte mir zu und wandte sich wieder seinem Drink zu, womit er mir einen kleinen Moment gab, mich zu sammeln. Denn es war offensichtlich, dass Logan total zufrieden mit mir an Sawyers Seite war. Und das war gut.

»Siehst du! Ich habe dir doch gesagt, es ist unmöglich, dich nicht zu mögen«, raunte Sawyer mir ins Ohr.

Bevor ich antworten konnte, kam Hope gemeinsam mit Jaxon zurück. Dieser Mann und Hope – in meinen Augen passten die beiden perfekt zusammen. Ich vermutete mal, dass er die schweigsame, introvertierte, aber auch durchsetzungsfähigere Hälfte der beiden war. Hope kam mir offen und freundlich vor, aber dennoch zurückhaltend. Sie war mir auf Anhieb sympathisch gewesen, wobei ich mir bei ihm noch nicht sicher war.

»Hey, du bist Alice? Schön, dich mal nicht nur von Weitem beobachten zu können.«

»Du hast mich beobachtet?« Das erstaunte mich.

»Ich weiß immer gerne, wer sich in meiner Bar rumtreibt«, gab er schulterzuckend zurück, wobei sich aber ein kleines Schmunzeln um seinen Mund herum bewegte.

»Na dann sorge ich wohl dafür, dass du beim nächsten Mal einen Platz in der ersten Reihe bekommst.«

»Touché«, sagte er und reichte mir die Hand. »Willkommen im *King's*.«

»Das sagtest du schon mal. Beim letzten Besuch.«

Er schmunzelte nun. »Ach, stimmt. Okay, dann willkommen bei uns.«

Ich lächelte zurück.

»Du bist Ärztin?«, fragte Hope und nippte an einem Kaffee.

»Ja, richtig. Im Presbyterian Hospital downtown.«

»Spannend. Sawyer sagt, du arbeitest fast rund um die Uhr?«

»Ja, ich bin Chirurgin in der Notaufnahme, da geht es nicht anders«, erklärte ich und begann ihnen zu erzählen, wie mein Alltag so aussah. Die nächste Stunde verflog rasend schnell, und langsam merkte ich, wie die Müdigkeit überhandnahm, und war froh, als Sawyer unseren Besuch für beendet erklärte. Jedenfalls hier im *King's*.

»Schön, dass wir dich endlich kennenlernen konnten«, sagte Hope zum Abschied und nahm mich in den Arm. Wie süß war das denn? Ich zögerte nicht und umarmte sie ebenfalls. Sie war einfach zum Gernhaben gemacht.

»Ich komme gerne wieder.«

Auch Logan und Jaxon drückten mich, wenn auch nicht so innig, und nachdem wir die Abschiedszeremonie endlich hinter uns gebracht hatten, machten wir uns Hand in Hand auf den Weg zum Auto.

»Und? War es so schlimm, wie du es dir vorgestellt hast?«, fragte Sawyer mich, als die schwere Tür der Bar hinter uns ins Schloss gefallen war und wir die Gasse für uns allein hatten.

»Schlimmer«, erwiderte ich.

»Das dachte ich mir.«

Ich zog an seiner Hand und brachte ihn dazu anzuhalten. Dann stellte ich mich vor ihn und schlang meine Arme um seine Taille. »Danke, dass du mich hierher mitgenommen hast. Du hast recht – deine Freunde sind die Besten.«

»Warte ab, bis du uns alle in Aktion erlebst«, raunte er mir zu.

»Ich kann es kaum erwarten.«

»Weißt du, was ich kaum erwarten kann?«

Ich schüttelte schweigend den Kopf. Sawyer antwortete nicht, sondern zog mich eng an sich und presste seine Lippen auf meine. Wir machten genau da weiter, wo Logan uns vorhin unterbrochen hatte.

Unser Kuss wurde stürmischer, und atemlos löste er sich von mir. »Ich wohne nicht weit von hier«, flüsterte er rau nahe an meinem Mund.

»Okay«, raunte ich mit belegter Stimme zurück. Nichts wollte ich lieber, als ihn jetzt zu spüren. Nackt und in mir.

Er küsste mich noch einmal kurz, zog sich zurück und mich zum Taxi, das Jaxon uns gerufen hatte und das bereits auf uns wartete.

Die Strecke vom *King's Legacy* zu seinem Appartement an der Ecke Central Park West legten wir in weniger als zwanzig Minuten zurück. Es war fast zwei Uhr in der Nacht, die Straßen nicht mehr mit Autos verstopft. Die ganze Zeit hielt er dabei meine Hand, strich über meinen Oberschenkel und sah mich immer wieder an.

Er stieg mit mir in den Fahrstuhl des Appartementhauses, der uns bis ins oberste Stockwerk bringen sollte.

»Küss mich«, verlangte ich, kaum hatten die Fahrstuhltüren sich hinter uns geschlossen.

Die Überraschung auf seinem Gesicht hielt nur kurz an. Dann stützte er seine Hände rechts und links von meinem Kopf ab und sah mir in die Augen, bis unsere Lippen sich berührten. Erst, als die Türen sich mit einem leisen Ruckeln wieder öffneten, lösten wir uns voneinander, und ich folgte ihm an seiner Hand über den Flur in seine Wohnung am Ende des Ganges.

»Hast du Angst vor Hunden?«, fragte er, bevor er die Tür aufschloss.

Verwirrt sah ich ihn an. »Nein, wieso?« Wie kam er ausgerechnet jetzt auf so was?

»Weil einer hinter dieser Tür wartet.«

»Oh …« Unwillkürlich trat ich einen Schritt nach hinten.

»Rambo sieht zwar nicht so aus, aber er ist wirklich der zahmste und liebste Hund, den ich kenne.«

»Wie viele kennst du?«

Er schmunzelte, aber ich sah, dass er meine Unsicherheit ernst nahm.

»Warte hier, ich werde ihn anleinen«, sagte er.

»Das hätte ich mit Vicky auch tun sollen.«

Jetzt lachte er tatsächlich. »Rambo ist nur halb so gefährlich wie Vicky. Glaub mir.«

»Beißt er?«

»Oh, Gott, nein!«, rief er aus. »Sonst hätte ich dich nicht hierhergebracht.« Er kam näher, stellte sich direkt vor mich und hob mein Kinn mit zwei Fingern etwas an. Ich sah direkt in seine stahlgrauen Augen, die mich besorgt ansahen. »Vertraust du mir, Doc?«

Ich zögerte nicht. »Ja.«

Ein zufriedener Ausdruck legte sich auf sein Gesicht. »Bereit?«

»Bereit, wenn Sie es sind.« Er grinste noch einmal, dann trat er zur Tür und öffnete sie langsam.

Das wenige Licht, das automatisch in dem Moment die Wohnung beleuchtete, in dem wir sie betraten, reichte aus, um Rambo in seinem Korb gegenüber der Tür liegen zu sehen. Er hielt seinen Kopf wachsam in die Höhe, das Knurren aus seiner Kehle war nicht zu überhören. Aber als er Sawyer erkannte, sprang er auf und lief freudig hechelnd auf ihn zu.

»Stopp«, befahl er im selben Moment und hob die Hand. Rambo stoppte, setzte sich und sah aufmerksam zu mir, als ich hinter Sawyer zögernd den Flur betrat. Sawyer lobte ihn, dann ließ er ihn zu uns kommen. Langsam, ohne mich aus den Augen zu lassen, kam dieses kniehohe schwarz-braune Ungetüm mit aufgestellten kleinen Ohren und dicken Pfoten auf uns zu. Ich hielt ganz still, als er an mir schnupperte. Dann hob er den Kopf und sah mich nur noch einmal kurz an, bevor er zu Sawyer ging, seine Nase an seinem Bein rieb und sich wieder in seinen Korb trollte, wo er sich mit einem Und-dafür-hast-du-mich-geweckt?-Seufzen niederließ, sich zusammenrollte und die Augen schloss.

Sawyer führte mich weiter durch den Flur ins Schlafzimmer, zumindest konnte ich im Halbdunkel ein großes Bett ausmachen, das mittig im Raum stand. In weniger als zwei Minuten lagen wir beide nackt darauf.

»Ich weiß nicht, wie du das geschafft hast, aber ich bin dir verfallen«, flüsterte Sawyer mir zu und streichelte dabei meine Brust, die sich unter seinen Berührungen schmerzhaft zusammenzog. Aber es war ein süßer Schmerz, von dem ich einiges aushalten konnte. Und das würde ich müssen, denn Sawyers Worte waren klar und deutlich: »Und egal, wie müde du jetzt bist – Schlaf ist das Letzte, an das ich jetzt denke.«

Alice

»Guten Morgen, Doktor Davis.«

Ein leichtes Kitzeln auf meiner Wange weckte mich. Und nachdem ich vorsichtig die Augen geöffnet hatte, konnte ich nicht anders, als zu lächeln. Sawyer lag direkt neben mir, sein Mund nur wenige Millimeter von meinem entfernt. Und in diesem Moment war ich glücklich.

Meine Hand legte sich auf Sawyers Wange, und ich spürte glatte Haut. Er hatte sich bereits rasiert. Schade, ich liebte das Kratzen seines Barts auf meiner Haut.

»Guten Morgen«, flüsterte ich, und meine Stimme klang nicht wie meine, sondern rau und tief.

»Kaffee?«

»Unbedingt.«

»Ich besorge uns welchen. Mach dich in Ruhe fertig«, sagte er und küsste mich auf die Stirn. Was für eine intime Geste. Mein Herz zog sich vor lauter Glück zusammen.

Als er aufstand, sah ich, dass er bereits angezogen war. Er trug Anzughose, Hemd, Schuhe. Bürotauglich.

»Wie lange bist du schon wach?«

»Eine Weile. Ich war schon mit Rambo joggen.«

»Ah, klar …« Bewundernswert. Ich war in der Regel froh, wenn ich den Weg vom Bett zum Klo und dann zur Kaffeemaschine fand.

Sawyer zwinkerte mir zu und verließ das Schlafzimmer, kurz darauf hörte ich ihn unten mit Geschirr klappern. Ich drehte mich um und suchte meine Tasche. Sie lag direkt neben dem Bett auf dem Fußboden. Ich holte mein Handy raus, sah auf die Uhr und checkte die Nachrichten. Vicky hatte mir auf meine Nachricht der letzten Nacht, dass ich bei Sawyer übernachten würde, mit *Viel Spaß mit dem Tiger* geantwortet. »Den hatte ich. Den hatte ich wirklich«, flüsterte ich nur für mich und drückte mein Telefon glücklich an meine Brust.

Ich legte es wieder zurück und sah mich neugierig im Zimmer um. Ich war das erste Mal bei Sawyer, und ich war total gespannt, wie er so lebte. Dieses Zimmer war unglaublich groß, riesig, um genau zu sein. Ungefähr so groß wie die Hälfte unserer Wohnung in Downtown Manhattan. Die Fensterfläche überzog die komplette linke Wand und durchflutete den Raum mit Sonnenlicht. Gegenüber dem Bett hing ein Flachbildfernseher im Kinoleinwandformat an der Wand, links daneben ging eine Tür ab. Vermutlich lag dahinter ein Badezimmer, denn die Türen rechts standen beide auf. Hinter der einen befand sich ein begehbarer Kleiderschrank, die andere führte zum Flur. Ich fühlte mich in dem ebenfalls gigantisch großen Bett ohne Sawyer ein bisschen verloren, also stand ich auf und warf einen Blick aus dem Fenster. Letzte Nacht hatte ich nicht darauf geachtet, wo wir hingefahren waren. Wow, ich konnte direkt auf den Central Park sehen.

Ich betrat das angrenzende Bad, erleichterte mich, wusch mir die Hände und freute mich, als ich die verpackte Zahnbürste auf einem gefalteten weißen Handtuch auf der Ablage liegen sah.

Ich war so frei und benutzte die Dusche, genoss den Wasserstrahl der Regendusche und dabei den Blick aus der ebenfalls ganzseitigen Fensterfront. Das hier war eine irre Wohnung, wenn auch ziemlich kalt und steril eingerichtet. Zumindest das, was ich bisher davon gesehen hatte. Und das war nicht viel. Nach dem Duschen trocknete ich mich ab und putzte mir die Zähne.

Auf der Suche nach einer Bürste öffnete ich die Schubladen.

Dabei fielen mir zwei Tablettenröhrchen in die Hände. Fluoxetin und Adderall.

Adderall war ein stimulierendes Medikament, das gerne bei ADHS-Diagnose verschrieben wurde. Dass Sawyer ein Aufmerksamkeits-Defizit-Hyperaktivitäts-Syndrom hatte, war mir neu. Er wirkte in keiner Weise wie ein Flummi und schon gar nicht so, als wäre seine Aufmerksamkeit getrübt. Ein Job als Anwalt wäre dann auch schwer möglich. Aber wozu brauchte er sie sonst?

Und warum die Antidepressiva? Ich öffnete die Dose Fluoxetin, sie war noch fast voll.

Ich sah in den Spiegel und schluckte. Was ich sah, war eine Frau mit leuchtenden Augen, rosigen Wangen und geschwollenen Lippen. Bis vor einer Minute war diese Frau noch so glücklich gewesen, weil sie verliebt war, dass sie gedacht hatte, deswegen platzen zu können. Jetzt war sie durcheinander. Immer noch verliebt, aber unglaublich durcheinander. Und das war nicht das Ziel gewesen.

Ich stellte die Tabletten wieder auf ihren Platz und schloss die Schublade. Eine Bürste hatte ich nicht gefunden, aber die war mir jetzt auch egal.

Hastig wickelte ich mich in das flauschige Handtuch und betrat wieder das Schlafzimmer. Im Gegensatz zu eben war das Bett jetzt nicht mehr leer. Sawyer saß darauf, lehnte sich mit einem Becher Kaffee in der Hand an das Betthaupt und sah mich an.

»Sawyer … kann ich dich was fragen?«

Überrascht sah er mich an. Dann setzte er sich gerade auf. »Klar. Was ist los?«

»Wofür brauchst du Fluoxetin und Adderall?«, fragte ich. Ich musste wissen, was los war. Ich war Ärztin, und die beiden Medikamente waren alles andere als harmlos. Es wäre verantwortungslos gewesen, nicht danach zu fragen.

Sawyer wurde schlagartig blass. Seine Kiefer pressten sich aufeinander, seine Fingerknöchel traten weiß hervor, als er den Becher noch fester umklammerte. Ganz offensichtlich hatte ich einen wunden Punkt getroffen.

»Es tut mir leid, ich wollte nicht … ich habe eine Bürste gesucht und …«

Sawyer sagte nichts, sondern stellte den Kaffee ab, stand auf und trat auf mich zu. Er stellte sich dicht vor mich und legte seine Finger unter mein Kinn, hob es hoch und zwang mich so, ihn anzusehen. Sein frischer Duft nach Seife und Rasierwasser stieg mir in die Nase. Ich sah auf sein markantes Kinn. Die Stoppeln, die letzte Nacht so erotisch an meinen Schenkeln gekratzt hatten, waren verschwunden, und in seinem Blick stand Schmerz. Er holte einmal tief Luft, dann sah er mich offen an. »Fluoxetin habe ich während einer schweren Zeit verschrieben bekommen. Aber die Nebenwirkungen haben mir nicht gefallen, also habe ich sie nicht weiter genommen«, erklärte er mit gepresster Stimme. »Und Adderall habe ich ab und zu gebraucht, um mein Pensum zu schaffen. Der Alltag eines Anwalts ist kein Zuckerschlecken. Ich kann mir keine Fehler leisten.«

Ich sah ihm fest in die Augen. »Du wirst aber welche machen, wenn du das Scheißzeug weiter schluckst.«

Seine Zähne knirschten. Er atmete tief durch die Nase ein, dann laut wieder aus. Sein Blick wurde traurig. »Ich weiß. Deswegen nehme ich sie nicht mehr. Ich habe ganz vergessen, dass sie noch in meinem Schrank stehen. Das ist die Wahrheit, Alice.«

Ich sah ihm an, dass er schon seine Erfahrungen damit gemacht hatte. »Fluoxetin bekommt man nur unter ärztlicher Aufsicht. Man kann es nicht einfach absetzen.«

Er schloss für einen kurzen Moment die Augen. »Ich habe es abgesetzt.« Als er die Augen wieder öffnete, sah er an mir vorbei. Ich konnte nur ahnen, welchen Kampf er gerade ausfocht, aber auf keinen Fall durfte ich zulassen, dass er mir entglitt. Sanft legte ich meine Hand auf seine Wange. Noch während ich ihn berührte, sah er mir wieder in die Augen.

»Du musst mir nicht alles erzählen, das verlange ich gar nicht. Aber bitte, lüg mich nicht an. Niemals. Lügen machen alles kaputt. Ich kann dir ansehen, dass du eine schwere Zeit hinter dir hast, und wenn du da alleine durchmusst, dann ist das okay. Ich bin aber hier. Ich bin an deiner Seite und für dich da. Und …«, ich versuchte mich an einem kleinen Lächeln, »ich bin ein guter Zuhörer. Aber wenn du dafür noch nicht bereit bist – okay. Nur bitte: Schubs mich nicht weg. Wenn du es wirklich ernst mit mir meinst, dann schließe mich nicht aus. Lass mich für dich da sein.«

Er sah mich an. Sekunden vergingen, Minuten verstrichen, aber er sah mich an. Und ich ihn. *Die Vergangenheit kann wehtun. Aber so wie ich das sehe, kann man entweder davor davonlaufen oder daraus lernen*, kam mir ein Zitat aus dem *König der Löwen* in den Sinn. Und nichts anderes war es mit Sawyer. Nur war er sich unsicher, ob er nicht doch lieber davonlaufen wollte. Ich hoffte, nein, ich flehte ihn stumm an, dass er sich richtig entscheiden würde.

Sein Blick wurde weicher und trauriger, und schließlich sah ich nur noch unglaublich viel Gefühl in ihm. Mein Herzschlag beschleunigte sich, als ich spürte, dass meine Worte die Wahrheit waren. Meine Wahrheit. Ich wollte für ihn da sein, auch wenn er mir nur in kleinen Schritten entgegenkommen konnte.

Sawyer schluckte. »Meinetwegen darfst du jeden Morgen hier duschen.« Seine Stimme war kratzig, als hätte er tagelang nicht gesprochen.

Ich schluckte ebenfalls und nahm seinen ersten Schritt in meine Richtung dankbar zur Kenntnis. »Jeden Tag wäre vielleicht ein bisschen übertrieben.«

Seinen Blick konnte ich nicht deuten. Seine Worte schon. »Ja, vielleicht. Jeder zweite Tag wäre auch okay.«

Ein zaghaftes Lächeln stahl sich auf mein Gesicht. »Ich werde sehen, was sich einrichten lässt.« Und das war mein Ernst. Es hatte mir viel zu sehr gefallen, in seinem Arm einzuschlafen und von ihm geweckt zu werden, als dass ich es nicht wiederholen wollte. Und jetzt war ich so weit, um ihn zu kämpfen, wenn es sein musste.

Er beugte sich vor und gab mir einen sanften Kuss. »Hunger? Und ein frischer Kaffee? Der dürfte jetzt kalt sein«, sagte er und zeigte auf den zweiten Becher neben dem Bett. Ein Versuch, wieder Normalität in unseren Morgen zu bringen. Dankbar nahm ich ihn an. Es war alles gesagt.

»Hunger ja, Zeit nein. Meine Schicht im Krankenhaus beginnt in einer Stunde«, bedauerte ich. »Ich muss gehen.«

»Ich muss auch ins Gericht.« Er seufzte tief, dann lächelte er zaghaft. »Sehen wir uns bald wieder?«

»Für Sex?«, neckte ich ihn.

»Für was sonst?«, gab er mit einem Augenzwinkern zurück, doch dann wurde er ernst. »Eigentlich wollte ich dich fragen, ob du dir vorstellen kannst, ein paar Tage mit mir in die Hamptons rauszufahren.«

»In die Hamptons?«, echote ich.

»Ja. Ich … Ich habe ein Haus dort. Direkt am Strand.« Jetzt sah er fast schuldbewusst drein. »Um diese Jahreszeit ist zwar recht viel Betrieb dort, aber wir hätten trotzdem unsere Ruhe.«

Ich musste erst mal sortieren, was er mir gerade vorgeschlagen hatte. Ein Haus in den Hamptons, direkt am Strand – das stellte ich mir unglaublich schön vor. Ein paar Tage nur mit ihm – das noch viel schöner. Ich merkte, wie mich bereits Vorfreude erfüllte.

»In die Hamptons?«, fragte ich noch einmal, und meine Nase kräuselte sich dabei.

»Ja«, sagte er und sah mich an.

»Okay, nur noch mal zum Mitschreiben: Du möchtest, dass ich mit dir in die Hamptons fahre?«

»Zum Mitschreiben: Ja, ich möchte, dass du mit mir in die Hamptons fährst. Also? Was sagst du?«, fragte er nach, als ich nichts sagte, sondern ihn weiterhin nur ungläubig anstarrte. »Ich weiß, das mag unvorbereitet kommen, aber … Ich für meinen Teil kann nach dem Stress der letzten Wochen eine Auszeit gut vertragen. Und du arbeitest auch wahnsinnig viel … Wir sehen uns kaum, was verständlich ist, aber dennoch schade. Ich würde die Zeit gerne nutzen, um dich noch besser kennenzulernen, Alice.«

»Ich … ich habe in der Regel nicht mehr als einen freien Tag in der Woche«, brachte ich halbherzig hervor. Mein Herz hatte sich schon entschieden. Wenn ich es nur mit meinem Job vereinbaren könnte.

»Wie wäre es mit einem verlängerten Wochenende?« Er ließ nicht locker.

Ich dachte nach. »Nächstes Wochenende vielleicht …«

»Nächstes Wochenende wäre perfekt.«

»Okay. Dann nächstes Wochenende.« Mein Herzschlag beschleunigte sich, als Sawyer mich in seine Arme riss und mich küsste, bis mir die Luft wegblieb.

»Ich freu mich, dass du mitkommst«, raunte er mir zwischen zwei Küssen zu.

»Ich mich auch.« Und ich freute mich wirklich darauf. Auf eine Auszeit. Auf den Strand und das Meer. Aber noch viel mehr auf viel Zeit mit Sawyer.

Wir küssten uns noch einmal, dann zog er sich von mir zurück. »Ich geh schon mal, sonst kommen wir beide doch noch zu spät.« Er zwinkerte mir zu und stand auf. »Ich warte in der Küche, dann fahre ich dich.«

In Windeseile schlüpfte ich in meine Klamotten. Auf den

Slip allerdings verzichtete ich, er war immer noch nass, weil ich ihn nicht rechtzeitig hatte ausziehen können, bevor Sawyer mich letzte Nacht zum Orgasmus gebracht hatte. Also stopfte ich ihn in meine Tasche und zog mir die Jeans über den nackten Hintern. Als ich aus dem Schlafzimmer kam, hörte ich Geschirr klappern. Ich folgte dem Geräusch um die Ecke und stand gleich darauf in einer offenen Wohnküche, die so groß war wie unsere Wohnung und die der Nachbarn dazu.

»Heilige Scheiße«, entfuhr es mir, als ich mich umsah. Die Wände waren weiß, der Fußboden war dunkel, aber größtenteils mit hellen Teppichen belegt. Die Sofalandschaft vor der Fensterfront, die auch hier die komplette Wand einnahm, war ebenfalls hell. Das Einzige, was ein bisschen Farbe in den Raum brachte, war die Küchenzeile samt Kochinsel, die in einem edlen Nussbraun gehalten war. Und da stand Sawyer und schob mir einen der zwei To-go-Kaffeebecher entgegen, die er gerade befüllt hatte.

»Danke«, sagte ich und ignorierte das warme Gefühl in meinem Bauch, als ich in Sawyers graue Augen blickte. Ich war dankbar und froh, dass er sich überwunden und nicht einfach zugemacht hatte.

»Können wir los?«, fragte ich daher und griff nach dem Becher.

»Ich warte nur auf dich.«

Der Fahrstuhl brachte uns wenige Minuten später in die Tiefgarage, und als wir in seinem Jaguar saßen, wurde mir seine Nähe wieder bewusst. Ich versuchte, nicht allzu tief einzuatmen, um nicht den Duft seines frischen Rasierwassers in meine Nase zu kriegen. Aber vergeblich, denn den hatte ich seit unserem Zusammentreffen im Schlafzimmer bereits in meinen Geruchsnerven abgespeichert.

»Zu dir oder ins Krankenhaus?«, fragte er, als er sich in den Verkehr einfädelte.

Ich überschlug kurz den Inhalt meines Spinds im Aufenthaltsraum. »Krankenhaus«, sagte ich. Geduscht hatte ich bereits, frische Klamotten sollten noch im Schrank sein. Wenigstens ein Slip würde sich dort finden.

An diesem Morgen fuhr Sawyer nicht die Route am East River entlang, sondern auf der anderen Seite am Hudson River. Die Skyline von Jersey tauchte auf, und ich starrte fast die ganze Fahrt glücklich schweigend aus dem Fenster. Ich hätte nie gedacht, dass mir so was wie mit Sawyer jemals passieren würde.

Etwas über eine halbe Stunde später hielt Sawyer vor dem Eingang des Hospitals, in dem der Montag bereits begonnen hatte. Der Haupteingang glich einem Bienenstock. Ärzte, Schwestern, Patienten, Besucher – sie alle liefen durcheinander hinein oder hinaus.

»Also? Wann sehen wir uns wieder?«, wollte Sawyer wissen.

Ich ging im Geiste meinen Dienstplan durch. »Mittwoch habe ich einen freien Tag, wenn nichts dazwischenkommt.«

»Also rufe ich dich Mittwoch an.«

»Ich freu mich«, hauchte ich, als er sich zu mir rüberbeugte und mich auf den Mund küsste. Die Berührung seiner Lippen entfachte erneut ein Feuer in mir, das mich dahinschmelzen ließ wie Butter auf einem heißen Toastbrot.

»Ich mich auch.«

»Und ich freu mich auf das nächste Wochenende.« Er küsste mich noch einmal, dann zog er sich zurück. Aber selbst als ich aus dem Wagen gestiegen und auf dem Weg zum Eingang war, hatte ich das Gefühl, dass er noch immer bei mir war. Erst als ich den Betonklotz betrat und die Türen sich hinter mir automatisch schlossen, konnte ich wieder durchatmen, ohne dass mein Puls in die Höhe schoss.

»Hey, Davis! Warte!« Vicky stürmte hinter mir durch die Tür und folgte mir. Als sie vor mir stand, sah sie mich neugierig an. Sie hatte dieses Ich-will-alles-wissen-Grinsen im Gesicht.

»Los! Erzähl. Mir. Alles.« Sie schulterte ihre Tasche erneut, wechselte den Kaffeebecher in die linke Hand und strich sich mit der rechten eine verirrte Haarsträhne hinters Ohr. Dann stellte sie sich mir in den Weg, sodass ich stoppen musste, um sie nicht umzurennen. »Also? Lass mich nicht dumm sterben.«

Ich musste mir das Lachen verkneifen. Vicky war wirklich gnadenlos. Sie würde mich hier so lange festhalten, bis ich ihr zumindest versprach, ihr alles zu erzählen. Aus der Nummer würde ich ohne eine zufriedenstellende Antwort nicht mehr rauskommen. Also versuchte ich es gar nicht erst.

»Ich war bei Sawyer, aber das weißt du ja schon. Er hat mich gestern nach meiner Schicht abgeholt, dann waren wir im *King's*, einer Bar im Meatpacking District, ich habe seine Freunde kennengelernt, und danach«, ich zwinkerte ihr zu, »hatten wir fantastischen Sex. Nach drei Orgasmen bin ich ins Koma gefallen und erst heute Morgen in seiner Wohnung wieder zu mir gekommen. Ich habe geduscht und mir die Zähne geputzt. Allerdings habe ich keinen Slip an, weil … egal. Reicht das, um deine Sensationslust zu befriedigen?«

Vickys Mund hatte sich schon aufgeklappt, als ich seine Freunde erwähnt hatte. Aber bei »keinen Slip« war ihr gänzlich die Kinnlade runtergefallen. Ich lachte auf, griff ihren Arm und dirigierte sie in Richtung unseres Aufenthaltsraums.

»Du hattest Sex mit dem Anwalt, okay. Aber du hast seine Freunde kennengelernt? Habe ich das richtig verstanden?«

»Vollkommen richtig. Und wenn du es genau wissen willst – es war toll. Sie sind alle echt nett. Und ich bezweifle, dass sie Sawyer so ausquetschen werden, wie du es gerade mit mir tust.«

»Feiglinge. Und? Es ist ernst?«

Ich lächelte vage. »Er hat mir angeboten, jeden Tag bei ihm zu duschen. Und er will mit mir ein paar Tage in die Hamptons fahren. Und er hat mich seine Freundin genannt.« Kurz gab ich Sawyers Einladung wieder.

»Halleluja!«

»Ja, so könnte man es benennen.«

»Und? Wirst du dein Duschgel jetzt in seinem Bad deponieren?«

»Du hast sein Bad noch nicht gesehen, dann würdest du es auch tun.«

»Badewanne?«

»Regendusche.«

»Oh mein Gott!«

Kurz bevor wir unseren Aufenthaltsraum erreichten, hielt ich sie zurück. »Vicky, ich glaube, ich habe mich wirklich verliebt. Ich habe mich in Tiger verliebt.«

Sie sah mich lange an. Ihre blauen Augen zwinkerten verschmitzt. »Ich weiß.«

Einen kurzen Moment gestattete ich mir, das Glücksgefühl zuzulassen, das mich ausfüllte. Doch dann setzte der Schmerz ein. »Er hat eine Schusswunde in seiner Brust.«

»Von dem Überfall?« Vicky schlug sich erschrocken die Hand vor den Mund. »Ich dachte, da –«

»Nein«, wehrte ich gleich ab. »Sie ist alt. Er muss schon vor langer Zeit verletzt worden sein. Aber er will nicht darüber reden.« Ich erinnerte mich an die Nacht, in der er sich dem Schmerz nicht hatte stellen wollen, den ich aufgewühlt hatte. Und in der ich den besten Sex meines Lebens hatte.

»Ein Trauma?«, überlegte Vicky.

»Ja, vielleicht. Ich habe Aufputschmittel in seinem Schrank gefunden. Und Downer. Fluoxetin und Adderall. Er sagt, er nimmt sie nicht mehr, und ich möchte ihm auch glauben, aber so ganz bin ich nicht überzeugt. Ich weiß nicht, was los ist, aber ich weiß, dass er Hilfe braucht. Ich habe sie ihm angeboten, ihn gebeten, mich nicht auszuschließen. Aber ich habe keine Ahnung, ob ich sie ihm wirklich geben kann.«

»Du sagst, du liebst ihn?« Vicky sah mich aufmerksam an.

Ich brauchte gar nicht erst zu versuchen, mich zu verstellen oder sie anzulügen. Sie kannte mich einfach zu gut. Und letztlich hatte ich mich ja auch schon entschieden.

»Ja. Ich denke schon«, gab ich zu.

»Dann wirst du ihm helfen müssen, das weißt du. Du würdest nicht zugucken, wenn er – aus welchen Gründen auch immer – vor die Hunde geht.«

Sawyer

»Was machen wir hier?« Alice sah mich fragend an.

Nachdem sie den Ausflug in die Hamptons für dieses Wochenende hatte absagen müssen, weil sie doch Dienst schieben musste, hatte ich mir überlegt, sie wenigstens für einen Abend zu entführen und ihr etwas Besonderes zu bieten.

Wir hatten uns wieder vier lange Tage nicht gesehen. Nur telefoniert oder uns Nachrichten geschickt. Mir war klar, dass unsere beiden Jobs eine andere Gestaltung kaum zuließen. Unsere Berufe waren wichtig und das Verständnis dafür erst recht. Und genau deshalb war gemeinsame Zeit so kostbar. Ich wollte sie genießen. Ich wollte, dass wir beide sie genießen konnten.

Deswegen war ich mit ihr in den Hunters Point South Park auf Long Island City gefahren.

»Frag nicht, sondern komm mit. Ich möchte dir was zeigen.«

Ich griff Alice' Hand und zog sie mit durch die Menschen, die sich, teils mit Decken oder Stühlen unter dem Arm, in Richtung Fluss drängten. Es war schon kurz vor Sonnenuntergang, und für das, was ich mit ihr vorhatte, waren wir wirklich knapp dran. Aber Alice hatte sich nicht früher von ihren Patienten loseisen können. Da sie nicht wusste, was ich vorhatte, konnte ich ihr deswegen auch keinen Vorwurf machen. Was ich sowieso niemals tun würde. Denn ich konnte sehr gut nachvollziehen, wie es war, wenn man sich nicht von der Arbeit loseisen konnte.

Deswegen waren wir viel zu spät losgefahren. Nach über einer halben Stunde Fahrt und einer weiteren halben Stunde

Parkplatzsuche schleifte ich sie und Rambo jetzt mit in den Park, der gegenüber der Skyline Manhattans lag, und, wie ich soeben bemerkte, schon völlig überfüllt war. Überall auf der Fläche waren Grüppchen auf Decken oder Stühlen verteilt, machten teilweise ein Picknick oder stießen mit Bier oder Wein auf das kommende Ereignis an. Das Ausweichen und Drumherumlaufen machte das Durchkommen etwas schwierig, aber ich wollte unbedingt nach vorne ans Wasser. Also zog ich Alice so schnell es ging weiter.

»Sawyer, was hast du vor?«

Ich blieb stehen und sah sie an. »Wenn wir noch länger warten, dann werden wir alles verpassen.«

»Was verpassen?« Ihre kleine Nase kräuselte sich, und ihr Blick wurde stur.

»Lass dich doch mal überraschen«, bat ich sie.

»Ich hasse Überraschungen!«

Ich verdrehte die Augen. »Du bist so stur.« Sie presste die Lippen aufeinander. Ich resignierte. Wir würden es vermutlich eh nicht mehr schaffen, da konnte ich ihr auch unter die Nase reiben, was wir verpassten. »Manhattanhenge«, sagte ich mit einem Achselzucken. »Von hier aus hat man den besten Blick. Erste Reihe sozusagen. Aber dafür müssten wir –« *weiter nach vorne*, wollte ich noch hinterhersetzen, aber so weit kam ich nicht mehr. Sobald das Wort Manhattanhenge über meine Lippen gekommen war, wandelte sich Alice' Miene. Sie strahlte plötzlich über das ganze Gesicht.

»Das haben Vicky und ich schon mal von der 42. aus gesehen, aber das war total überfüllt. Also los, lass uns weiter, sonst verpassen wir noch alles!«

Ich hatte keine Chance, jetzt zog sie mich und Rambo mit sich und bahnte uns einen Weg durch die Menge der Menschen, die dicht an dicht an der Wasserlinie saßen, zusammengepfercht wie Tiere. Doch wir schafften es irgendwie, noch einen Platz fast direkt am Wasser zu ergattern. Vielleicht lag das an dem Rottweiler-Mix, den wir dabei hatten. Wie dem auch sei – zufrieden ließen wir uns nieder, Alice vor mir, zwischen meinen Beinen, mit ihrem Rücken gegen meine Brust gelehnt. Ich hielt sie von hinten umschlungen und atmete ihren Duft ein, während Rambo neben uns thronte, die Menge um uns herum achtsam beobachtete und aufpasste, dass uns niemand zu nahe kam.

Wir hatten Glück, dass der Himmel klar war, als die Sonne zwischen der Häuserschlucht der 42. auftauchte. Das gradlinige Häusernetz Manhattans, mit Straßen, die von Nord nach Süd und von Ost nach West führten, machte es möglich, dass die Sonne genau in einem der Boulevards unterging. Das war die einzigartige Bühne für Manhattanhenge.

Selbst von hier aus konnte man erkennen, dass der Verkehr auf der anderen Seite sich immer mehr verlangsamte, bis er schließlich fast zum Erliegen kam. Die Autos blieben stehen, Radfahrer stiegen ab, Fußgänger verharrten auf der Stelle. Jeder wollte zusehen, wenn sich der schönste Sonnenuntergang der Welt in der schönsten Stadt der Welt ereignete.

Um uns herum hörte ich vereinzeltes leises Raunen und verschiedene Ausrufe, als die Sonne in der Schlucht der 42. vorbeizog. Und es war, als bliebe die Zeit stehen. Ich drückte Alice' Schultern, und unmerklich hielt ich die Luft an, während ich mit meinem Blick den orangenen Ball in gefühlt nur wenigen Metern Entfernung von uns fixierte. Alice atmete ebenfalls nicht, sondern saß unbeweglich vor mir und starrte auf die gegenüberliegende Seite des Flusses. Mitten in den Lichtball, der dieser Stadt so nur zu bestimmten Zeiten im Jahr beschert wurde. Die Einheimischen nannten diesen Zeitpunkt auch den Instagram-Urlaub. Weil so viele Touristen nur für das perfekte Foto in die Stadt reisten.

Während also um uns herum alle ihre Kameras und Handys

zückten, um das Spektakel für die Ewigkeit festzuhalten, saßen Alice und ich einfach nur fasziniert da und betrachteten diesen einmaligen Sonnenuntergang. Wir genossen das Gefühl, etwas Einzigartiges gemeinsam zu erleben, und speicherten ihn für immer in unseren Herzen ab.

Meine Welt bewegte sich wie in Zeitlupe, der Feuerball brauchte fast drei Minuten, bis er mittig zwischen den Häusern stand, und noch mal drei, bis er seine letzten Strahlen in die Schlucht warf. Nach nicht mal sieben Minuten, viel zu schnell, war das wunderschöne Spektakel vorbei. Der Verkehr setzte sich wieder in Bewegung, und die Welt nahm ihre Geschwindigkeit wieder auf.

Die meisten Leute um uns herum verließen ihre Plätze schon kurz danach wieder. Stative wurden eingepackt, Decken ausgeschüttelt, Getränkeflaschen und Müll eingesammelt. Wir jedoch blieben sitzen. Es war wunderschön, weiter das Rot und Orange zu verfolgen, zu sehen, wie die Farben versteckt von den Betonriesen am Horizont immer blasser wurden und die Sonne ihre letzten Strahlen des Tages in den Himmel schickte.

»Danke«, sagte Alice und wandte sich zu mir um.

Ich küsste sie sanft auf den Mundwinkel. Ihre Haut roch zum Anbeißen.

Es war ein gutes Gefühl, sie zu halten und bei ihr zu sein. Noch vor wenigen Tagen hatte ich nicht mal geahnt, dass ich überhaupt in der Lage war, wieder zu fühlen. Jetzt wollte ich das volle Programm.

»Ich weiß, dabei sollte man sich in die Augen sehen, aber ich finde, dass dieser Moment einfach perfekt dafür ist«, sagte ich leise, aber mit fester Stimme. Ich wusste, dass es der richtige Zeitpunkt war. Der perfekte Moment.

Sie drehte den Kopf ein wenig zu mir, sodass wir uns ansehen konnten. »Wofür perfekt?«, fragte sie.

»Ich weiß auch nicht, ob es dafür noch zu früh ist und ich

dich damit erschrecke, aber …« Ich strich ihr das dunkle, lange Haar hinter das Ohr, etwas, das ich bei ihr unglaublich gerne tat, und sah ihr tief in die Augen. »Ich liebe dich, Alice Davis. Ich liebe dich.«

Sie sah mich an. Sie hielt die Luft an. Sie blinzelte nicht. Die Zeit blieb stehen und ich fragte mich, ob ich zu weit gegangen war. Und genau in diesem Moment lächelte sie. Es war das schönste Lächeln, das ich je gesehen hatte.

Sie drehte sich in meinem Schoß noch ein bisschen mehr und legte nun eine Hand auf meine Wange. »Ich liebe dich auch, Sawyer Lee. Ich liebe dich.«

Als wir uns küssten, wusste ich, dass unsere Begegnung wirklich Schicksal gewesen war.

Eine Weile später erhoben wir uns als eines der letzten Paare, die noch am Wasser sitzen geblieben waren. Die Sonne war mittlerweile komplett untergegangen, und der Himmel verdunkelte sich.

»Lass uns gehen«, sagte ich und half Alice hoch.

Arm in Arm mit Rambo an unserer Seite verließen wir den Park auf Long Island und schlenderten zurück zu unserem Auto. Kurz darauf passierten wir die Mautstelle und fuhren durch den Queens Midtown Tunnel unter dem East River durch nach New York zurück. Wir brauchten knapp über eine halbe Stunde bis zu Alice' Wohnung. Ich hielt am Straßenrand und stieg mit ihr aus.

»Es war wunderschön«, sagte Alice. Sie schlang ihre Arme um meine Taille und legte ihren Kopf auf meine Brust.

Ich zog sie an mich und hielt sie fest. Und wusste in diesem Moment, dass ich sie nie wieder loslassen würde.

Alice

»Werden sehr viele Leute da sein?« Ich war nervös, als wir eine Woche später in einem der vielen gelben New Yorker Taxis saßen. Aufgestylt für eine Party, vor der ich doch ein wenig Schiss hatte.

Sawyer nahm nun meine Hand und führte sie an seine Lippen, um sie zu küssen. »Ungefähr hundert. Warum? Bist du etwa nervös?«

»Quatsch«, antwortete ich so cool wie möglich. Aber das war etwas geschwindelt. Ich war einfach unsicher, wenn ich neues Terrain betrat. In meinem Job gab immer wieder Situationen und Dinge, auf die ich keinen Einfluss nehmen konnte. Deshalb hatte ich zumindest in meinem Privatleben gerne alles im Griff. Aber wenn ich ehrlich war – seit Sawyer Lee in mein Leben getreten war, hatte ich privat nichts mehr im Griff. Er hatte meine kleine, sichere Welt auf den Kopf gestellt. Das und die ganzen Empfindungen, die seitdem auf mich einstürzten und mich nach und nach veränderten, waren neu für mich. Doch ich mochte sie auch. Sehr sogar.

Die nächsten zwanzig Minuten saß ich still neben ihm in einem Taxi, während der Fahrer uns durch das nächtliche New York brachte und Sawyer noch schnell ein paar Mails von seinem Handy aus checkte.

»Sorry, jetzt habe ich nur noch Augen für dich«, sagte er schließlich und steckte das Handy weg. »Ich finde, du siehst verdammt scharf aus heute Abend«, raunte Sawyer einige Minuten später in mein Ohr und legte seine Hand auf meinen Oberschenkel. Ich hatte mich für ein Paar dunkelblaue Röhrenjeans entschieden, zu denen ich dunkelblaue High Heels und ein goldenes Top mit Pailletten trug. Vicky hatte meine Frisur gerettet, indem sie mir mit ihrem Hightech-Glätteisen ein paar Locken gezaubert und diese dann locker auf meinem Kopf festgesteckt hatte. Es sah natürlich genug aus, dass ich mich bei einem Blick in den Spiegel noch wohlfühlte. Ein bisschen Make-up hatte sie mir auch aufgetragen, gegen einen Lippenstift allerdings hatte ich ein Veto eingelegt. Ich hatte wenig Lust, ihn später an Sawyers Kleidung oder in seinem Gesicht wiederzufinden, da konnte sie mir noch so oft versprechen, dass er kussecht wäre.

»Was trägst du drunter?«, wollte Sawyer wissen und schob seine Hand an meinem Bein etwas höher. Kurz vor meinem Schritt stoppte ich ihn und schüttelte den Kopf.

»Das, mein Lieber, musst du schon selbst rausfinden. Aber ganz sicher nicht jetzt!« Dabei nahm ich seine Hand von meinem Bein und schlug ihm auf die andere, als er Anstalten machte, diese in mein Dekolleté zu schieben.

»Du willst also andeuten, du machst dich so zurecht, und ich darf weder gucken noch dich anfassen?« In seinen Augen blitzte der Schalk, während seine Hand weiterwanderte und sich nicht um meine Abwehr scherte.

Ich bemühte mich um ein ernstes Gesicht. Und darum, nicht aufzustöhnen, als er meinen Nippel berührte. »So ist es«, sagte ich mit rauer Stimme und hoffte, dass der Taxifahrer nichts von dem hier hinten mitbekam. Oder wenigstens so viel Anstand hatte, es vorzugeben.

»Das ist nicht fair.« Er nahm meine Brustwarze nun zwischen zwei Finger und kniff leicht hinein. In meinem Unterleib explodierte ein kleines Feuerwerk.

»Was ist schon fair?«, krächzte ich. In mir loderte das Feuer, bereit, sich auszubreiten. Wenn er so weitermachte, konnte ich für nichts garantieren. Und dabei sollte ich gleich zwingend einen kühlen Kopf bewahren. Er machte es mir nicht gerade leicht.

»Du jedenfalls nicht.«

Ich warf ihm einen mehr oder weniger koketten Augenaufschlag zu. »Benimm dich, dann ändere ich meine Meinung vielleicht noch.«

»Und wann?«

»Vielleicht schneller, als dir lieb ist.« Ich vermisste nicht nur seine Nähe oder ihn zu küssen, ich vermisste auch, dass mein Körper unter seinen Fingern willenlos werden durfte und er mich von einem Orgasmus zum nächsten brachte. Ich biss mir auf die Lippen, um zu verhindern, dass sündige Laute aus meinem Mund drangen.

Sawyer zog seine Hand quälend langsam aus meinem Ausschnitt und brachte seinen Mund ganz nah an mein Ohr. Als sein Atem darüber strich, kribbelte es in all meinen Körperzellen. Ich hielt die Luft an, und als er mein Ohrläppchen zwischen seine Zähne nahm und kurz daran zog, konnte ich nicht verhindern, dass ich begehrlich seufzte.

»Mir kann es gar nicht schnell genug gehen«, flüsterte er. »Und ich verspreche dir – wenn du nicht aufpasst, findest du dich schneller, als dir lieb ist, mit mir an einem dunklen Ort wieder, an dem ich dann Dinge mit dir mache, von denen du bisher nur geträumt hast. Und jedes Mal, wenn ich dich heute Abend anlächele, wirst du daran denken und dir vorstellen, wie ich dir dein Höschen ausziehe und dich nehme.« Ein kehliger Laut begleitete seine Worte und versetzte meinen Körper in absolute Aufregung. Mein Atem ging schneller, und ich spürte, wie ich feucht wurde. Warum waren wir jetzt nicht auf dem Weg in die andere Richtung? Ich würde ihn sofort ins Bett zerren. Gott, dieser Mann brachte mich noch um den Verstand.

Den Rest der Fahrt brauchte ich dazu, mich wieder runterzufahren, damit man mir die Erregung nicht anmerkte, in die er mich versetzt hatte. Ich befürchtete, dass der Abend eine Katastrophe werden würde, weil ich mich auf nichts anderes konzentrieren würde, als darauf, nicht inmitten von unzähligen Partygästen einen Orgasmus zu bekommen, wann immer er mich anlächelte. Und das würde er. Er hielt seine Versprechen. Immer.

»Du bist grausam«, fluchte ich leise, als das Taxi vor der Gasse zum *King's* hielt.

»Daran wirst du dich gewöhnen müssen.« Er küsste mich kurz auf die Wange und zückte dann, begleitet von einem leisen Lachen, seine Karte. Ich wartete, bis er das Taxi bezahlt hatte, und stieg mit ihm gemeinsam aus. Dann legte er seinen Arm um mich und führte mich in die Gasse hinein. Bei dem Stapel Paletten, der auf der linken Seite an der Wand lag, blieb er stehen. »Da hat alles angefangen.«

Ich sah ebenfalls auf den Stapel Holz, auf dem ich vor Wochen wie ein Häufchen Elend gesessen hatte. Und dann erinnerte ich mich an den Grund, die Erinnerung kam wie mit einem Holzhammer zurück. Ich dachte an das junge Mädchen, das ich nicht hatte retten können, und daran, dass es wirklich verdammt schwer war, Verantwortung für etwas zu tragen, das man nicht beeinflussen konnte. Aber so war das im Leben. Nicht alles lief nach Plan, auch wenn es wehtat.

»Hey, alles okay mit dir?« Sawyer drückte meine Schulter und sah mich aufmerksam an.

»Ja, alles okay«, beruhigte ich ihn und schüttelte die Erinnerung an den Abend vor einigen Wochen ab. Ich wollte weder Sawyer noch mir auf der Party die Stimmung versauen, nur weil ich mies gelaunt war.

»Sicher?«

Ich hob meinen Kopf und strahlte ihn an. »Ich bin froh, dass du mich hier gefunden hast.« Und das war die Wahrheit.

Jetzt lächelte er und beugte sich zu mir runter. »Das bin

ich auch, Alice.« Dann küsste er mich, und für einen winzig kleinen Moment blieb die Welt um uns herum wieder einmal stehen. So etwas war mir zuvor noch nie passiert. Aber mir war vorher auch noch kein Mann wie Sawyer begegnet.

Benommen öffnete ich die Lider und blickte direkt in das Stahlgrau seiner Augen. Darin wollte ich versinken. Jeden verdammten Tag.

»Ich liebe dich«, sagte ich aus einem Impuls heraus. Es fühlte sich so gut an, dass ich es einfach sagen musste und es immer wieder tun wollte.

Sawyer aber bewegte sich nicht, zuckte nicht mal mit den Augenbrauen. Das Einzige, was ich in den nächsten Sekunden noch wahrnahm, war das Pochen meines Herzens, das Rauschen meines Blutes und seine Augen, die sich für einen kurzen Moment weiteten. Doch dann breitete sich ein ziemlich abgeklärtes Grinsen auf seinem Gesicht aus.

»Ich weiß.«

Ich stutzte. *Was für ein arroganter Arsch!*

Doch dann begriff ich.

Und lachte gelöst auf. »Das war eigentlich nicht die Antwort, die ich mir erhofft hatte.«

»Prinzessin Leia auch nicht. Aber …« Jetzt wurde er ernst, sah mir in die Augen und nahm mein Gesicht in beide Hände. In mir brach ein Feuersturm los, als ich die Wärme seiner Finger auf meiner Haut spürte und seinen Blick auf meiner Seele. Diese Berührung war so voller Gefühl.

»Du bist nicht Leia und ich nicht Han Solo. Ich liebe dich, Alice.« Schlicht und einfach. Mehr brauchte es nicht, um meine Gefühlswelt wieder einmal auf links zu drehen. Obwohl ich es schon beim Manhattanhenge von ihm gehört hatte, überwältigten diese Worte mich erneut. Ich begann zu verstehen, was an einer Beziehung so besonders war: Liebe ist ein Drahtseilakt ohne doppelten Boden. Aber es ist einfach, seine Gefühle zuzulassen, wenn man sichergehen kann, dass jemand da ist, der einen auffängt. Sawyer fing mich auf. Und nur deswegen war ich bereit, mich fallenzulassen.

Wenig später öffnete Sawyer die schwarze, unscheinbare Tür zu dem Gebäude, in dem sich die Bar befand.

»Hey, wartet!« Ich drehte mich um und erkannte Logan, Sawyers Freund, der auf uns zurannte. »Hi, Alice. Wow, du siehst toll aus«, begrüßte er mich und pfiff anerkennend durch die Zähne. Ich lachte, Sawyer runzelte die Stirn.

»Wo ist Chloe?«, fragte Sawyer seinen Freund.

»Schon oben. Sie hat Jaxon bei der Deko geholfen. Also, eigentlich hat sie eher Hope geholfen«, wandte er sich an mich, »weil Jaxon selbst Deko für völlig überflüssig hält.«

»Männer eben«, gab ich mit einem Schmunzeln zurück.

»Ich mag Deko«, beteuerte Sawyer.

Ich kicherte. »Ja, so lange sie weiß ist.« Ich mochte Sawyers Wohnung, aber sie war so steril, weil eben die Deko fehlte. Aber er war ein Mann. Dazu noch einer, der sich mehr im Büro als in seiner Wohnung aufhielt.

Er stupste mich in die Rippen. »Hey, das ist nicht fair.«

»Was ist schon fair?«, wiederholte ich den Satz, der sich in den letzten Wochen wie einige andere als Running Gag zwischen uns entwickelt hatte.

Er hob ergeben die Hände. »Okay, okay, ich habe kein Händchen für Deko. Dafür kann ich andere tolle Sachen.«

»Das ist wahr«, stimmte ich zu und erstarrte unter seinem anzüglichen Lächeln. Mein Körper reagierte sofort, indem er kleine Blitze von meinem Gehirn über das Herz bis in meinen Unterleib schickte. *Shit!* Er machte sein Versprechen wahr. Aber sollte mich das wundern? Dafür war er doch bekannt.

Sawyer nahm meine Hand, verschränkte seine Finger fest mit meinen und dirigierte mich dann neben ihm und Logan her durch den Eingang des *King's Legacy*. Aber anstatt durch den Vorraum zu gehen, um in die Bar zu gelangen, führten die beiden Männer mich ein Stockwerk tiefer. Kurz darauf standen wir vor einem alten Lastenaufzug.

»Was ist das?«, fragte ich skeptisch. »Ein Witz, oder?«

Logan lachte. »Das ist der Weg in den Himmel.«

Ich verdrehte die Augen. »Solange er nicht über die Hölle führt, steige ich ein.«

Sawyer legte wieder einen Arm lässig um meine Schultern. »Ich pass auf dich auf, Leia.«

»Ich weiß.«

Mit gemischten Gefühlen stieg ich mit den beiden in dieses klapperige Aufzugding, das meiner Meinung nach schon längst hätte aus dem Verkehr gezogen werden müssen. Aber es brachte uns wider Erwarten sicher ein paar Stockwerke nach oben. Ich hatte keine Ahnung, wofür ich diese abenteuerliche Fahrt auf mich nahm, aber als die Türen sich öffneten und ich mich auf einer riesigen Dachterrasse über den Dächern von New York wiederfand – da war klar, dass es das wert gewesen war.

»Wow«, stieß ich aus, als wir hinausgingen. Auf der Terrasse waren schon eine Menge Leute, und *I Hate Everything About You* von Three Days Grace schallte uns entgegen. Eine Kellnerin in der typischen Barkleidung mit schwarzer Hose und weißer Bluse begrüßte uns und hielt uns ein Tablett mit Getränken unter die Nase. Ich hatte keine Ahnung, was das für Drinks waren, aber sie sahen schon mal sehr cool aus. Bunt, in Cocktailgläsern mit Schirmchen oder lässig auf Eis in Mason Jars. Außerdem gab es noch mexikanisches Bier mit Zitrone und Champagner. Es war für jeden was dabei. Ich schnappte mir eins der bunten Gläser, Sawyer und Logan sich jeder ein Mason Jar. An diese Kombination hatte ich ja keine guten Erinnerungen.

»Komm, begrüßen wir Jax«, meinte Logan und winkte uns mit sich. Ich folgte ihm durch die Menge, Sawyers Hand lag auf meinem Rücken. Während ich Logan auf der Suche nach dem Gastgeber folgte, sah ich mich möglichst unauffällig um. Zumindest mit meinem Outfit hatte ich alles richtig gemacht. Alle Gäste waren mehr oder weniger leger gekleidet, niemand stach besonders hervor oder ging unter. Auch die Deko war schlicht gehalten. Es gab allerdings Unmengen an Lampions, die in verschiedenen Farben über den Köpfen der Gäste schwebten, und zahllose Lampen und Kerzen, die gemütliches Licht spendeten. Es roch nach Gegrilltem, und an einem Ende der Terrasse sah ich ein Barbecue aufgebaut. Jetzt, wo mir der Duft von saftigem Fleisch in die Nase stieg, merkte ich, dass ich richtig Hunger hatte. Wie so oft war ich an diesem Tag mal wieder nicht zum Essen gekommen. Ein Apfel war das Einzige, an das ich mich erinnern konnte.

»Hey! Du musst Alice sein. Ich hab schon gehört, dass du heute dabei bist. Schön, dich endlich kennenzulernen. Ich bin Chloe.« Vor uns stand eine junge Frau mit silbernem Bob, blauen Augen und einem perfekten Make-up in Jeans und einem hautengen Top, unter dem sich ein kleiner Babybauch abzeichnete. Überschwänglich lächelte sie mich an.

»Hi«, grüßte ich zurück.

»Sawyer, warum holst du uns nicht was zu trinken? Dann kann ich ein bisschen mit deiner Freundin quatschen«, versuchte Chloe es bei Sawyer, doch der schüttelte lachend den Kopf.

»Chloe, wir sind gerade erst gekommen und haben Jaxon noch nicht mal gesehen. Also das Quatschen wirst du wohl auf später verschieben müssen.«

»Ach schade. Aber gut, mein Bruder geht heute wohl vor.« Sie zuckte die Schultern und zwinkerte mir zu. »Bis später, Alice.«

Ich sah ihr nach, bis ich sie zwischen all den Gästen nicht mehr sehen konnte, und wandte mich dann an Sawyer. »Das ist also Chloe?«

Er nickte. »*Das* ist Chloe. Sie ist energisch wie eine Abrissbirne, aber harmlos. Du wirst sie mögen, glaub mir.«

Ich beschloss, Sawyer einfach zu vertrauen. Mit ihrer quirligen Art war sie Vicky sehr ähnlich, die beiden hätten sich gemocht.

Hand in Hand drangen wir Stück für Stück weiter vor, bis wir endlich am Grill ankamen, an dem Jaxon mit Logan und ein paar anderen Jungs zusammenstand. Einen von ihnen hatte ich schon im *King's* hinter dem Tresen gesehen. Jaxon wandte sich um, als Sawyer ihn ansprach.

»Gratulation, alter Mann!«

Jaxon grinste, und die beiden begrüßten sich mit einer Männerumarmung, die etwas länger andauerte. Was wohl an dem speziellen Anlass lag.

Ich hatte Sawyer gefragt, was wir ihm schenken würden, doch er hatte gemeint, sie drei hätten damit schon vor Jahren aufgehört. Ihre Freundschaft sei das größte Geschenk, man könne es mit nichts toppen. So gesehen hatte er recht, trotzdem war es nicht mein Stil, mit leeren Händen zu einer Geburtstagsparty zu kommen. Und so hatte ich in einem Spirituosengeschäft einen besonderen Whiskey in ein paar große Spritzen umfüllen und nett verpacken lassen.

»Alles Gute zum Geburtstag«, gratulierte ich und überreichte ihm das kleine Päckchen.

»Danke, aber das wäre echt nicht nötig gewesen.«

»Doch. Ich finde schon.«

Ich wartete gespannt, bis er ausgepackt hatte, und war erleichtert, dass es ihm gefiel. »Danke. Das ist grandios. Das bekommt einen Platz in meiner Barsammlung der verrücktesten Trinkgefäße.«

»So was besitzt du?«, fragte Sawyer mit einem Stirnrunzeln.

Jaxon lachte. »Jetzt schon.«

Sawyer

»Komm, lass uns was trinken.«

Es kamen weitere Gäste zum Gratulieren, also machten wir Platz und ich lenkte uns zur Bar, die an einem Ende der Dachterrasse unter einem Pavillon aufgebaut war und wo laut Aushang Bier, drei verschiedene Cocktails und Softdrinks ausgeschenkt wurden. So viel Abwechslung Jaxon auch in seiner Bar hatte, im privaten Rahmen mochte er es lieber übersichtlich.

»Hey, Sawyer«, begrüßte Brittany uns.

»Hi, Britt.« Ich sah auf die Karte, dann zu Alice. »Was trinkst du?« Alice bestellte ein Bier, ich ebenfalls. Und mit zwei Flaschen verzogen wir uns an den Rand des Geschehens, von wo aus ich ihr die einzelnen Leute zeigen konnte, ohne dass die es mitbekamen.

»Da hinten sind Kelly und Mason. Kelly ist Hopes längste Freundin, sie kommt aus L. A. und sie und ihr Freund sind extra zu Jaxons Geburtstag angereist.«

»Das ist ja toll.«

Ich zeigte ihr noch mehr Leute, erzählte kleine Geschichten dazu, aber konzentrieren konnte ich mich nicht so richtig. Eigentlich wollte ich nur mit ihr allein sein. Und dann küsste ich sie. Gott, ich liebte es, sie zu küssen. Ihre Lippen waren so weich, dass ich in dem Kuss versinken wollte. Aber dennoch so hart und fordernd, dass ich jederzeit bereit gewesen wäre, mit ihr zu gehen, wohin sie wollte. Und genau deshalb grinste ich sie jetzt an, unverhohlen und offen. Und dachte dabei an mein Versprechen aus dem Taxi. Sie offensichtlich auch, denn plötzlich wurde sie puterrot und senkte beschämt den Blick.

Aber ich sah das Grinsen noch, bevor es hinter ihrer Hand verschwand.

»Das ist nicht …«

»Fair?«, beendete ich ihren Satz. Und während sie nickte, sagte ich schon: »Was ist schon fair?«

Ich legte meine Hand auf ihren Rücken, und durch das dünne Top zog ich jeden einzelnen Wirbel mit meinen Fingern nach. Sie erschauderte unter meinen Berührungen, und ich liebte es. Diese Frau allein mit Worten oder Berührungen zum Beben bringen zu können war eines der besten Gefühle, das ich seit Langem verspürte.

»Da ist sie ja endlich!« Chloe stürmte um die Ecke, sofern man bei ihrem elfenhaften Gang von stürmen sprechen konnte, und nahm Alice sofort in Beschlag. Ich wusste, wann ich verloren hatte, und zog mich lächelnd von meiner Freundin zurück. Es wurde Zeit, das Feld an Jaxons Schwester zu übergeben.

Alice sah mich verwundert an, doch viel Zeit für Skepsis blieb nicht, denn schon hatte Chloe Alice umarmt. »Jetzt lasse ich mich nicht mehr abspeisen. Ich freu mich so, dich endlich kennenzulernen, Alice! Ich habe schon so viel von dir gehört … Nein, vergiss das.« Sie runzelte die Stirn und warf mir einen Blick mit krauser Stirn zu. »Eigentlich habe ich gar nichts von dir gehört. Der liebe Sawyer hier ist nämlich schweigsam wie ein Lamm.«

»Lämmer schweigen nicht«, warf ich ein, doch Chloe wischte meinen Einwand mit der Hand beiseite.

»Du musst mir unbedingt alles erzählen«, sprach sie nun wieder zu Alice.

Alice sah sie irritiert an. »Was genau muss ich dir erzählen?«

Ich legte Alice meine Hand auf die Schulter. »Mach einfach, was sie verlangt. So wirst du sie am schnellsten wieder los.« Dafür erntete ich von Chloe einen Schlag auf den Oberarm.

Und verdammt, ja – sie hatte Kraft. »Au!«, entfuhr es mir, doch Chloe sah mich ungerührt an.

»Das ist deine Strafe dafür, dass du uns dieses zauberhafte Wesen so lange vorenthalten hast.«

»Nun übertreib mal nicht so, Chloe.«

»Ich bin schwanger, ich darf übertreiben. Das liegt an den Hormonen«, antwortete sie mit einem Augenzwinkern. Jetzt lachte auch Alice.

»Sie hat recht. Das ist so, wenn man schwanger ist. Wie weit bist du schon?«, fragte sie nun Chloe.

Bevor ich nur dumm danebenstand, zog ich eine Augenbraue nach oben und wandte mich zum Gehen. »Wenn das so ist, dann will ich euer hormongesteuertes Gespräch nicht weiter stören. Ich hole mir noch …« Aber die beiden hörten mir schon gar nicht mehr zu. Innerlich grinste ich. Es war schön zu sehen, dass Alice und Chloe sich auf Anhieb verstanden, aber nichts anderes hatte ich erwartet. Alice war unkompliziert und es durch ihren Job gewohnt, mit Menschen aller Art klarzukommen. Und Chloe … Sie war eben Chloe.

Ich drehte mich um und steuerte die Bar an, an der ich Logan traf, der mir schon ein dickes Grinsen entgegenwarf.

»Na, hat Chloe dir Alice ausgespannt?« Er hielt mir einen frischen Drink hin, den ich dankbar annahm. Dann stellte ich mein leeres Glas auf der provisorischen Bar ab, lehnte mich wie Logan dagegen und sah den beiden Frauen zu. Sie lachten und schienen sich gut zu amüsieren. Mein Herz erwärmte sich, und ich war dankbar. Dankbar, dass das Schicksal es doch noch so gut mit mir meinte.

»Sie ist toll«, sagte Logan leise.

»Wen meinst du? Chloe oder Alice?«

Er lachte. »Beide. Sie sind beide toll. Aber ernsthaft, Sawyer.« Seine Hand legte sich für einen kurzen Moment auf meine Schulter. »Ich freue mich für dich.«

Stumm nahm ich seine Worte an. Ich trank einen Schluck, dann räusperte ich mich.

»Kann ich dich was fragen?«

»Klar, du kannst mich alles fragen.«

»Es ist ... etwas komplizierter.«

Logan runzelte die Stirn. »Was genau ist komplizierter?«

Es dauerte einen Moment, bis ich so weit war, doch mein Freund wartete geduldig. »Du weißt um die Sache mit meinen Eltern?« Logan nickte.

»Worauf ich hinauswill ... fünf Jahre sind eine lange Zeit. Meinst du ... Ich meine, sollte ich mit ihnen ...« Gott, ich bekam die Worte nicht über die Lippen.

Seine Hand legte sich auf meine Schulter, ernst sah er mich an. »Ja, solltest du. Geh hin, rede mit ihnen, regle das. Du bist dabei, dein Leben aufzuräumen, und das ist ein großer Schritt. Aber jetzt hast du Alice und bist nicht mehr allein. Ich meine, das warst du vorher auch nicht, wir waren ja da, aber ...« Er winkte ab. »Alice tut dir gut. Und ich bin froh darum.« Der Druck auf meiner Schulter verstärkte sich kurz, dann ließ er nach und verschwand.

Ich atmete einmal tief durch. »Ja, das bin ich auch. Meinst du nicht, ich mute ihr damit zu viel zu?«

Logan sah rüber zu Alice und Chloe. Das Bild war stimmig. Sie wirkten wie Freundinnen. Wie zwei Menschen, die sich gut verstanden und füreinander da sein würden, wenn es sein müsste. Und das schon nach so kurzer Zeit.

»Nein. Sie steht auf dich, Sawyer. Und wenn mich meine Menschenkenntnis nicht total im Stich lässt, dann wird sie dich damit nicht allein lassen.«

Eben in dieser Sekunde sah Alice zu uns rüber, und unsere Blicke trafen sich. Ich spürte die Verbindung zwischen uns stärker denn je. Ich wusste, dass Alice mich auffangen würde, egal, wie ich mich entschied.

Sawyer

»Danke für den schönen Abend.«

Alice saß neben mir im Taxi und schmiegte sich in meinen Arm.

»Ich bin froh, dass du mich mitgenommen hast«, sagte sie und sah zu mir auf.

»Natürlich. Ich meine … wir sind doch ein Team, oder etwa nicht?«

Jetzt rückte sie ein kleines Stück von mir ab, um mich anzusehen. »Ein Team?«

»Oder wie würdest du das nennen?«

»Wie wäre es mit … ein Paar?«, riet sie leise, ohne mich aus den Augen zu lassen.

»Ein Paar. Ja, das hört sich noch besser an als ein Team.« Ich strich ihr das Haar hinter das Ohr und sanft über die Wange. »Du bist wunderschön«, flüsterte ich.

Sie schlug die Augen nieder, als wüsste sie nicht, wie sie mit diesem Kompliment umgehen sollte. »Danke«, kam es leise von ihr. Ich küsste ihre Wange, ihren Mundwinkel, ihre Lippen. Drang mit der Zunge in ihren Mund und forderte sie heraus. Und dann zog ich sie so eng an mich, dass sich ihre Brüste gegen meine Brust pressten und meine Erektion hart gegen ihren Unterleib drückte. Gott, ich war schon wieder total scharf auf diese Frau. Aber diesmal – diesmal würde ich sie verwöhnen, bis sie meinen Namen schrie. Solange würde ich mich zurücknehmen. Also löste ich mich etwas von ihr und sah sie im Halbdunkel an.

»Wenn wir jetzt nicht aufhören, dann kann ich gleich nicht aussteigen«, raunte ich ihr ins Ohr.

»Wenn wir weitermachen, sobald wir oben sind, kann ich warten«, flüsterte sie zurück.

»Versprochen.«

Sie lächelte nur. Sie wusste mittlerweile, dass ich meine Versprechen hielt.

Das Taxi brachte uns zu meiner Wohnung, ich zahlte, wir betraten das Gebäude, warfen Tom, dem Portier, einen kurzen Gruß zu und fuhren mit dem Aufzug nach oben. Kaum fiel die Wohnungstür hinter uns ins Schloss, drückte ich Alice mit dem Rücken dagegen und legte meinen Mund auf ihren. Jede Sekunde wollte ich auskosten und genießen. Jede Berührung spüren und sie in mich aufnehmen.

Endlos langsam ließ ich meine Hände unter ihr Shirt gleiten. Sie trug nur einen dünnen BH darunter, sonst nichts. Ich strich langsam über ihre warme Haut, fuhr die Wirbel ihres Rückgrats einen nach dem anderen nach, neckte dabei ihre Zunge mit meiner. Meine Hände flossen ihren Körper entlang, berührten jeden Quadratzentimeter ihres Rückens. Sie stöhnte auf, als meine Daumen unter ihren BH strichen und die Außenseiten ihrer Brüste berührten. Ich stöhnte ebenfalls, zog meine Hände zurück und hob sie hoch, steuerte auf das Sofa zu und legte uns beide darauf ab. Jetzt lagen wir nebeneinander, sie in meinem Arm, und ich konnte nicht anders, als ihr Gesicht zu betrachten. Sie war so wunderschön. Ihre Haut weich und zart und ich liebte es, sie zu berühren. Ihre Lippen waren rosig und leicht geöffnet, leises Stöhnen drang aus ihrer Kehle. Ihre Lider flatterten vor Erregung, als ich meine Hand an die Vorderseite ihres BHs brachte und die Finger darunter schob, um den Ansatz ihrer Brüste zu berühren. Sie waren klein und fest, und ich musste mich so zusammenreißen, sie nicht von dem überflüssigen Stoff zu befreien und über sie herzufallen. Stattdessen streichelte ich sie ohne Unterlass, fuhr über ihre Rippen, ihren flachen Bauch, ihre Taille bis hin zum Bund ihrer Hose. Sie keuchte auf, als ich einen Finger darunter steckte und damit über ihre Haut strich. Ich spürte, wie sie die Luft anhielt, ihr Bauch verhärtete sich für einen Moment, erst als ich stillhielt, atmete sie aus. Es war schön, sie zu fühlen, aber ich wollte mehr. Ich wollte sie sehen. Berühren und dabei zusehen, wie ihr Körper sich danach verzehrte.

Behutsam rückte ich ein Stück von ihr ab und kniete mich zwischen ihre Beine. Dann legte ich meine Hände unter ihren Rücken, hob ihren Oberkörper an und zog ihr das Shirt über den Kopf. Dann beugte ich mich zu ihr runter und begann, über ihren Bauch hin zu ihren Brüsten eine Spur aus kleinen Küssen zu verteilen. Und jeden Hautquadranten ihres Körpers ertastete ich nicht nur mit meinem Mund, sondern auch mit meinen Augen. Ihre Haut war leicht gebräunt und dort, wo ich sie berührte, von einer Gänsehaut überzogen. Ihr Atem ging flacher, als ich ihren BH öffnete und ihre Brüste freilegte. Ich konnte mich nicht sattsehen, konnte meine Augen nicht von der Schönheit ihrer Nippel wenden, die aufrecht standen, als hätten sie noch nie etwas anderes getan. Sie waren heiß und weich unter meinen Händen, und Alice stöhnte auf, als ich sie küsste und die Nippel mit meiner Zunge umrundete. Als ich vorsichtig daran knabberte, bog sie ihren Rücken durch und krallte ihre Fingernägel in meine Schultern. Aber ich spürte das nicht. Das Einzige, das ich wahrnahm, war ihre Erregung. Und die wollte ich ins Unermessliche steigern. Bis sie nicht mehr anders konnte, als meinen Namen zu schreien.

***

Es war hell, als ich die Lider öffnete. Ein kurzer Blick aus zusammengekniffenen Augen auf meine Uhr zeigte mir, dass es kurz nach halb elf war. Mein erster Impuls, aufzuspringen und unter die Dusche zu rennen, weil ich verschlafen hatte, legte sich sofort, als ich eine leichte Bewegung neben mir wahrnahm. Ich wandte den Kopf und blickte direkt in Alice' Gesicht.

Ich drehte mich auf die Seite und sah ihr beim Schlafen zu. Ihr Atem ging leise und regelmäßig, hinter ihren Lidern zuckte es ab und an, sie träumte wohl. Vielleicht von der letzten Nacht? Wir hatten die Finger nicht voneinander lassen können und waren erst im Morgengrauen eingeschlafen. Sie in meinem Arm. Das war das schönste Gefühl, das ich seit Langem gespürt hatte.

Mit Johns Tod war es gewesen, als wären Lebensstränge meines Körpers durchtrennt und stillgelegt worden. In den letzten fünf Jahren war ich nicht mehr in der Lage gewesen, so zu fühlen. Diese Wärme, Geborgenheit und … Liebe. Ich liebte. Und zwar auf eine andere Art, als ich Elijah und Jenna liebte. Auf eine innige und risikoreiche Art und Weise. Weil ich mich darauf einließ, dass mir auch hier wieder etwas genommen werden konnte. Daran wollte ich nicht denken, aber ich tat es. Ich dachte immer daran. Und während ich auch jetzt daran dachte, dass Alice mir vielleicht irgendwann einfach entrissen werden könnte, öffnete sie mit einem leichten Lächeln die Augen.

»Werde ich etwa beobachtet?«, fragte sie murmelnd.

»Und wenn es so wäre?«

»Dann wäre das okay. Weil du es bist.« Jetzt sah sie mich mit ihren dunklen Augen verschlafen an. Sie war zum Anbeißen süß. Und mir war klar: Egal, wie viel Angst ich davor hatte, sie zu verlieren – ich war schon zu weit gegangen, um noch einen Rückzieher zu machen.

Alice

»Hereinspaziert.«

Fast eine weitere Woche nach der Feier im *King's* hielt Sawyer mir die Tür zu seinem Strandhaus in den Hamptons auf, und noch ehe ich eintreten konnte, stürmte Rambo aufgeregt bellend an mir vorbei hinein. Wie ich schien er sich auf ein paar Tage am Meer zu freuen.

Es war bereits spät und dunkel, sodass ich das Meer nicht mehr in seiner vollen Pracht zu sehen bekommen würde.

»Lass uns nur eben die Sachen abstellen, dann können wir zum Wasser runtergehen, wenn du möchtest«, sagte Sawyer und küsste meinen Nacken, nachdem er die Tür geschlossen hatte. »Wenn du möchtest, machen wir danach ein Feuer im Kamin und dann …« Erneut küsste er meinen Hals, und seine Hände fuhren von meinen Schultern an meinen Armen runter, glitten auf meinen Bauch und von dort zu meinen Brüsten. Ich stöhnte auf unter dieser Berührung.

»Hört sich traumhaft gut an«, krächzte ich leise und versuchte, mich nicht der Versuchung hinzugeben. Erst wollte ich an den Strand.

Ich machte mich schweren Herzens von ihm los und durchquerte den langen Eingangsbereich. Es war sehr hell eingerichtet, Weiß dominierte, die Einrichtung sah sehr maritim aus, kein Wunder, es war ja auch ein Strandhaus. Hier und da Meeresbilder. Muscheln und Holz unterstrichen den sommerlichen Touch des Hauses.

Die Decke des Wohnbereichs war nach oben offen, im oberen Bereich ließen Fenster einen Blick auf die dunkle Nacht zu.

Sawyer betätigte ein paar Schalter, und sofort erhellten einige kleine Lampen das Zimmer. Der Kamin allerdings lag noch ganz verwaist da.

Sawyer ging an mir vorbei und öffnete die Terrassentür, vor der Rambo schon saß. Sehnsüchtig drückte er seine nasse Nase an die Scheibe. Kaum war die Tür offen, sprang er auch schon freudig bellend hinaus und war kurz darauf in der Dunkelheit verschwunden.

»Komm«, forderte Sawyer mich auf und streckte die Hand nach mir aus. Ich ergriff sie und folgte ihm über eine hölzerne Veranda durch den Garten eine Treppe hinunter an den Strand. Sofort streifte ich meine Sneaker von den Füßen, Sawyer tat es mir gleich. Und zwei Minuten später liefen wir bereits Hand in Hand mit nackten Füßen durch die Wellen, während Rambo schwanzwedelnd um uns herumtollte.

»Es ist wunderschön hier«, sagte ich und sah auf das Meer, dessen unendliche Weite in der Dunkelheit nicht zu erfassen war.

Er stoppte, drehte mich zu sich und legte seine Arme um mich. »Du bist wunderschön.«

Bevor ich etwas erwidern konnte, presste er seine Lippen auf meine und küsste mich. Ich verlor den Halt, krallte mich an ihm fest, um nicht umzufallen, als er urplötzlich seine Hand in meine Hose und seine Finger unter meinen Slip schob. Er glitt über meine Klit und stimulierte mich dort, wo ich es brauchte. Wir küssten uns immer stürmischer, während er mich fingerte. Schließlich zog er seine Hand wieder aus meiner Hose und hob mich hoch. Ich schlang meine Beine um seine Hüften und meine Arme um seinen Hals und ließ mich von ihm zu den Dünen tragen, wo wir gemeinsam in den Sand fielen. Zwei Minuten später waren wir beide nackt, und Sawyer zog ein Kondom über, das er aus seiner Jeans geholt hatte. Dann schob er meine Beine mit seinem Knie auseinander und legte sich auf mich.

»Das wollte ich schon die ganze Zeit. Du und ich am

Strand.« Begleitet von diesen Worten drang er in mich ein. Sein Blick jedoch hielt meinen fest. Und während wir miteinander schliefen, eins wurden und unsere Seelen zu einer verschmolzen, rauschten im Hintergrund die Wellen und sangen ihr eigenes Lied.

***

Ich blinzelte. Es war noch dunkel, und ich war müde. Aber irgendwas kitzelte mich. Ich wollte mir die Decke über den Kopf ziehen, aber da war keine. Dafür war da etwas anderes, genau zwischen meinen Beinen.

»Ahhhhh …« Ich war noch halb im Schlaf gefangen, als ich begriff, dass Sawyer seine Finger langsam in mich rein- und wieder rausgleiten ließ. Mit geschlossenen Augen genoss ich es einfach und gab mich der Leidenschaft hin, die er innerhalb weniger Sekunden in mir entfachte. Ich spürte, wie nass ich war, und als die Matratze einsank und ich seine Zunge an meiner Spalte spürte, bäumte ich mich auf und ließ meiner Erregung freien Lauf. Sawyer fingerte mich weiter, während seine Zunge meine Klit massierte und mich so innerhalb von Sekunden zum Orgasmus brachte. Noch während ich zuckte und mich im Himmel befand, schob er sich auf mich und drang in mich ein. Keine Ahnung, wie er das machte, aber mein Orgasmus ebbte nicht ab, sondern zog sich länger und länger und steigerte sich erneut zum Höhepunkt. Und erst, als er sich in mir ergoss, war mein Körper bereit, sich endlich zu entspannen. Und ich sank wieder in einen traumlosen Schlaf.

Als ich endgültig erwachte, war es taghell im Zimmer, und ich befand mich allein im Bett. Ich wollte aufstehen, aber als ich die Bettdecke beiseite schlug, merkte ich, wie nass ich zwischen meinen Beinen war. Hatte ich einen feuchten Traum gehabt? Verlegen kniff ich die Beine zusammen, doch dann fiel mir ein, was letzte Nacht geschehen war. Gott, dieser Mann brachte mich noch um.

Ich stand auf, und alles tat mir weh. Ich war so viel Sex überhaupt nicht gewohnt, und meine Klit war wund und mein Eingang geschwollen. Aber um nichts in der Welt wollte ich dieses Gefühl missen.

Ich hörte unten Geschirr klappern und ging schnell ins Bad, um mich frisch zu machen, bevor ich Sawyer suchen wollte. Meine Kulturtasche lag schon auf der Ablage, daneben ein Stapel frischer Handtücher. Nachdem ich auf dem Klo gewesen war, ging ich unter die Dusche und wusch mir den Schweiß der letzten Stunden vom Körper. Frisch und mit geputzten Zähnen, aber nassen Haaren trabte ich eine Viertelstunde später die hölzerne Treppe in den Wohnraum hinunter. Ich hatte mir nur einen dünnen Sommerrock und ein kurzes Shirt angezogen, draußen brannte die Sonne bereits wieder vom blauen Himmel, aber es wehte noch ein ordentlicher Wind. Ich freute mich schon darauf, an den Strand runterzugehen und vielleicht sogar zu schwimmen.

Rambo hob schläfrig den Kopf, als ich am Fuß der Treppe angekommen war, stand auf und kam träge, aber schwanzwedelnd auf mich zu. »Na, mein Dicker?«, begrüßte ich ihn und kraulte seine Ohren. »Wo hast du denn dein Herrchen gelassen?« Ich konnte Sawyer nirgends sehen und vermutete ihn entweder auf dem Klo oder draußen. Und tatsächlich kam er einen Moment später in kurzen Jeans und einem offenen hellblauen Hemd über einem weißen T-Shirt mit einem Arm voller Feuerholz über die Veranda ins Haus. Seine Haare waren vom Wind zerzaust und seine Wangen leicht gerötet. Rasiert hatte er sich nicht, und ich erinnerte mich an das Kratzen seines Kinns zwischen meinen Schenkeln. Gott, ich musste die Kiefer zusammenpressen, um nicht aufzukeuchen.

»Guten Morgen, Schlafmütze«, begrüßte er mich, als er eintrat. Nachdem er das Holz in der dafür vorgesehenen Kiste neben dem Kamin abgeladen hatte, entledigte er sich der Handschuhe und kam auf mich zu. Er griff mir in den Nacken und zog mein Gesicht nahe an seins, sah mir in die Augen, und dann küsste er mich. Viel zu schnell löste er sich wieder von mir und zwinkerte mir zu. »Frühstück?«

Ich atmete einmal tief durch, um die Erregung aus meinem Körper – speziell aus meinem Unterleib – zu vertreiben, und nickte stumm. Reden konnte ich jetzt nicht, dafür war mein Hals viel zu trocken. Sawyer nickte ebenfalls, dann führte er mich durch die Tür zum Tisch auf der Veranda, der bereits üppig bestückt war. Eine große Schüssel mit Brötchen und Brot befand sich mittig darauf, rundherum verschiedene Gläser mit Marmeladen und Gelees, Würstchen, Eier und Pancakes. Und eine große Kanne Kaffee direkt vor meiner Nase. Die griff ich mir zuerst, als ich saß, und schenkte mir einen großen Becher ein. Er duftete himmlisch.

Sawyer setzte sich mir gegenüber und schaufelte sich einen Haufen Eier und Würstchen auf seinen Teller, während ich mir ein paar Pancakes mit Sirup gönnte.

»Ich dachte, wir gehen gleich zum Strand runter und surfen eine Runde«, schlug er nach einer Weile vor.

»Surfen? Das habe ich mal ausprobiert. Sorry, ist echt nichts für mich«, wehrte ich gleich ab.

»Was ist passiert?«

»Ich habe es einfach nicht aufs Brett geschafft, und wenn doch, dann hat mich die nächste Welle gleich wieder so umgehauen, dass ich Unmengen von Wasser geschluckt habe. Nein danke«, sagte ich. »Das muss ich echt nicht wiederholen.«

»Schade«, sagte er mit einem Schulterzucken und biss in sein Brötchen.

»Aber ich würde dir zusehen, wenn du gerne surfen möchtest«, bot ich an.

»Wäre dir das nicht zu langweilig?«

»Den heißesten Typen der ganzen Insel beim Surfen zu beobachten soll langweilig sein?« Ich kicherte hinter vorgehaltener Hand. »Ich werde nicht die Einzige sein, die dich begafft. Und dann zu wissen, dass keine der Damen eine Chance hat, weil du in meinem Bett, oder besser ich in deinem Bett, landen wirst – das ist alles andere als langweilig.«

Sein Grinsen wurde breiter. »Ich weiß nicht, was du noch alles gesagt hast, aber die Stelle mit dir in meinem Bett hat mir am besten gefallen.«

»Ist es normal für dich, ständig an Sex zu denken?«

Sein Grinsen verschwand, und er schüttelte den Kopf. »Nein. Das begann erst, als du in mein Leben getreten bist.« Er legte sein Besteck beiseite. »Ich glaube, ich bin verrückt nach dir, Alice.«

»Und ich bin verrückt nach dir, Sawyer«, gab ich zu.

Er sah mich an, schob seinen Stuhl zurück und erhob sich. Bevor ich reagieren konnte, stand er hinter mir, zog auch meinen Stuhl zurück und mich an der Hand von meinem Platz hoch. Dann landete ich an seiner muskulösen Brust, und als wäre mein Körper nur dafür gemacht, schmiegte er sich perfekt daran.

»Habe ich das richtig verstanden? Du bist verrückt nach mir?«, raunte er mir zu.

»Ja, das bin ich.« Das war die Wahrheit. Ich liebte ihn, und ich vertraute ihm. Ich war unglaublich in Sawyer Lee, Anwalt, sechsunddreißig Jahre alt, Single und nicht auf der Suche nach einem Abenteuer, verliebt. Ich war verrückt nach ihm.

Seine wunderbar warmen und weichen, aber doch so fordernden Lippen küssten die meinen und ließen mich mit einem stummen Seufzer für einen winzigen Moment allein in der Dunkelheit zurück. Erst als er sich löste, öffnete ich die Augen, und das Erste, was ich erkennen konnte, waren Sawyers

Augen, die – wenn ich mich nicht ganz arg täuschte – das widerspiegelten, was gerade in mir vorging.

Ein Schauder, von den Haar- bis zu den Zehenspitzen, raste durch meinen Körper, machte einen Umweg über mein Herz und ließ es nach einem kurzen Aussetzer losrasen wie ein Motorrad auf dem Highway. »Wie soll das nur funktionieren mit uns?«, fragte ich.

Sawyers Blick wurde starr. »Was meinst du?«

»Jedes Mal, wenn du mich berührst oder mir Dinge sagst, wie dass du verrückt nach mir bist oder so … Das erregt mich«, gab ich tatsächlich zu.

Sawyers Miene entspannte sich, er schmunzelte und strich über meine Wange. »Ich errege dich?«

»Du ahnst nicht, wie sehr.«

»Und das nur mit meinen Worten?«

»Und mit … gewissen Berührungen.«

Jetzt verzog er seine Lippen zu einem sehr, sehr breiten Grinsen. »Gut zu wissen.«

»Ich hätte die Klappe halten sollen«, murmelte ich. »Ich hätte einfach mal meine Klappe halten sollen.«

»Nein, nein. Erzähl ruhig. Was genau macht dich so an?« Sein Tonfall war eine Mischung aus amüsiert und erotisch.

»Sawyer, bitte …« Mir war das nun doch unangenehm.

»Ich würde einfach nur gerne wissen, was genau dich so heiß macht. Damit ich mich darauf einstellen kann. Ist es vielleicht … So was wie das hier?« Seine Hände packten meinen Hintern, kneteten ihn, und jetzt zog er mich so eng an sich, dass ich seine pralle Erektion spüren konnte.

»Das ist nicht fair«, murmelte ich an seiner Brust.

»Was ist schon fair …« Er schob mir den Rock hoch und seine Hände unter meinen Slip, und noch bevor ich wusste, wie mir geschah, stand ich mit entblößtem Unterleib am Geländer der Veranda, und Sawyer drang von hinten in mich ein. Ich konnte nicht anders, als meine Lust hinauszuschreien, denn es schmerzte und erregte mich gleichermaßen, ihn auf diese Art in mir aufzunehmen.

Sawyer brauchte nicht viel Stimulation, nach nur wenigen tiefen Stößen von hinten brach in mir ein Feuer aus, das nicht mehr zu löschen war. Meine Nägel krallten sich in das Holz und ich schrie seinen Namen, als ich mich gemeinsam mit ihm vergaß, wie ich mich noch nie vergessen hatte.

Alice

»Ganz da hinten sind die Surfer.«

Sawyer war einen Meter vor mir und zeigte auf ein paar bunte Punkte in den Wellen weit voraus.

Nachdem wir am Abend zuvor in den Hamptons angekommen waren und wir dann am Strand miteinander geschlafen hatten, hatte Sawyer mir eine kurze Führung durch das Haus gegeben, und wir hatten danach fast jedes Zimmer des Strandhauses eingeweiht. Viel geschlafen hatten wir nicht, und nachdem wir geduscht und auf der Veranda gefrühstückt hatten, hatten wir uns zwei Mountainbikes geschnappt, die in der Garage von Sawyers Strandhaus standen, und waren die Küstenstraße entlanggefahren. Ich wollte unbedingt im Hellen ans Meer und Sawyer tat mir den Gefallen gerne. Dabei genossen wir die Ruhe um uns herum.

»Unter der Woche ist es himmlisch einsam hier«, meinte er. »An den Wochenenden füllen die Strände, Straßen und Häuser sich mit Besuchern und Touristen. Es wird voller, lauter und bunter.«

Gerade hatten wir das blaue Holzschild mit den goldenen Buchstaben und dem Leuchtturm passiert, auf dem *Welcome to Montauk* geschrieben stand. Der Ort lag an der Ostspitze von Long Island, und ich war ganz gespannt darauf, den Leuchtturm mit eigenen Augen zu sehen. Ich liebte Leuchttürme. Sie symbolisierten für mich Beständigkeit und das Licht, das jeder in sich trug. *Lass dein Licht leuchten*, das hatte meine Großmutter immer zu mir gesagt. Aber es gab Tage, da fiel es mir schwer, es anzuzünden.

Sawyer hatte sich gegen das Surfen entschieden. Lieber wollte er mir die Insel zeigen, auf der er seit einigen Jahren seine spärliche Freizeit verbrachte. Jetzt waren wir schon fast eine Stunde über die Insel geradelt, und uns trennten nur noch ein paar Hundert Meter von dem beliebtesten Surferstrand der Insel.

Sawyer ließ sich zurückfallen, sodass er neben mir weiterfuhr. »Es gibt einen deutsch-französischen Film, *Rückkehr nach Montauk*. Er wurde vor drei Jahren hier gedreht.«

»Das ist ein Liebesfilm«, bemerkte ich. Ich hatte den Trailer zu diesem Drama gesehen und beschlossen, dass er nichts für mich war.

»Ich habe ihn mir angesehen, wegen der Landschaftsaufnahmen. Ich wollte wissen, ob sie gute Arbeit geleistet haben.«

»Natürlich.«

»*Der weiße Hai* hat zum größten Teil auch hier gespielt«, erklärte Sawyer, ohne weiter auf den Film einzugehen. Das Meer lag glitzernd und in seiner ganzen Pracht vor uns, und ich konnte es kaum erwarten, mich in seine Fluten zu stürzen. Aber die Erwähnung des weißen Hais machte diesen Wunsch zunichte.

»Gibt es hier wirklich Haie?«, wollte ich wissen.

Er schüttelte den Kopf. »Wale gibt es hier vereinzelt, aber keine Haie.«

Kurz darauf konnte ich den Leuchtturm erkennen, und wir fuhren langsam näher. Seine Spitze war dunkel, und das Glas, hinter dem das wegweisende Licht leuchtete, reflektierte die Sonnenstrahlen. »Er sieht wunderschön aus«, rief ich gegen den Fahrtwind.

»Wir können hochgehen.«

»Wirklich?«

»Ja, wenn du möchtest? Wenn ich mich nicht irre, ist er von morgens bis spätnachmittags geöffnet.«

»Total gerne!« Ich wollte schon immer mal auf einen Leuchtturm und mir ansehen, wie er funktionierte. Außerdem musste die Aussicht berauschend sein. Überhaupt mochte ich die Insel schon jetzt sehr, auch wenn ich noch nicht viel von ihr gesehen hatte. Aber die Menschen hier waren so entspannt und freundlich, was – so wie Sawyer sagte – am Sommer lag. Hierhin verzog sich die New Yorker Upperclass dann für einzelne Wochenenden oder sogar einige Wochen, um ihre Ruhe zu haben. Die besten Häuser lagen direkt am Strand, aber auch innerorts waren Villen zu finden, die ebenso in Beverly Hills hätten stehen können.

Wir kamen dem Leuchtturm immer näher, und Sawyer machte sich als Fremdenführer ganz gut. Ich konnte meinen Blick nicht vom Wasser zu unserer Linken wenden. Das musste ich aber bald, denn die Straße wurde schmaler und steiler, es ging bergauf, was mit den Mountainbikes eigentlich keine Herausforderung war. Mit meiner wunden Scham allerdings schon. Ich war nur froh, dass der Sattel meines Fahrrads relativ dick gepolstert war, denn der Schmerz war nicht ohne. Aber ich liebte ihn. Weil er mich daran erinnerte, dass ich geliebt wurde.

Wir passierten den großen Parkplatz für die Besucher des Lighthouse-Parks, und kurz darauf erreichten wir den Eingang zum Areal des Turms, an dem ein riesiger Felsbrocken umgeben von Bänken und Holzzäunen lag. Die verschiedenen Schilder wiesen auf den Turm, das Museum und die entsprechenden Öffnungszeiten hin. Wir schlossen unsere Fahrräder an einem Fahrradständer an und pilgerten dann zu Fuß den gepflasterten langen Weg auf den grünen Hügel hinauf, auf dem der weiß-rot-gestreifte Turm thronte. Er war wirklich riesig und imposant. Vor seinem Eingang stand eine Bank, daneben ein Fahnenmast, an dem die amerikanische Flagge wehte, und eine Glocke, die geschichtlich bestimmt auch eine

Bewandtnis hatte. Vor dem eigentlichen Turm befand sich das Museum, das alle historischen Hintergründe beherbergte. Oben angekommen sah ich mich um und musste feststellen, dass die Aussicht schon von dieser Höhe gigantisch war. Das Meer lag einige Hundert Meter unter uns, und doch hörte ich die Brandung gegen die rauen Felsen brechen.

Wir hatten Glück. Zwar war im Café und im Museum einiges los, und viele Leute drängten sich auch in dem Souvenirshop, um eine Erinnerung aus dem Museum am Montauk Point State Park mitzunehmen, aber wir waren die Einzigen, die jetzt den Turm hinaufsteigen wollten. Das war gut, denn es konnten immer nur wenige Personen zeitgleich die schmale und steile Wendeltreppe hinaufgehen. Nachdem Sawyer für uns satte zwölf Dollar pro Person bezahlt hatte, folgten wir dem Leuchtturmwärter ins Innere des am Turm liegenden Gebäudes, passierten verschiedene Zimmer des Museums und hielten schnurstracks auf den Turm zu. Dabei ratterte er die Geschichte des Leuchtturms runter wie jemand, der das täglich ein Dutzend Mal machte. Weil das vermutlich tatsächlich der Fall war, nahm ich ihm seine freudlose Art auch nicht übel, sondern hörte aufmerksam zu.

»Montauk Lighthouse wurde 1796 als erster Leuchtturm im Bundesstaat New York erbaut. Unter Präsident George Washington wurde der Plan am 12. April 1792 vom zweiten Kongress autorisiert. Die Bauarbeiten begangen im Juni 1796 und endeten im November desselben Jahres. Er ist der viertälteste aktive Leuchtturm in ganz Amerika. Er ist einhundertelf Zoll hoch, und das Licht blinkt alle fünf Sekunden. Es ist noch in einer Entfernung von neunzehn Seemeilen zu sehen. Der Hügel, auf dem der Turm steht, heißt Turtle Hill, und bis zur Klippe waren es mal neunzig Meter. Durch die Küstenerosion sind es heute nur noch dreißig.«

Der Führer redete weiter, erzählte uns mehr von der Geschichte des Grunds und Bodens, auf dem der Turm errichtet worden war, wieso man ihn aufgestellt hatte und welche Events hier in der nächsten Zeit stattfinden würden. Der leiernde Monolog schläferte mich ein und machte es mir schwer, ihm gedanklich zu folgen. Ich schweifte ab, zählte die Schritte, und als wir oben angekommen waren, hatte ich gut dreiundfünfzig von den angeblich einhundertsiebenunddreißig eisernen Stufen geschafft zu zählen. Aber der Ausblick entschädigte mich für alles. Für den langweiligen Monolog und das Treppensteigen, von dem ich morgen sicherlich Muskelkater haben würde.

Die Glasscheiben gaben freie Sicht auf das Meer unter uns. Die Sonne schien und ließ das Wasser funkeln wie Tausende kleine Diamanten. Es war wunderschön, und ich konnte gar nicht genug bekommen von diesem Anblick. Im Turm gingen wir einmal um die riesige Laterne herum und genossen dabei die Aussicht auf den östlichsten Landzipfel von Long Island, der bewuchert war von Bäumen. Es war grün, so weit das Auge reichte. Ich hatte nicht gewusst, dass Long Island so bewachsen war. Und in Richtung des Nordatlantiks schienen die Strände endlos.

»Seehunde.« Sawyer legte seine Hand auf meine Schulter und zeigte auf die Sandbank, die sich einige Hundert Meter lang im Meer erstreckte. Ich sah genauer hin, und ja, da sah ich sie. Eine Gruppe von Seehunden, die auf dem Sand lagen und sich die Sonne auf den Pelz scheinen ließen.

»Wow!«, stieß ich aus und war kurz davor, meine Nase an das Glas zu pressen. Sawyer stand hinter mir, und schweigend sahen wir den Robben beim Sonnenbaden zu. Es war herrlich, dieses Schauspiel einfach zu genießen, dabei an nichts anderes zu denken und keine Termine im Nacken zu haben, weswegen man aufbrechen musste. Wir hatten Zeit. So unendlich viel Zeit.

»Langsam müssten wir mal wieder ...« Der Führer räusperte sich und strich sich über seinen grauen Bart. Er sah ein bisschen aus wie Kapitän Ahab. Ich lächelte ihm zu und nickte stumm. Dann folgte ich ihm und Sawyer wieder zum Ausgang, aber nicht, ohne noch einen letzten Blick auf die Insel zu werfen.

Schweigend stiegen wir die Wendeltreppe wieder hinunter, und ich zählte tatsächlich einhundertsiebenunddreißig eiserne Stufen. Unten angekommen betraten wir den Ölraum, wie Kapitän Ahab ihn nannte. »Hier wurden früher Zisternen mit Walöl und das Zubehör für den Leuchtturm aufbewahrt. Es ist der einzige Zugang zum Turm.«

Gegenüber lag das ehemalige Kommunikationszentrum. Früher hatte man dort die Wetter- und Funkfeuersignale übertragen, Notrufe waren eingegangen, und Rettungskräfte waren von dort aus benachrichtigt worden.

Dann warfen wir noch einen kurzen Blick in die anderen Räume, die ehemaligen Schlafzimmer der Wärter, in denen heute Zeichnungen, Fotografien und Modelle des Leuchtturms und seines Geländes ausgestellt werden. Interessant war es, die Veränderungen zwischen dem Bau im 18. Jahrhundert und jetzt zu sehen. 1860 wurde die Leuchtturmstation renoviert und zwei neue Ebenen eingezogen. Und eine größere Laterne wurde eingesetzt. Der Turm wuchs dadurch von achtzig Fuß auf einhundertzehn Fuß. Außerdem zeigten sie auch die katastrophalen Konsequenzen der Erosion für den Steilhang Turtle Hill.

Ich konnte es nicht leugnen, ich war nicht nur von dem Turm selbst fasziniert, sondern auch von dessen Geschichte.

»Wie wäre es, wenn wir eine Kleinigkeit essen, bevor wir weiterfahren?«, schlug Sawyer vor, nachdem der Führer sich verabschiedet und uns im Museum allein gelassen hatte.

»Sehr gute Idee«, stimmte ich zu. Wir hatten seit dem Frühstück nichts mehr zu uns genommen, und das war mittlerweile schon gute vier Stunden her. »Und ein Kaffee wäre großartig.«

»Kaffeejunkie«, neckte Sawyer mich.

»Im Krankenhaus ernähren wir uns vorwiegend von Kaffee. Und von kleinen Snacks, die man mit einem Happs im Mund verschwinden lassen kann.«

»Gibt es dort nichts Vernünftiges?«, wollte er wissen.

»Das Zeug aus der Cafeteria ist nicht wirklich der Hit. Und selbst wenn – letztlich liegt es am schlechten Zeitmanagement der Patienten. Ein Unfall ist ein Unfall, und der will sofort behandelt werden. Nicht erst, wenn ich mein Steak aufgegessen habe.«

»Ja, ich weiß, was du meinst. Da hab ich schon mehr Zeit zum Essen während meiner Arbeit. Oft treffe ich mich mit Klienten in Restaurants, also verhungern werde ich in meinem Job nicht.«

»Du Glücklicher«, sagte ich mit einem Seufzen und zwinkerte ihm zu.

Mittlerweile waren wir im Café angekommen, das bis auf den letzten Platz besetzt war. Es lag wie in einer Kuppel aus Holz mit umlaufender Fensterfront. Mittig standen die Tische, und links und geradeaus befand sich ein Tresen, an dem Getränke und Essen ausgegeben wurden. Es war wirklich gemütlich hier, aber zu voll.

»Wie wäre es mit einem Sandwich und Kaffee zum Mitnehmen, und wir setzen uns raus?«

»Auf die korosionsgefährdeten Klippen?«

»Erosionsgefährdet«, korrigierte Sawyer mich schmunzelnd.

»Was auch immer. Aber ja, das ist eine gute Idee. Du hast wirklich gute Ideen.«

Er beugte sich zu mir und hauchte mir einen Kuss auf die Schläfe. »Das liegt an deiner Gesellschaft. Sie inspiriert mich.«

Wir bestellten uns Kaffee und Sandwiches, verließen das Café und setzten uns auf eine der hübschen, weiß gestrichenen Bänke mit Blick auf das Meer. Weit genug entfernt von den Klippen, also absturzsicher.

»Nun habe ich das Haus in den Hamptons schon so lange, aber ich war noch nie hier«, sagte Sawyer, nachdem wir die Natur und den Ausblick lange genug auf uns wirken gelassen hatten.

»Was für eine Verschwendung«, schimpfte ich und sah ihn an. »Ich würde vermutlich hier mein Lager aufschlagen, weil es einfach so schön ist. Diese Ruhe. Und allein dieses ganze Grün. Das ist Wahnsinn!« So viel Grün wie auf diesem kleinen Flecken Land gab es in New York nicht mal, wenn man alle Stadtviertel zusammennahm.

Sawyer warf mir einen fragenden Blick zu. »Wir könnten öfter hierherfahren.«

Ich verzog das Gesicht. »Wie soll das gehen? Ich kriege – wenn ich Glück habe – gerade mal vier Tage im Monat frei. Urlaub, Wochenenden? Fehlanzeige. Mein Job ist die Hölle. Aber ich liebe ihn. Ja, ich wäre gerne öfter hier, aber das funktioniert leider nicht.«

Sawyer nickte. »Da hast du wohl recht.«

»So sieht's aus.«

»Dann also wieder New York.«

»New York ist cool«, sagte ich. »Dort sind unsere Freunde, unsere Jobs. So schön es hier auch ist, ich glaube, ich würde die Hektik der Stadt vermissen, wenn ich hier wohnen müsste. Du nicht auch?« Fragend sah ich zu ihm rüber.

»Und wie. Ich bin mit Leib und Seele Anwalt. Ich habe hart gearbeitet, hart dafür gekämpft, um dort zu sein, wo ich jetzt bin. Seniorpartner in einer der renommiertesten Kanzleien des Staates New York – das wird man nicht mal eben so. Aber es wird immer härter. Nicht, dass ich nicht mehr mithalten könnte. Das ist es nicht. Ich gewinne meine Kämpfe vor Gericht nach wie vor.« Er stockte kurz, sammelte sich. »Es ist die Art und Weise, wie unfair und falsch gekämpft wird. Du glaubst, es sind faire Urteile, die ohne Jury gefällt werden? Nein, sie sind gekauft. Du glaubst, es sind gerechte Verhandlungen, die im Gericht ausgetragen werden? Nein, sie sind alles andere als gerecht. Sie werden auf den Rücken der Unschuldigen ausgetragen, damit wir eine gute Show liefern. Es ist zum Kotzen«, spie er aus, und ich merkte, wie ernst die Worte gemeint waren und wie sehr ihn das Ganze mitnahm. »Deswegen könnte ich, selbst wenn ich wollte, nicht weggehen. Ich könnte niemals aufhören, als Anwalt zu praktizieren. Dafür ist diese Welt da draußen viel zu verlogen.«

Ich wusste nicht genau, von welchen Kämpfen er sprach, aber ich sah ihm an, dass es ihm nicht gefiel. Seine Kiefer waren verspannt, und die Ruhe, die uns eben noch umgeben hatte, war wie weggeblasen. Einem Impuls folgend nahm ich seine Hand und drückte sie. »Ich würde niemals fordern, dass du deine Berufung aufgibst. Außerdem bist du auch kein Mann, der seine Entscheidungen leichtfertig trifft«, sagte ich.

Er wandte sich mir zu, und in seinen Augen sah ich, wie zwiegespalten er war. »Das weiß ich. So war es auch nicht gemeint.«

»Sondern?«

»Ich finde nur, dass du wissen solltest, worauf du dich mit mir einlässt.«

Es fiel mir nicht schwer, die richtigen Worte zu finden. »Glaubst du, mein Leben läuft anders? Ich bin doch selbst kaum zu Hause, sondern die meiste Zeit im Krankenhaus. Es gibt Tage, da wächst mir alles über den Kopf. Die Arbeit an sich, die Arbeitszeiten, die unzähligen Schichten, der Schlafmangel, das nicht vorhandene Sozialleben … Weißt du, mein Job geht mir über alles. Ich bin Chirurgin mit Leib und Seele, und es kann auch mal passieren, dass ich Verabredungen einfach nicht einhalte, weil ich für meine Patienten da sein muss oder im OP feststecke. Das ist wichtig für mich, verstehst du?«

Er nickte nachdenklich. »Das verstehe ich sehr gut.«

Erleichterung durchströmte mich. »Was meinst du, warum ich Single bin? War«, setzte ich schnell hinterher. »Jetzt habe ich dich. Aber vorher … Ich habe nie jemanden getroffen, der genügend Verständnis für meinen Job gehabt hätte. Aber du«, sagte ich, »du hast das Verständnis. So wie ich Verständnis für dich haben werde. Wenn du abends nicht nach Hause kommst, weil du an einem Fall arbeitest, morgens schon weg bist, weil du Akten durchsehen musst. Egal, was es ist – unsere Jobs sind wichtig. Und weil wir das wissen und respektieren, schaffen wir das auch.«

»Davon bin ich überzeugt.«

»Vicky ist meine einzige Freundin. Sie war bisher die Einzige, die mich versteht, weil sie dasselbe durchmacht. Wir pushen uns gegenseitig, wenn mal nichts mehr geht. Ich bin froh, dass du verstehst, wie es uns geht.«

»Ihr haltet zusammen, das ist gut.«

»Ja, das tun wir. Manchmal hegt man Zweifel, ob die Entscheidungen, die man getroffen hat, richtig waren. Besonders, wenn mal was schiefgeht. Und nur weil wir unseren Job so lieben und uns das auch immer wieder vor Augen halten, haben wir bis heute durchgehalten.«

Er nickte langsam. »Du bist Ärztin mit Leib und Seele. Du gibst nicht auf. Du kämpfst. Für deine Patienten und für das, was du wirklich willst.«

»Du wärst überrascht, wenn du wüsstest, wie oft ich schon vor mir und meiner eigenen Courage weggelaufen bin.« Wenn er überrascht war, so ließ er es sich nicht anmerken. Wieder sah er mich mit diesem Blick an, der so viel tiefer ging und mein Herz berührte.

»Das bin ich nie, aber jetzt würde ich es gerade am liebsten.«

»Warum?«

Er zögerte einen winzigen Moment. »Ich bin jetzt nicht

mehr allein, Alice. Das ändert alles. Ich muss die Lage neu überdenken.«

Ich runzelte die Stirn, konnte ihm nicht so richtig folgen. »Was meinst du damit?«

Er setzte sich nun so, dass er mich geradeaus ansehen konnte. »Du hast selbst gesagt, dass ich kein Mann bin, der leichtfertige Entscheidungen trifft. Ich habe zwar nicht viel Zeit gehabt, darüber nachzudenken, aber das brauchte ich auch nicht. Ich bin mir sicher, was ich will.«

Jetzt wurde mir mulmig zumute, und ich war froh, dass wir bereits saßen. »Und … was ist das?«

»Ich möchte mit dir zusammen sein. Ich möchte, dass wir uns ein gemeinsames Leben aufbauen. Ich möchte … Ich möchte dich keinen Tag mehr an meiner Seite vermissen. Zieh bei mir ein, Alice.«

Sawyer

Ich hoffte, ich hatte sie mit meiner Bitte, bei mir einzuziehen, nicht verschreckt, aber ich wollte keine einzige Sekunde mehr vergeuden. Jetzt, wo ich langsam begriff, dass ich vielleicht doch ein bisschen Glück verdient hatte. Ich betete still, dass sie sich mit ihrer Antwort nicht allzu lange Zeit lassen würde. Und dass sie Ja sagen würde.

Sie saß im Schneidersitz auf dem Fußboden des Strandhauses, Rambos Körper ausgestreckt und entspannt daneben, sein Kopf auf ihren Oberschenkeln, während sie ihm die Ohren kraulte. Von draußen brachen nach einem wundervollen Tag die letzten Sonnenstrahlen des Tages durch die Fenster, bevor das Meer in völliger Dunkelheit versinken und unser Ausflug nur noch eine wunderschöne Erinnerung sein würde.

»Er ist so süß.«

So verschmust hatte ich meinen Hund bisher nur gesehen, wenn Elijah hier war und sich um ihn kümmerte. Elijah und Jenna waren neben mir bisher die Einzigen gewesen, die Rambo in seinem Rudel akzeptiert hatte. Meine Freunde konnten ihn zwar streicheln, ohne dass er knurrte oder sich abwandte, aber so zutraulich war er ihnen gegenüber nie. Alice dagegen hatte er sofort akzeptiert. Ein Grund mehr aufzuhören, mich gegen sie, oder besser gesagt meine Gefühle, zu wehren.

»Er mag dich«, sagte ich über den Küchentresen hinweg, rührte die Pfefferrahmsoße um und fand mich still seufzend damit ab, dass Rambo an diesem Abend – zumindest bis zum Essen – die Nummer eins sein würde. Danach hoffte ich auf einen Wechsel an der Spitze.

»Hm, das riecht schon sehr lecker«, bemerkte Alice und reckte ihren Hals in meine Richtung. Ihren schlanken, wunderschönen Hals wohlgemerkt, auf dem ein noch hübscheres Gesicht saß. Ich könnte sie ewig ansehen, ich war fasziniert von ihr. Sie trug kein Make-up, und wenn, dann sah man es nicht. Ich kannte genügend Frauen, die ich nach dem Abschminken nicht wiedererkennen würde. Alice war auf eine natürliche Weise hübsch, das gefiel mir.

»Wir können auch gleich essen. Noch zwei Minuten.« Den Tisch hatte ich bereits gedeckt. Schlicht, mit Untertellern und Besteck, zwei Kerzenständern inklusive Kerzen. Im Hintergrund lief meine Playlist mit ruhiger Musik. Gerade hörten wir *On The Way* von Overstreet. Ja, das passte. Ich war auch auf dem Weg. Auf dem richtigen. Das Gefühl von Unbeschwertheit erfasste mich, als ich bewusst spürte, wie gut es mir im Moment ging. Und dass ich tatsächlich so was wie Glück empfand, als ich Alice und Rambo dort zusammen sah. Wusste, dass sie wegen mir hier war. Dass sie eben wie ich bereit war, diesen gemeinsamen Weg einzuschlagen.

»Warum lachst du?«, fragte sie mich auch prompt.

»Erwischt«, sagte ich, um Zeit zu schinden.

»Klar. War ja auch nicht zu übersehen. Also? Darf ich mitlachen?«

Ich goss die Bandnudeln ab, überprüfte die Steaks im Ofen und schnitt sie in zarte Streifen. Dann richtete ich alles auf zwei großen Tellern an und träufelte die Soße darüber.

»Voilà.« Ich stellte die Teller auf den Tisch und schickte Rambo in seinen Korb neben dem Kamin. Bisher hatte er sich meinen Befehlen nie widersetzt, doch diesmal schien er tatsächlich darüber nachzudenken. Aber nach einem scharfen Blick und einem tiefen Räuspern meinerseits erhob er sich sofort von Alice' Schoß und trollte sich. Aber nicht, ohne mir noch einen Blick zuzuwerfen, der mir wohl sagen sollte, dass er damit absolut nicht einverstanden war. Ich konnte ihn verstehen.

Alice erhob sich und blieb unschlüssig stehen, als ich ihr den Stuhl am Tisch zurückzog.

»Ich weiß nicht, aber …« Sie überlegte, dann verzogen sich ihre hübschen Lippen zu einem breiten Grinsen und sie nickte zum Sofa rüber, das gegenüber dem Kamin stand, in dem noch kein Feuer brannte, weil es draußen noch angenehm warm war. »Ich würde gerne vor dem Kamin essen. Was meinst du?«

Meine Augenbrauen rutschten in die Höhe. »Auf dem Sofa?«

Sie nickte.

»Wenn du das gerne möchtest, klar. Warum nicht?«, stimmte ich verwundert zu.

Sie lächelte, griff sich ihren Teller und das Weinglas und durchquerte den Raum bis zur Fensterfront, vor der das ausladende Sofa stand. Dann stellte sie das Glas auf dem kleinen Tisch davor ab und setzte sich mit dem Rücken an das Sofa gelehnt auf den Boden. »Hier ist es echt gemütlich.«

Ich schnappte mir ebenfalls meinen Teller und mein Glas und ging zu ihr rüber. Dann ließ ich mich neben ihr auf dem Boden nieder und sah sie an. Ihr Lächeln war bezaubernd, und ihre Wangen hatten einen Hauch mehr Farbe als noch eben am Tisch.

»Hey«, raunte ich.

»Hey …«

»Besser?«

Sie strahlte, und ihre braunen Augen funkelten. »Ich hab einen Riesenhunger.«

Wir begannen mit dem Essen, und nach ein paar Bissen wandte ich mich ihr zu. Es wurde Zeit, und ich wollte nicht länger warten. »Ich würde dir gerne etwas erzählen.«

Ihre Augen weiteten sich. »Okay.«

»Ich weiß, dass du dich seit dem Vorfall nach unserem ersten Date fragst, was mit mir los ist.«

»Das tue ich …«

Ich nickte und nahm einen Schluck Wein, um meinen Worten den Weg ein wenig zu erleichtern. »Nach dem Angriff vor dem Gericht habe ich etwas begriffen.« Ich rutschte ein kleines Stück näher zu ihr rüber.

»Was?«, hauchte sie.

»Ich habe begriffen, dass das Leben zu kurz ist, um sich zu verstecken.«

Ich schluckte. Ich wollte das. Ich wollte ihr die Wahrheit sagen, es wurde wirklich Zeit dafür. Trotzdem fiel es mir schwer. Ich sah in ihre schokobraunen Augen. »Es tut mir unbeschreiblich leid, dass ich dich mit meinen Dämonen bekanntmachen muss. Aber wenn wir eine Chance haben wollen, dann muss ich das.«

»Ich bin hier«, flüsterte sie.

Ich nickte und sammelte mich.

»Mein Bruder ist erschossen worden. Vor fünf Jahren. Und ich bin schuld daran.«

Alice

»Das tut mir leid.«

Ja, das war ein beschissener Standardsatz. Aber es war genau das, was ich in dem Moment empfand. Es tat mir unendlich leid. Aber noch ein anderes Gefühl kroch in mir hoch. Schleichend und still, aber drängend. Irgendetwas stimmte nicht. Ich spürte es, konnte aber nicht genau greifen, was es war. Also versuchte ich es zu ignorieren und mich einzig auf Sawyer zu konzentrieren. Aber ich war völlig überfordert mit der Situation, denn mit so was hatte ich absolut nicht gerechnet. Ich hatte bei seinen Dämonen an andere Frauengeschichten gedacht, an eine Ehe, die er noch auf dem Papier führte, an verletzte Gefühle oder vielleicht sogar an Kinder in anderen Städten. Oder an eine Familientradition, die besagte, dass Frauen wie ich nicht standesgemäß waren. Mit allem hatte ich gerechnet. Nur nicht mit so etwas.

Ich sah Sawyer an, aber er mich nicht. Sein Blick war in die Ferne gerichtet, als würde er die Worte, die ihm fehlten, dort irgendwo finden. Die Nacht war lau, aber in der Ferne hörte ich leises Donnergrollen. Ich griff nach der Rotweinflasche und schenkte uns nach.

»Manchmal ist ein Gewitter nötig, um alles zu bereinigen«, sagte ich leise. Ich wusste nicht, ob Sawyer mich gehört hatte. Er schwieg weiter. Und als ich schon dachte, er hätte sich wieder in sein Schneckenhaus zurückgezogen und dass dieses Geständnis ohne jede weitere Erklärung das Einzige sein würde, was ich bekommen würde, drehte er seinen Kopf zu mir herum und sah mich an.

»Ich möchte nicht, dass du mich verurteilst, Alice.«

»Ich würde dich nie verurteilen, Sawyer«, sagte ich leise und lehnte meine Stirn an seine. »Du gehörst zu den Guten. Und was immer passiert ist – es wird einen Grund gehabt haben.«

»Ich hätte nie gedacht, dass ich jemals wieder einen Menschen so nahe an mich ranlassen könnte. Aber bei dir fühlt es sich richtig an.«

»Ich bin eben ein guter Zuhörer«, wiederholte ich seine Worte, mit denen er mich vor wenigen Wochen dazu gebracht hatte, mir den Frust von der Seele zu reden. Vielleicht halfen sie auch bei ihm.

»Das allein ist es nicht, Alice.«

Ich nickte leicht. »Ich weiß.«

Ich wusste aber auch, dass Abstand manchmal das Beste war, dass man Freiraum brauchte, um den Gefühlen, die in der Brust feststeckten, Raum zu geben, sich zu entfalten, damit sie endlich an die Oberfläche kamen. Ich reichte ihm sein gefülltes Glas, griff nach meinem und umschloss seine Finger mit der anderen Hand. Und wartete.

Er trank ein paar Schlucke. Ich sah, dass er reden wollte, aber auch, dass er mit sich kämpfte. Schließlich stellte er das Glas beiseite, drückte meine Hand und sah mich an.

»Lass uns rausgehen. Ich brauchte Luft.«

Das war nicht das, was ich erwartet hatte, aber natürlich stimmte ich zu. Wir gingen über die Terrassentür raus. Unglaublich, wie warm es noch war, dabei war es bereits dunkel, und vom Meer frischte langsam der Wind auf. Aber man konnte es noch locker im T-Shirt aushalten. Die Luft war schwül geworden, bestimmt würde es nicht mehr lange dauern, bis das Gewitter uns erreichte.

Rambo sprang sofort schwanzwedelnd um uns herum, und gemeinsam verließen wir das Strandhaus über die hölzerne Veranda. Wir folgten dem schmalen Weg hinunter zum

Strand, und nach wenigen Schritten lag das Meer in seiner vollen Schönheit vor uns. Ich hörte das Rauschen des Wassers und das Schlagen der Wellen.

Als sich der noch immer von der Sonne gewärmte Sand um meine Füße schloss, seufzte ich still auf. Jetzt und hier hatte ich alles, was ich brauchte. Sawyer schwieg. Er brauchte die Zeit, um sich auf das vorzubereiten, was er loswerden wollte. Ich gab sie ihm. Auch wenn ich ängstlich war zu erfahren, was er Schlimmes durchgemacht haben musste, war ich glücklich. Weil ich bei ihm sein durfte, und weil er diesen Schritt wagen wollte. Mit mir an seiner Seite. Und ich betete inständig, dass es auf dem Rückweg auch noch so sein würde.

Während Rambo unbeschwert um uns herumtobte, die Wellen anbellte, die auf den Strand schwappten, sich wieder zurückzogen und im Meer verschwanden, als wären sie niemals hier gewesen, sammelte Sawyer sich. Erst als wir unzählige Fußspuren im Sand zurückgelassen hatten, begann er zu sprechen.

»John war zwei Jahre älter als ich. Und er war mein Bruder, aber noch mehr mein bester Freund. Ich vermisse ihn sehr, und das wird sich auch nie ändern. Aber ...« Er sah zu mir rüber. »Vielleicht hilft ein Gewitter, das Chaos in mir zu bereinigen«, wiederholte er meine Worte.

Ich nickte stumm und blickte ihn aufmunternd an. Und wie höhere Bestimmung oder Magie blitzte es begleitend zu seinen Worten weit draußen über dem Wasser hell auf. Als würde das Meer seine Zustimmung geben.

»Wir waren wie Zwillinge. Es gab keinen engeren Vertrauten für mich. Wir standen uns wahnsinnig nah. Als ich als Teenager meine ersten Gehversuche mit Mädchen machte, war er mein Ansprechpartner. Er hat mir gezeigt, worauf es ankommt und was wichtig ist. Dass man Kondome benutzt und immer fair und anständig bleiben sollte bei allem, was man tut. Mit ihm an meiner Seite überstand ich die Highschool. Er ging dann als Erster aufs College, und ich zählte die Tage, bis ich ihm folgen konnte. Meine Eltern … ich glaube, er war insgeheim ihr Lieblingssohn. Ohne ihn hatte ich es zumindest schwerer zu Hause. Auf dem College änderte sich dann einiges. John hatte sich seinen eigenen Freundeskreis aufgebaut, und ich suchte mir meinen. Logan und Jaxon wurden meine besten Freunde. Freunde, mit denen ich bis heute alles teile. Aber John, mein Bruder, stand immer auf Platz eins. Bei mir und bei meinen Eltern.«

Sobald er über seinen Bruder sprach, veränderte Sawyer sich. Er hatte ihn geliebt, das spürte ich. Bei der Erwähnung seiner Eltern aber klang nicht so viel Liebe in seinen Worten mit. Ich spürte seine Zerrissenheit. Als wüsste er nicht, ob er glücklich sein durfte oder traurig sein musste.

»Wir alle hatten eine verrückte Zeit, und wie bei den meisten Jungs war diese geprägt von Spaß, Alkohol und Sex. Wir probierten uns aus, ich machte erste Bekanntschaften mit Gras und Zigaretten. John passte immer auf, dass ich nicht abrutschte. Er war auch einer von den Guten, Alice.«

Ich drückte seine Hand.

»Aber dann lernte John Jenna kennen. Und ab dem Zeitpunkt war er weg vom Markt.« Sawyer verstummte, und für eine kurze Zeit waren die einzigen Geräusche das Schlagen der Wellen um unsere Füße und der Wind, der langsam weiter auffrischte. »John und Jenna, das hörte sich nach kurzer Zeit an wie ein einziges Wort. Die beiden waren so verliebt. Ich war tatsächlich ein bisschen neidisch, denn das Einzige, was ich vorweisen konnte, waren bis dahin unzählige One-Night-Stands und Beziehungen, die nicht über das fünfte Date hinausgingen.« Er sah mich an, als er die letzten Worte sprach, und in seinen Augen erkannte ich, dass sich seitdem einiges geändert hatte. In mir tobte der Sturm stärker als der Wind um unsere Köpfe, und ich drückte seine Hand fester. Er nickte unmerklich und gab sich wieder seiner Vergangenheit hin.

»John aber war bereit. Jenna war die Richtige für ihn. Sie ist auch wirklich ein wunderbarer Mensch. Also war es dann auch kein Wunder, als er Jenna zum Ende ihrer Collegezeit einen Antrag machte.«

Ich konnte die Liebe für seinen Bruder in seiner ganzen Haltung spüren. Wie nahe die beiden sich gestanden hatten. Wie Zwillinge hatte er gesagt. Das war nichts, was ich nachvollziehen konnte. Ich war ein Einzelkind und hatte meine beste Freundin erst im Studium gefunden. Vicky und ich waren Freundinnen. Beste Freundinnen. Aber waren wir auch wie Zwillinge?

»Er war bereits mit der Polizei-Akademie fertig, seit ein paar Jahren im Dienst beim New York Police Departement, Jenna hatte eine Stelle bei einem Modemagazin ergattert. Die beiden waren beruflich auf einem guten Weg, warum also nicht alles eintüten und heiraten?«

Ich gab keine Antwort auf diese rhetorische Frage. Ich hätte darauf auch keine gehabt. Es klang doch alles völlig plausibel. Und dennoch störte mich bei der Geschichte etwas. Etwas, das ich immer noch nicht greifen konnte, zu dem ich keinen Zusammenhang herstellen konnte, aber das mich beunruhigte. Es war nur ein Gefühl.

Sein Daumen strich immer wieder mal über meinen Handrücken, und ich genoss das Gefühl der Nähe. Hier am Strand waren um diese Uhrzeit so gut wie keine Leute mehr unterwegs. Die Einzigen, die uns begegneten, waren ein älterer Mann mit einem kleinen Hund, der Rambo keines Blickes würdigte. Dann lag der Strand wieder verlassen vor und hinter uns. Die strandnahen Häuser warfen ihre Lichter in unsere Richtung, vereinzelt hörte man Lachen, Fetzen von Musik und das Geklapper von Geschirr.

Mittlerweile hatten meine Augen sich auch an das Dunkel gewöhnt, und das Weiß der Schaumkronen auf dem Meer leuchtete uns den Weg am Wasser entlang. Ich hätte Stunden hier am Meer verbringen können und wäre nicht müde geworden, auf das Wasser zu starren oder daran entlangzulaufen. Ich liebte das Meer und verbrachte viel zu wenig Zeit dort.

»Beide standen noch am Anfang und konnten sich mit ihrem wenigen Gehalt nur eine Bruchbude von Wohnung leisten, die aus einem Zimmer inklusive Kochnische und einem Bad bestand, in das man rückwärts reingehen musste, um vorwärts wieder rauszukommen. Aber es war ihre Wohnung, und sie waren glücklich.« Sawyer verstummte erneut, und ich spürte seinen Blick auf mir ruhen. Zeitgleich blieben wir stehen, und die Finger unserer Hände verschränkten sich ineinander.

»Alles okay?«, fragte er leise, aber laut genug, um das Tosen der Wellen zu übertönen, die immer stärker gegen den Strand schlugen. Auch das Donnern aus der Ferne kam immer näher. Vielleicht wäre es an der Zeit gewesen, sich langsam wieder auf den Rückweg zu machen, aber ich hielt meine Klappe und bejahte stumm.

Sawyer dirigierte uns ein paar Meter vom Wasser weg, als der erste Blitz das Meer erhellte, und so wanderten wir mit etwas Abstand auf dem Sand weiter.

»Johns Glück war kaum zu ertragen, es gab Zeiten, da stritt ich mich mit ihm, einfach nur, weil ich wollte, dass seine heile Welt Risse bekam. Ich war neidisch. Neidisch auf sein Glück. Nie, wirklich nie habe ich meinen Bruder jammern oder stöhnen hören. Er ging in der Rolle des Ehemanns voll auf. Die beiden waren vier Jahre verheiratet, standen gut in ihren Jobs, da kam Elijah auf die Welt.« Seine Gesichtszüge wurden weicher, sobald er von seinem Neffen sprach. Das konnte ich nachvollziehen, und ich freute mich insgeheim darüber, dass Elijah es schaffte, ihm ein Lächeln ins Gesicht zu zaubern, selbst wenn er gar nicht anwesend war. Doch das Lächeln verschwand schnell, und ich ahnte, dass wir uns jetzt dem Kern der Geschichte näherten.

»Elijah war gerade fünf geworden, als …« Sawyer stockte, ich drückte einfach nur schweigend seine Hand. Er rang nach Atem. Es fiel ihm so schwer, darüber zu reden. »John und ich waren beim Juwelier verabredet. Die beiden waren fast zehn Jahre verheiratet, und John wollte Jenna endlich den Ring kaufen, den er ihr schon zur Hochzeit hatte schenken wollen, aber sich damals nicht hatte leisten können. Jetzt konnte er es, und es sollte ein ganz besonderer Ring werden. Meine Meinung war ihm wichtig, also wollten wir uns beim Juwelier treffen. Beim selben, bei dem Dad unserer Mutter den Ring gekauft hat. So ein kleiner, unscheinbarer Laden in der 47th. Aber ich …« Jetzt stockte er, rieb sich kurz über das Kinn. Und mir wurde schwindelig. »Ich hatte da gerade eine Frau … ich wollte sie unbedingt … Scheiße!« Er fluchte laut, aber zum größten Teil verschluckte der Wind seine Worte. Doch die nächsten sprach er laut und deutlich. Und schnell. Viel zu schnell. »Ich hatte sie flachgelegt und war deswegen zu spät dran. Auf dem Weg habe ich ihn angerufen, ihm gesagt, dass ich gleich da wäre. Das war gelogen, ich hätte mindestens noch fünfzehn Minuten gebraucht. Dazu kam der beschissene Stau, der wie immer die Straßen verstopfte. Aber er versprach zu warten. Dabei hatte er doch schon eine halbe Stunde auf mich gewartet. Hätte er das doch nur nicht getan … Diese fünfzehn Minuten änderten alles.« Seine Stimme brach.

Nein! Ich wollte das nicht hören. Das konnte doch nicht … Das durfte nicht wahr sein! *Bitte, Gott, wenn es dich gibt, dann lass nicht zu, dass …*

»Du musst das nicht tun«, stieß ich aus und versuchte, laut genug zu sein, dass er mich trotz des Windes verstehen konnte. Das Donnern aus der Ferne wurde lauter, Blitze zuckten immer wieder vereinzelt über das Meer. Sawyer schien das nicht zu registrieren.

»Ich will aber, Alice.« Ein starker Regen setzte ein. Innerhalb von Sekunden waren wir klatschnass, aber weder ihn noch mich interessierte das in diesem Moment. Er blieb stehen, drehte sich zu mir um und sah mir in die Augen. Sein Blick war unendlich traurig. Ich spürte seinen Schmerz in mir, denn er war ebenso stark wie mein eigener, der mich schier zu überwältigen drohte in dieser Sekunde. Bilderfetzen, die Stimme des Nachrichtensprechers, Schlagzeilen der Zeitungen – das alles prasselte innerhalb von Sekundenbruchteilen auf mich ein. Jahrelang hatte ich Ruhe gehabt, nicht damit gerechnet, jemals wieder damit konfrontiert zu werden. Mit dem, was mein Vater, Jahre nachdem meine Mom ihn rausgeworfen hatte, getan hatte. Er hatte einen Mann ermordet. Kaltblütig. Weil er Geld gebraucht hatte. Für Drogen. War einfach in ein Juweliergeschäft gestürmt und …

»In dieser Zeit, in der John auf mich wartete, nur weil ich zu spät war … passierte es. Es war ein Überfall. John war nicht im Dienst, er hatte keine Waffe bei sich, aber er hat versucht, den Kerl mit Worten zu beschwichtigen, ihn abzulenken, die anderen Kunden zu beschützen. Der erste Schuss fiel wenige Momente, nachdem ich durch die Tür trat. Dann der zweite. Und der dritte gleich darauf. Mein Bruder ist in meinen Armen gestorben.«

Sawyer

Keine Bewegung!, schoss der Ausruf wie damals durch meinen Kopf. Alles, was vor fünf Jahren passiert war, lief wie ein Film vor meinem inneren Auge ab.

»Die kleine Glocke über der Tür des Juweliers läutete, als ich eintrat. Eine merkwürdige Stille schlug mir entgegen, aber ich konnte nicht sofort erfassen, woran das lag, was los war. Nur, dass etwas nicht in Ordnung war. Es war wie eine Vorahnung. Und dann sah ich die Waffe. Und meinen Bruder. Und ich blieb schlagartig stehen.

Die Glocke war noch nicht verstummt, da schrie dieser Kerl mich mit einer Spur Hysterie in seiner Stimme an: ›Keine Bewegung!‹ Ich wechselte einen Blick mit John, der unmerklich nickte. Also riss ich die Hände hoch und erstarrte, als ich in die Mündung der Waffe blickte, die sich jetzt auf mich richtete.

›Nehmen Sie die Waffe runter‹, sagte John. Leise. Besonnen und absolut routiniert. Aber der Typ reagierte gar nicht auf ihn. Er sah mich an. Durch einen Schlitz in seiner Maske konnte ich seine Augen erkennen. Blau. Sie waren blau. Ich werde es nie vergessen.

Er wedelte mit der Waffe vor meiner Nase rum. Und John trat einen Schritt vor. ›Ganz ruhig, nehmen Sie die Waffe runter!‹, rief er. Der Kerl drehte sich zu ihm rum und richtete die Waffe nun auf ihn.

Ich schrie auf, schrie ihn an und machte damit wohl den größten Fehler. In dem Moment zielte er wieder auf mich und drückte ab. Und so klischeehaft es klingt – mein Leben zog im Zeitraffer an mir vorbei. Und in jeder Sequenz war John zu sehen.

Die Kugel traf mich hier«, ich zeigte auf die Stelle unter meinem Schlüsselbein, die Alice schon bemerkt hatte. »Aber ich spürte den Schmerz nicht, als ich zusammensackte. Das Einzige, das ich registrierte, war, wie John sich aufbäumte und meinen Namen schrie. Und die nächste Kugel traf ihn. Mitten ins Herz. Ich robbte zu ihm rüber, der Kerl beachtete mich nicht. Ich hielt seinen Kopf und flüsterte ihm immer wieder zu, dass es mir leidtue. Dass alles wieder gut werden würde. Aber … nichts wurde wieder gut. Er starb nur wenige Minuten, bevor die Polizei den Laden stürmen konnte. In meinen Armen …«

Der Schmerz, den ich jedes Mal spürte, wenn dieses Horrorszenario in meinem Kopf ablief, traf mich diesmal nicht mit voller Wucht. Ich war vorbereitet gewesen, hatte mich wappnen können. Aber es tat deshalb nicht weniger weh. Ich hatte meinen Bruder verloren. Weil ich nicht gehalten hatte, was ich versprochen hatte. Seitdem hielt ich meine Versprechen. Immer.

In der Dunkelheit konnte ich Alice' Gesicht nicht besonders gut sehen, aber ich spürte, dass sie sich versteifte. Dass sie den Atem anhielt, geschockt war. Mir war klar gewesen, dass es schwer werden würde, ihr davon zu erzählen. Dass ich es tatsächlich geschafft hatte, die Schatten auf meiner Seele ins Licht zu zerren, überraschte mich selbst. Vielleicht war es einfach an der Zeit gewesen. Vielleicht lag es aber auch an Alice. Vielleicht war sie die Person, der ich vertrauen konnte. Mit der ich mein Leben und meine Vergangenheit teilen konnte.

Als ich zur Seite sah, bemerkte ich, dass sie blass geworden war. »Hey, alles okay?« Ich hatte sie nicht verängstigen wollen.

»Ja. Ich … Das ist schlimm …« Sie schüttelte den Kopf, schloss für einen Moment die Augen, rang dann nach Worten, während sie mich traurig ansah. Der Wind zerrte an ihren Haaren, die Böen waren stärker geworden. »Ich könnte jetzt sagen, du bist nicht schuld«, rief sie gegen den Wind an. Sie stellte sich vor mich und legte ihre schmalen Hände auf meine Brust. Sie wärmten mich durch das nasse T-Shirt hindurch. »Aber das würde nichts nützen. Es würde den Verlust, den du erlitten hast, nicht schmälern, dir deinen Bruder nicht zurückbringen. Und schon gar nicht würde es dir deine Schuldgefühle nehmen«, sprach sie die Wahrheit aus. Es war, als würde sie ganz genau wissen, was ich fühlte.

»Ich habe gelernt, den Schmerz anzunehmen. Er ist ein Teil von mir, unwiderruflich mit mir verknüpft, und wird mich für den Rest meines Lebens begleiten«, versuchte ich, meine Einstellung dazu in Worte zu fassen. »Aber es hat sich dennoch etwas geändert.«

»Was hat sich geändert?«

Ich lächelte ein klein wenig, und auch wenn der Schmerz mich erneut zu übermannen drohte, war ihr Anblick, das, was ich für sie empfand, ein Lichtblick.

»Ich schleppe diese Last schon so viele Jahre mit mir herum und habe nie das Verlangen gehabt, mich davon zu befreien. Aber jetzt muss ich es. Denn sonst werde ich es nicht schaffen, mich auf das Leben einzulassen.« Wieder sah ich ihr tief in die Augen. »Ich möchte mich auf dich einlassen, Alice. Durch dich habe ich begriffen, dass es einen Weg aus diesem dunklen Tunnel gibt, in dem ich seit fünf Jahren herumirre. Du«, ich umfasste ihre Hände und presste sie stärker gegen meine Brust. »Du bist die Sonne in meiner Dunkelheit. Ich habe mir all die Jahre verboten, glücklich zu sein, weil ich dachte, ich hätte es nicht verdient. Bisher hat es gut geklappt, aber jetzt helfen keine Verbote mehr. Alice, ich liebe dich. Und ich kann nichts dagegen tun.«

Alice blinzelte. Ich meinte, Tränen in ihren Augen aufsteigen zu sehen, aber es konnte auch der Regen sein, der ihr von den Wimpern tropfte.

Sie ließ meine Finger los und umfasste mit beiden Händen mein Gesicht. Nur noch wenige Zentimeter trennten uns voneinander, und selbst diese winzige Entfernung erschien mir viel zu groß. Ich wollte sie jetzt bei mir haben. Ich wollte bei ihr sein, eins mit ihr werden und mit ihr verschmelzen. Und als wollte sie das auch, kam ihr Gesicht näher und näher, bis ich schließlich ihre Lippen fühlte, sanft und zaghaft legten sie sich auf meine. Ohne Druck, ohne Hast. Nur mit der stummen Frage, ob ich ihr entgegenkommen würde. Und bei Gott, ja! Ich wollte nichts mehr.

Ein leises Aufstöhnen drang aus ihrer Kehle. Oder war es aus meiner gekommen? Ihre Finger glitten in meinen Nacken und zogen mich noch enger an sie. Sanft berührten ihre Lippen die meinen, und dieser Kuss war intimer als alle, die wir bisher miteinander ausgetauscht hatten. Es fühlte sich an, als würde sie tief in meine Seele abtauchen, sie behutsam in ihre Hände nehmen und beschützen, damit sie keine weiteren Kratzer bekäme. In mir kroch ein Gefühl hoch, aus meinem Magen in mein Herz, es erwärmte alles in mir und brachte meine Dunkelheit zum Leuchten.

Und als würde der Himmel seine Zustimmung geben, erhellte plötzlich eine Reihe von Blitzen den Himmel. Kurz darauf erschütterte ein Donnerschlag die Erde. Erschrocken fuhren wir auseinander und sahen uns an. Unsere T-Shirts klebten an unseren Körpern, aus den Haaren tropfte das Wasser, und unsere Füße versanken in Pfützen aus nassem Sand.

Mit einem Fluchen löste ich mich von ihr, aber Alice schwieg nur, schloss die Augen und legte den Kopf zurück. Sie hatte die Arme um meinen Nacken geschlungen, ließ sich nach hinten fallen, sodass mir nichts anderes übrigblieb, als sie festzuhalten. Sie ließ ihre Schuhe auf den Sand fallen und hielt ihr Gesicht stumm in den Regen. Dieser Anblick war mehr als erotisch, das T-Shirt klebte an ihren Brüsten, die Nippel standen aufrecht und blickten mich durch die Dunkelheit an. Rambo sprang freudig bellend um sie herum. Ihm gefiel das augenscheinlich.

Alice sah mich an. Es dauerte eine Weile, bis ihr Blick meinen erfasste, dann wurde ihr Gesichtsausdruck ernst. »Komm, Sawyer«, forderte sie mich auf. Lass dein altes Leben hinter dir. Lass uns gemeinsam neu anfangen.«

Gemeinsam neu anfangen ... Ich merkte, wie ein Lächeln sich auf meinem Gesicht ausbreitete.

Ich stolperte mit ihr, ihre Hände griffen nach mir, und während sie sich an mich schmiegte, küsste sie mich. Wir klammerten uns fest aneinander, als würden wir uns sonst im Sommerregen verlieren. Und während um uns herum die Welt unterging, der Himmel alles auf uns hinabschüttete, was er zu bieten hatte, und es blitzte und donnerte, versanken wir in einem Kuss, der mir zeigte, wofür ich aus der Dunkelheit treten musste. Alice.

Vielleicht war das eine Chance? Eine winzig kleine Chance, mit der ich nicht gerechnet hatte, aber die ich ergreifen sollte. Weil ich es wollte. Mehr noch – weil ich einen Neuanfang brauchte und ihn alleine niemals bereit wäre zu wagen. Ja. Dies hier war meine Chance.

Und das funktionierte nur, weil Alice den Mann in mir befreit hatte, von dem ich nicht gewusst hatte, dass er noch existierte.

Der Regen wurde noch stärker, und die Tropfen prasselten hart auf unsere Köpfe, es donnerte und wurde taghell um uns herum, wenn es blitzte. Aber all das war mir egal. Solange ich nur Alice in meinem Arm halten und küssen konnte, war mir alles andere egal. Ich hatte noch nie so für eine Frau empfunden. Und dieses Gefühl wollte ich unbedingt auskosten. Wir kämpften jetzt nicht mehr jeder für sich und allein, sondern hatten aus zwei Herzen eines gemacht. Als wir uns ansahen, versank ich in ihr, und mir wurde klar, dass ich diese Frau nie wieder loslassen wollte.

»Wenn du mich küsst, dann ist die Welt weniger dunkel«, hörte ich mich sagen. »Und weniger kalt.«

Sie lächelte ein wenig und legte ihren Kopf an meine Schulter. Ich hielt sie einfach nur fest. Dann machten wir uns Hand in Hand auf den Rückweg.

Das Unwetter hatte sich fast vollständig verzogen, als wir die Treppen zum Strandhaus hochstiegen, und der Mond ließ sich hinter den Wolken erahnen und schickte seine schwachen Strahlen auf die nasse Erde. Wir traten auf die überdachte Veranda, und als Erstes griff ich nach einem Handtuch neben der Tür, das für Rambo bereitlag. Erst nachdem ich ihn abgetrocknet hatte, ließ ich ihn ins Haus. Nun war es nicht mehr ganz so schlimm, dass er sich im Wohnzimmer schüttelte. Aber er schien zu merken, dass er jetzt abgemeldet war, und verzog sich sofort in seinen Korb vor dem Kamin. Mit einem wirklich leidvollen Seufzen ließ er sich hineinfallen, aber nicht, ohne eine Dreckspur auf dem Parkett zu hinterlassen, und warf mir einen Blick zu, der so was wie »Das hast du jetzt davon« heißen sollte.

Alice stand noch auf der Veranda und versuchte, sich den Sand von den Füßen zu putzen. Vergeblich.

»Vergiss es, Alice«, meinte ich und zog sie mit mir ins Haus. »Du kannst besser gleich duschen gehen.«

Sie ließ sich von mir mit ins Bad nach oben bringen, die nasse Spur verteilte sich über den ganzen Holzboden, die Treppe und den Fußboden im oberen Geschoss.

»Kann ich dir helfen?«

Alice nickte stumm.

Ich konnte und wollte mich nicht mehr zurückhalten, also streifte ich ihr das T-Shirt über den Kopf, und sie mir meins. Unter einiger Anstrengung entledigten wir uns der nassen Jeans und hinterließen einen tropfnassen Haufen auf dem Badezimmerfußboden. Als wir beide nackt waren, hob ich sie hoch und stellte mich mit ihr auf meinen Hüften unter die Dusche.

Ich machte die Regendusche an, die eine angenehmere Temperatur als der Regen hatte und sanft auf uns niederplätscherte. Alice schlang ihre Beine um meine Hüften, und ich drängte sie sanft mit dem Rücken gegen die gekachelte Wand.

»Ist ein bisschen schlecht mit Kondomen hier«, bemerkte ich. Dann sah ich sie an, ich wollte keinen Fehler machen. »Ich bin getestet, also sauber«, setzte ich hinterher. Ich ließ mich seit meiner heißen Zeit regelmäßig testen. »Und ich habe seit Monaten mit keiner Frau mehr geschlafen.« Keine Ahnung, wie ich das ausgehalten hatte, aber vielleicht hatte ich auch einfach nur auf die Richtige gewartet. Alice war die Richtige. Und deshalb wollte ich es nicht versauen.

»Nimmst du die Pille?«

»Ja. Und ich bin auch sauber.« Von einer Ärztin hatte ich nichts anderes erwartet.

Es war alles gesagt, also hob ich sie in die richtige Position und drang in sie ein. Alice stöhnte auf und sah mich mit großen, dunklen Augen an. Ich wandte meinen Blick nicht ab, sondern sah ihr in die Augen, während ich ihre Pobacken umklammerte und langsam, aber fest in sie stieß. Sie war so eng und heiß, dass ich kurz davor war, loszulassen und zu explodieren. Aber erst – erst wollte ich sehen, wie sie kam.

Alice lehnte den Kopf gegen die Wand, das Wasser prasselte auf unsere Körper, aber ihr Blick hielt meinen fest. Sie stöhnte auf, ihre Arme schlangen sich fester um meinen Hals, ihre Fingernägel krallten sich in meine Schulterblätter. Ich genoss den süßen Schmerz, er lenkte mich ab und half mir, mich zu zügeln. Mit jedem Stoß verengte Alice sich um mich herum, und ich spürte, dass sie kurz davor war. Ihr Blick wurde glasig, und ihr Mund blieb geöffnet.

»Ja, oh Gott … Sawyer …« Sie flüsterte meinen Namen, und ihr ganzer Körper spannte sich an. Gleich war sie so weit. Endlich. Ich stieß schneller zu, härter, tiefer. Ich trieb sie an, oder sie mich. Wir trieben uns beide an, immer schneller und lauter. Aber weiterhin sahen wir uns an. Und als sie explodierte, stieß ich so fest zu, wie ich konnte.

Sie schrie auf, krallte sich an mir fest. Ich hielt sie, rammte mich in sie und kam fast gleichzeitig mit ihr. Ich riss die Augen auf, wollte keine Sekunde ihres Orgasmus verpassen, und es war das Schönste, was ich jemals gesehen hatte.

»Du bist wunderschön, wenn du kommst«, raunte ich, als ich wieder etwas zu Atem kam. »Ich liebe diesen Anblick, und ich will das nie wieder missen.«

Sie erwiderte nichts, aber in ihren Augen sah ich die Zustimmung. Mehr brauchte ich nicht.

Ich ließ sie vorsichtig runter, dann nahm ich das Duschgel und seifte sie damit ein.

»Jetzt rieche ich nach dir«, sagte sie leise, genoss meine Berührungen aber ganz offensichtlich.

»Dann weiß zumindest jeder, der dir zu nahe kommt, dass du zu mir gehörst.«

Wir duschten uns, dann wickelte ich Alice in ein großes, weiches Badelaken, schlang mir selbst eins um die Hüften und trug sie zum Bett.

»Hast du Hunger?«, fragte ich sie. Es war mittlerweile einige Stunden her, dass wir gegessen hatten, und das nicht mal zu Ende.

Ein Kopfschütteln war ihre Antwort. Und bevor ich reagieren konnte, hatte sie mir das Handtuch von den Hüften gelöst und sich vor mich gekniet. Ich konnte nur stumm zusehen, wie ihre Lippen meinen Schwanz umschlossen und ihn zum Stehen brachten. Und wie er stand. Ihre Zunge fuhr über meine Eichel und fing die ersten Tropfen auf, die sich sofort lösten. Ich keuchte, als sie ihn ganz und gar mit dem Mund umschloss und damit rauf und runter schob. Dabei sah sie zu mir auf. Ihre braunen Augen sahen mich herausfordernd an, während sie mir einen blies. Das war der absolute Wahnsinn und kein Wunder, dass ich kurz davor war zu kommen.

»Ich bin so weit«, keuchte ich und wollte ihr damit die Möglichkeit geben, sich zurückzuziehen, aber das tat sie nicht. Stattdessen krallte sie ihre Fingernägel in meine Oberschenkel. Ich schloss die Augen, und dann kam ich in ihrem Mund.

Alice umfasste meinen Schaft mit beiden Händen, bevor sie ihre Lippen zurückzog, und hielt ihn fest, bis sie auch den letzten Tropfen aus ihm rausgeholt hatte. Dann küsste sie meine Schenkel und arbeitete sich hoch bis zu meinem Mund. Ich griff ihr ins Haar und zog sie zu mir runter. Dann küsste ich sie und schmeckte dabei meinen eigenen Saft.

Es dauerte eine Weile, bis ich wieder zu Atem kam. »Das war eine klare Kampfansage, das weißt du hoffentlich«, raunte ich ihr zu. Sie lächelte und küsste mich erneut. Ich beugte mich zu ihr und begann ihren Hals zu küssen.

»Im Kämpfen war ich schon immer schlecht.« Ihre Stimme war belegt und zitterte.

»Gut, denn so schnell lasse ich dich jetzt nicht mehr aus dem Bett.«

»Ist das eine Drohung?«

»Nein, ein Versprechen.«

»Du solltest nichts versprechen, was du nicht halten kannst.«

Ohne den Blick von ihr abzuwenden, öffnete ich ihr Handtuch und sah sie einfach nur an. »Ich halte meine Versprechen«, erwiderte ich. »Das solltest du mittlerweile wissen.«

Dann legte ich mich auf sie, stützte mich auf den Ellenbogen ab. Ich spürte ihr Herz pochen und schob meine Hände unter ihren Kopf, um sie zu halten. Sie öffnete ihre Beine für mich, und wie von allein rutschte ich in sie.

Sie schloss langsam ihre Augen, zog mich zu sich runter und küsste mich. Ich blendete die Welt um uns aus, sah, schmeckte, fühlte nur sie, und meine Emotionen drohten mich zu überwältigen, als ich langsam in sie drang. Gemeinsam fanden wir einen Rhythmus und klammerten uns dabei fest aneinander. Voller Hingabe und Liebe. Und ich war glücklich dabei.

Ich erlaubte mir seit Johns Tod das erste Mal, aus tiefstem Herzen glücklich zu sein.

Alice

»Und vergiss die Aussage, ich will keine Details wissen. Ich will alles wissen.« Vicky kicherte am anderen Ende der Leitung. Ich konnte mir förmlich vorstellen, wie sie vor Neugier fast starb.

Ich hatte nicht schlafen können, und nachdem ich vor lauter Gedankenwirrwarr eine halbe Stunde lang Sawyer beim Schlafen beobachtet hatte, war ich leise aufgestanden, hatte mir mein Telefon genommen und mich damit raus auf die Veranda gesetzt. Die Nacht war herrlich lau, und das Meer rauschte in der Ferne. Dann hatte ich Vicky angerufen.

»Details? Vergiss es. Die sind nicht jugendfrei und ich –« *habe eigentlich was ganz anderes auf dem Herzen,* wollte ich sagen, aber Vicky unterbrach mich gleich wieder.

»Davis! Weißt du, wie lange ich schon auf dem Trockenen sitze? Sprich – wie lange ich schon keinen Sex mehr hatte?«

Ich schindete Zeit und tat so, als würde ich an meinen Fingern nachzählen. »Eins, zwei, drei … Tage, Wochen oder … waren es Monate?«

»Du bist echt fies«, spie sie mir entgegen, lachte kurz darauf aber wieder. »Zwei Monate und vierzehn Tage. Und es ist grausam.«

»Ja, ich weiß. Ich lag vor Tiger noch länger brach. Also erzähl mir nichts.« *Und dann schlug das Karma zu.*

Sie gähnte, und ich hörte, wie sie sich etwas zu Trinken einschenkte.

»Du hörst dich an, als hättest du nicht so viel geschlafen. Welche Gründe mag das wohl haben, Davis?«, versuchte sie erneut, mir Details zu entlocken.

»Stimmt. Aber mir geht es gut«, log ich. Mir ging es überhaupt nicht gut. Das war auch der Grund, warum ich sie mitten in der Nacht anrief. Mich wunderte, dass sie den Braten noch nicht gerochen hatte.

»Okay. Wenn du mir noch irgendwas erzählen willst, dann solltest du das bald tun«, sagte sie. »Ich bin nämlich echt müde. Also? Ich warte …«

»Es ist verdammt schön hier«, begann ich, ihr von den Hamptons vorzuschwärmen. »Sawyer ist so aufmerksam und liebevoll. Ich bin im Himmel, Vic. Und das Beste – er ist selbst ein Workaholic. Er weiß, wie es ist, seiner Arbeit den Vorrang zu geben, sich nicht oder nur schwer loseisen zu können, wenn man sich erst mal festgebissen hat.«

»Er versteht dich also?«, hakte sie fast ungläubig nach.

Ich nickte, auch wenn sie das nicht sehen konnte. »Zumindest sagt er das.«

»Ich freu mich ehrlich für dich, Davis. Auch, wenn ich durch dein glückliches Sexleben an mein quasi nicht vorhandenes erinnert werde – ich freu mich für dich.«

»Danke. Aber … Ich muss dir noch was sagen«, platzte ich raus. Ich musste jetzt irgendwie damit rausrücken.

»Spuck's schon aus, Davis. Was ist los? Hast du dir mein Parfüm ausgeliehen? Oder meine Wäsche? Was auch immer es ist, ich reiße dir nicht den Kopf ab. Es sei denn, du willst weiter schweigen …«

»Sawyer hat mich gebeten, bei ihm einzuziehen«, begann ich. Gott, ich war so feige. Selbst meiner besten Freundin gegenüber schaffte ich es nicht, einfach mit der Wahrheit rauszurücken.

»Bei ihm einzuziehen?« Ich hörte, wie verdutzt sie über diese Aussage war.

»Ich wollte es dir sagen, wenn ich zurück bin, aber ich konnte nicht so lange warten«, stieß ich hervor. »Und eigentlich war das auch noch nicht alles.« Ich atmete tief durch. »Du erinnerst dich an die Sache mit meinem Vater? Vor fünf Jahren?« Vicky zögerte einen winzigen Moment, doch dann bejahte sie. »Der Mann, den er erschossen hat, war … John Lee. Sawyers Bruder.« Jetzt war es raus.

Ich hörte Vicky am anderen Ende leise fluchen.

»Woher …«

»Woher ich es weiß? Sawyer hat mir die Geschichte seiner Schusswunde erzählt. Sein Bruder wurde in einem Juweliergeschäft, in *dem* Juweliergeschäft von einem Junkie erschossen. Vor fünf Jahren.«

»Aber bist du sicher, dass es dein Vater –«

»Vic!«, fiel ich ihr verzweifelt ins Wort, »so viele Junkie-Überfälle auf Juweliergeschäfte gab es nicht.«

»Was sagt Sawyer dazu? Weiß er es?« Ich schwieg und kaute auf meiner Unterlippe herum. Vicky war nicht blöd. »Warum hast du es ihm nicht gesagt?«

»Ich habe Schiss, Vic. Was wird wohl passieren? Er wird mich abservieren. Der Mann, der perfekt ist für mich, der mich liebt und den ich liebe – er wird mich fallenlassen, weil mein Vater, den ich nicht mal wirklich kenne, seine Familie zerstört hat. Und das Schlimme ist … Ich kann es verstehen.« Ich schluchzte auf. Die ganze Anspannung überwältigte mich in diesem Moment. Seit ich begriffen hatte, dass mein Vater für diese schreckliche Tat verantwortlich sein musste, dass er diese Familie auseinandergerissen hatte, kämpfte ich mit mir. Ich wusste, dass ich es Sawyer sagen musste. Jede Sekunde, in der ich es ihm verschwieg, machte es nur noch schlimmer. Aber ich hatte Angst. Angst davor, ihn wieder zu verlieren. Und das würde ich damit. Das war so sicher wie der Herzschlag eines gesunden Menschen. »Und … Was willst du jetzt machen? Willst du ihm das verschweigen und einfach so weitermachen? Sogar bei ihm einziehen?«, hakte sie nach.

Damit hatte sie mich eiskalt erwischt. »Ich weiß es ehrlich gesagt nicht«, gab ich zu.

»Ich kann dir die Entscheidung nicht abnehmen. Auch wenn ich es gerne würde.«

»Was würdest du mir raten, wenn du es könntest?«, fragte ich ehrlich interessiert.

Sie holte tief Luft und atmete ebenso geräuschvoll wieder aus. »Sag es ihm, Davis. Du musst es ihm sagen. Vielleicht wird er dann alles beenden, ja. Vielleicht aber auch nicht. Aber selbst wenn … Willst du eine Beziehung führen, die auf einer Lüge aufgebaut ist? Das kannst du weder dir noch ihm antun. Rede mit ihm. Tu euch beiden den Gefallen und sag es ihm. Ich glaube, du hast endlich mal Glück, Davis. Und das solltest du festhalten. Kämpfe darum!«

»Ist das dein Ernst?«

»Ja, verdammt! Und wenn du dir vorstellen kannst, jeden Morgen mit ihm aufzuwachen, immer den Klodeckel runterzuklappen, bevor du pinkeln gehen kannst, die Zahnpastatube zuzudrehen und sie damit vor dem Austrocknen zu bewahren, das Essen für euch beide zu kochen, selbst, wenn du den ganzen Tag gearbeitet hast, und dann am Ende noch zwischen dreckiger Wäsche und Tellern mit Essensresten Sex zu haben, dann … solltest du um ihn kämpfen.«

Mir war klar, dass eine Beziehung jede Menge Veränderungen mit sich bringen würde. Dass es aber so schwer werden würde, uns solche Steine in den Weg gelegt würden – damit hatte ich nicht gerechnet. Und ich wusste nicht, ob ich die Kraft hatte, sie aus dem Weg zu räumen.

»Ich werde weiter darüber nachdenken«, sagte ich.

»Tu es! Bitte! Für euch. Du schaffst das, Davis. Du bist stark, und wenn ihr euch wirklich liebt, dann werdet ihr auch das schaffen! Ich glaube fest daran. Denk in Ruhe darüber nach. Ihr schafft das!«

»Danke, Vic.« Und das meinte ich genau so. Ich brauchte die Bestärkung, dass ich das Richtige tun würde. Dass ich den Mut für einen Kampf aufbringen würde. Und dass ich den Kampf auch gewinnen würde.

»Hab dich lieb.«

»Ich dich auch«, sagte ich mit der Gewissheit, dass wenigstens sie mir bleiben würde, wenn ich Sawyer die ganze Geschichte erzählt hatte.

***

»Ich danke dir, dass du so ein guter Zuhörer warst.«

Sawyer warf mir einen dankbaren Blick zu, als wir am nächsten Morgen zusammen mit einem Kaffee auf der Veranda saßen, von der aus man den Sonnenaufgang hätte beobachten können. Wenn man nicht so spät dran gewesen wäre. Jetzt ließen wir uns nach einer für mich ziemlich nachdenklichen Nacht einfach die wärmenden Strahlen ins Gesicht scheinen und genossen die Ruhe um uns herum.

Von meinem Telefonat mit Vicky hatte ich ihm nichts erzählt. Das, was ich sagen wollte, würde schon schwer genug werden, da musste ich meine Freundin nicht mit reinziehen.

»Ich bin froh, dass du mir erzählt hast, was dich belastet«, entgegnete ich. Das war ich auch, obwohl ich niemals gedacht hätte, welche Konsequenzen das für unsere Beziehung hatte.

»Es war nicht einfach, zumal ich erst jetzt langsam anfange zu begreifen, dass ich noch ein Leben habe, das es wert ist, gelebt zu werden. Das haben Jaxon und Logan mir immer wieder versucht klarzumachen. Selbst Jenna. Aber ich wollte es nicht hören. Erst jetzt … durch dich. Danke, Alice.«

Ich bekam einen Kloß im Hals, doch ich bemühte mich, meine Stimme nicht zittern zu lassen. »Wie geht es Jenna damit? Mit allem? Der Tod von John muss schlimm für sie sein, aber wie … Ihr Sohn …« Ich begann zu stammeln, aber Sawyer griff nach meiner Hand und drückte sie. *Du elender Feigling!* Ich griff nach jedem Strohhalm, nach jeder erdenklichen Ausweichmöglichkeit, um die Sprache nicht auf das wichtige Thema zu bringen. Erbärmlich.

»Sie war diejenige, die wollte, dass ich mein Leben in den Griff bekomme. John hat immer gewollt, dass wir weitermachen, wenn ihm mal etwas passieren sollte. Jenna und Elijah haben ihm seinen Wunsch erfüllt. Ich dagegen …« Er ließ meine Hand wieder los und lehnte sich auf der Holzschaukel zurück. Dabei sah er mich unverwandt an. »Ich war so am Ende, weil ich mir die Schuld gab. Nachts konnte ich nicht mehr schlafen, war in Albträumen gefangen, konnte Fiktion und Realität nicht mehr auseinanderhalten. Ich fing an, meine Stelle als Staatsanwalt infrage zu stellen, das alles wuchs mir über den Kopf, ich schaffte es nicht mehr, meinen Job richtig zu machen. Also begann ich, Fluoxetin gegen die Angstzustände zu nehmen. Und richtig, ich habe die Tabletten nicht im Rahmen einer Therapie bekommen. Und eine ganze Weile hatte ich eine Menge Tabletten in meinem Haus. Aber das ist längst vorbei. Ich war tief gesunken und werde dieses Zeug nie wieder anrühren. Ich hätte sie längst entsorgen sollen.«

»Ein Teufelskreis«, bemerkte ich leise.

»Richtig. Dieses Fluoxetin machte mich müde und schaltete mein Hirn aus. Also nahm ich Aufputschmittel, die mich leistungsfähiger machten. Es klappte, aber es war ein Teufelskreis, ja. Und ich kann froh sein, dass ich so glimpflich davongekommen bin. Als Jenna davon erfuhr, war sie geschockt. Sie hatte Angst, dass Elijah etwas passieren könnte, weil ich nicht zurechnungsfähig war. Deswegen hatte ich auch so eine Panik, als er wegen des Armbruchs ins Krankenhaus musste. Da hatte ich zwar schon längst keine Antidepressiva mehr genommen, aber ich wollte ihr Vertrauen in mich nicht enttäuschen. Und weil ich ihr doch versprochen habe, auf Elijah aufzupassen. Und ich halte immer, was ich verspreche.«

»Ich weiß.« *Und ich sollte das auch tun. Ich sollte ehrlich sein. Jetzt!*

Sawyer beugte sich vor und stützte seine Ellenbogen auf den Knien ab. »Wenn Jenna und Elijah nach New York gezogen sind, dann werden wir viel Zeit miteinander verbringen können.«

»Das ist schön«, sagte ich stattdessen und freute mich ehrlich für ihn. Ich wusste ja, wie sehr er seinen Neffen liebte.

»Ich bin wirklich dankbar, dass Jenna mir eine Chance gegeben hat. Nachdem ich sie in der schwersten Zeit habe hängenlassen.«

»Aber du hast getrauert«, warf ich ein.

»Sie auch.«

»Ja, aber …« Ich verstummte, denn ich wusste nicht, wie ich da widersprechen konnte. Sawyer hatte recht. Sie hätten sich gegenseitig beistehen sollen. Allein für Elijah hätten sie das müssen.

»Sie hatte meine Eltern. Dafür bin ich ebenfalls dankbar. Sie haben sich um die beiden gekümmert, als ich es nicht konnte.«

Seine Eltern. Von ihnen hatte er erst einmal gesprochen, und das hatte nicht sehr herzlich geklungen.

»Hast du Kontakt zu ihnen?«, wollte ich wissen und schob das Unvermeidliche wieder ein Stück vor mir her.

Seine Miene verschloss sich. »Nein.«

»Warum nicht?«

Er schwieg beharrlich. Ich holte tief Luft.

»Sawyer, ehrlich. Wir sind jetzt an einem Punkt angekommen, da stecken wir die Köpfe nicht mehr in den Sand«, forderte ich ihn heraus. Ich log. Aber es wirkte.

»Sie haben sich von mir abgewandt. Sie geben mir die Schuld an Johns Tod«, gab er leise zu.

»Ernsthaft?« Ich konnte es nicht fassen. »Glaubst du das wirklich? Wie kommst du darauf?«

»Mein Vater hat es mir gesagt.«

»Was? Was hat –«

»›Du bist schuld, dass John tot ist‹, hat er mir an den Kopf geworfen. Bei Johns Beerdigung. Und dann, dass er fertig mit mir ist und mich nie wiedersehen will.«

»Das kann ich nicht glauben«, entfuhr es mir.

»Glaub es. Es ist die Wahrheit.«

»Und deine Mutter? Was ist mit ihr?«

»Sie hört auf das, was mein Vater sagt. Das war schon immer so. Selbst wenn sie nicht seiner Meinung ist, würde sie es nicht zugeben. Und aufmucken würde sie schon gar nicht. Glaub es, Alice. Meine Eltern hatten zwei Söhne. Beide sind tot.«

Ich sagte nichts mehr. Sawyer war ehrlich gewesen, er hatte mir alles erzählt, was ich wissen musste, um ihn zu verstehen und mit ihm zu fühlen. Es tat mir unglaublich leid. Die Sache mit Jenna hatte er wieder geradebiegen können. Sie war nicht mehr sauer auf ihn, weil er seinen Neffen vergessen und die Nacht bei mir verbracht hatte, das war gut. Auch nicht darüber, dass er ihm das BMX geschenkt und damit gleich einen Armbruch gefördert hatte. Und offensichtlich auch nicht darüber, dass er ihr in ihrer allerschwersten Zeit nicht hatte beistehen können. Aber von seinen Eltern verstoßen zu werden, das musste grausam sein. Ich konnte nicht mal ansatzweise nachfühlen, wie es ihm damit gehen musste. Ich liebte meine Mom, sie liebte mich. Und das mit meinem Vater … war etwas ganz anderes. Ich hatte ihn nie wirklich als Vater angesehen, dafür war er zu wenig zu Hause gewesen und hatte sich zu wenig um uns gekümmert, bevor Mom ihn letztlich rausgeworfen hatte. Was er über mich dachte, wusste ich nicht. Aber es interessierte mich auch nicht.

Schweigend tranken wir unseren Kaffee, ich sah nachdenklich aufs Meer hinaus und hoffte, dass Sawyers Vater irgendwann zur Vernunft kommen würde. Denn Sawyer litt darunter, das war nicht zu übersehen.

»Weißt du denn etwas über den … Mann, der deinen Bruder …« Es fiel mir so schwer, das Thema noch einmal anzuschneiden. Aber es musste sein. Es war jetzt wirklich an der Zeit. Wie Vicky gesagt hatte: Jede Sekunde, die verstrich, machte es schlimmer.

Er stand auf, stellte seinen Becher auf dem Boden ab und klammerte sich ans Geländer der Veranda. Er drehte mir den Rücken zu, als er sprach. »Ich weiß nur, dass es ein alter Junkie gewesen ist«, flüsterte er nun, und ich spürte, wie die Traurigkeit, die Wut über das Geschehene ihn erneut ergriff. Er war noch lange nicht darüber hinweg, da konnten ich oder Jenna tausendmal beteuern, dass er keine Schuld am Tod seines Bruders trug. Er würde sie sich immer geben. Vermutlich sein Leben lang.

»Kein junger Kerl mehr, er war ein Mann. Ein gestandener Mann. Niemals werde ich vergessen, wie er mich angesehen hat, als das Blut aus Johns Körper floss. Und niemals werde ich seinen Namen vergessen.« Sein Blick ging durch mich hindurch, während er sprach, erst beim letzten Satz sah er mich an. »Ralph Norwood. Sein Name ist Ralph Norwood.«

»Ralph Norwood«, wiederholte ich leise.

Ralph Norwood echote es in meinem Kopf. Meine Beine hätten nachgegeben, hätte ich nicht bereits gesessen. Übelkeit stieg in mir auf, Schmerz durchschoss meinen Kopf, und ich spürte das Zittern, das meinen Körper erfasste.

Ralph Norwood. Jetzt wusste ich es ganz genau. Jetzt hatte ich die Gewissheit, auf die ich gewartet hatte. Jetzt war Sawyer mir zuvorgekommen.

Meine Stimme wollte diesen Namen nicht aussprechen,

aber ich zwang mich dazu. Kämpfte mich durch den dunklen Tunnel, dessen Eingang ich bis zu dieser Sekunde mit Erde und Felsbrocken versperrt hatte. Die letzten Jahre lang. Seit ich fünf gewesen war.

Doch seit Sawyers Erzählung wurde der Eingang freigelegt. Und jetzt war es real. Und meine kleine, heile Welt, so wie sie sich mir in den letzten Wochen gezeigt hatte, zerbarst innerhalb einer Sekunde. Mit dem Klang dieses Namens.

Es dauerte eine Weile, bis er wieder sprach. Es schien, als würde er mir Zeit lassen wollen, um zu verarbeiten, was ich gerade erfahren hatte. Oder aber er verarbeitete nur seinen eigenen Schmerz. Von meinem wusste er nichts. Und ich wünschte, so könnte es für immer bleiben.

Wir sahen uns an, und dann weinte ich. Tief in mir drin weinte ich still um Sawyers verlorene Chancen, um das verpasste Leben in den letzten fünf Jahren, weil er sich selbst an den Pranger gestellt hatte, und um unsere Liebe, die in diesen Minuten für immer verloren war.

Ich erhob mich mit wackeligen Knien, kämpfte die Übelkeit nieder, trat dicht vor ihn und schlang meine Arme um seine Mitte. Ich hatte nur noch das Bedürfnis, ihn festzuhalten. Für immer festzuhalten, den Eingang des Tunnels wieder zuzuschütten und nie wieder einen Blick zurückzuwerfen. Doch das würde nicht funktionieren. Sawyer brauchte Gewissheit. Er verdiente die Wahrheit. Und deshalb musste ich ihn loslassen.

»Du gibst dir immer noch die Schuld, aber du bist kein schlechter Mensch, Sawyer. Glaub mir – ich erkenne schlechte Menschen, wenn ich sie sehe. Du«, ich zog mich ein kleines Stück zurück, sodass ich ihn ansehen konnte. »Du gehörst nicht dazu.«

Sein Blick fixierte mich. Ich konnte sehen, wie er mit sich rang. Doch dann ließ er es zu. Er klammerte sich an mich, vergrub sein Gesicht an meiner Schulter, und ich hörte ihn einmal tief durchatmen. Dann sah er mich erneut an.

»Ich wünschte, ich könnte das glauben.«

Ich brauchte noch einen Moment, sammelte mich, bevor ich die Worte aussprach, die nie wieder zurückgenommen werden konnten.

»Ralph Norwood ist ein schlechter Mensch.« Ich schluckte und trat noch einen Schritt zurück. Saugte noch einmal Sawyers Anblick in mich auf, prägte mir jede noch so kleine Einzelheit ein, speicherte sie ab und holte dann tief Luft.

»Ralph Norwood ist mein Vater.«

Alice

»Es tut mir leid.«

Sawyer sah mich nicht an, als er sprach, sondern starrte durch die Windschutzscheibe seines Wagens auf die Straße, während ich an der offenen Beifahrertür stand und ein Teil von mir immer noch hoffte, dass er seine Worte zurücknehmen würde.

Doch das tat er nicht.

Ich nickte langsam, doch er sah es nicht. Und er würde auch nicht hören, wenn ich sprechen würde. Er war enttäuscht. Verletzt. Und absolut geschockt.

»Pass auf dich auf«, war alles, was ich ihm mit auf den Weg geben konnte. Dann schloss ich die Tür und trat zurück. Jetzt war nicht die Zeit zu kämpfen. Für den Moment hatte ich ihn verloren.

Wenige Sekunden später hatte Sawyer den Wagen vom Seitenstreifen in den fließenden Verkehr gelenkt und war aus meinem Blickfeld verschwunden. Und ließ mich allein zurück.

Mutterseelenallein.

Die ganze Zeit über hatte ich mich gut im Griff gehabt. Ich hatte nicht geweint, nicht gefleht, nicht gebrüllt oder verzweifelt auf Sawyer eingeprügelt, als er mir gesagt hatte, dass er keine Zukunft mehr für uns sähe. Ich hatte stumm genickt und tief in meinem Inneren gehofft, dass er nicht wusste, was er da sagte. Doch anhand seiner Miene, der Verschlossenheit und der Eiseskälte der letzten Stunden konnte ich ziemlich sicher sein, dass er sich sicher war.

Mit letzter Kraft schleppte ich mich in den Eingang unseres

Wohnhauses und setzte mich drinnen auf die Treppenstufen. Dann weinte ich.

***

»Ich bin zwar nicht deine Mutter und auch nicht darauf versessen, alle Details zu erfahren, aber«, Vicky machte eine kurze Pause, lehnte sich an den Türrahmen und legte ihren Kopf schief, »was ist passiert? Hast du mit ihm gesprochen? Ihm die Wahrheit gesagt?«

»Ja, das habe ich«, sagte ich, kaum, dass ich die Haustür hinter mir geschlossen hatte.

Ich war völlig fertig, total am Ende, und das Letzte, das ich wollte, war, jetzt einen Streit mit meiner Freundin anzufangen.

Vicky wurde blass, als sie mich ansah. »Scheiße, was ist passiert? Hast du geheult?«

Ich schluckte. Dann nickte ich. »Die letzte Stunde. Im Hausflur«, gab ich zu.

Sie kam sofort auf mich zu, nahm mir die Tasche ab, die ich immer noch über der Schulter trug, und schloss mich dann in ihre Arme. Diese Umarmung war so tröstlich, dass ich sofort wieder anfing zu weinen. Und für die nächsten zehn Minuten nicht damit aufhören konnte. Ich schniefte ihr ganzes T-Shirt voll, und als ich mich endlich wieder beruhigte und ein Stück von ihr zurückzog, reichte sie mir eine Packung Taschentücher.

Nachdem ich mir die Nase geputzt und die Tränen getrocknet hatte, sah sie mich fragend an. »Kaffee oder Alkohol?«

»In der Reihenfolge.«

»Mach dich frisch, ich setze uns Kaffee auf.« Sie warf mir noch einen mitfühlenden Blick zu, dann verschwand sie in der Küche. Ich drehte ab ins Bad und ging unter die Dusche. Geschlagene zehn Minuten stand ich unter dem heißen Wasserstrahl und versuchte, das Unglück abzuspülen, das seit Stunden an mir klebte. Aber es funktionierte nicht. Sawyers Worte hatten sich in mir festgesetzt und wie Bauschaum in den Rillen meiner Seele ausgebreitet. Es tat so verdammt weh.

Ich stellte das Wasser erst ab, als Vicky an der Tür klopfte. »Lass noch etwas Wasser für die Nachbarn übrig.«

Mechanisch trocknete ich mich ab, kämmte mir die Haare, zog mir irgendwas an. Dann setzte ich mich zu meiner Freundin an den Tisch in der Küche, auf dem schon zwei Becher mit dampfendem Kaffee warteten.

»Geht's dir etwas besser?«

Ich nickte, auch wenn es nicht stimmte. Es ging mir nicht besser. Es ging mir schlecht. Beschissen, um genau zu sein.

»Wie hat er es aufgenommen?«, fragte Vicky schließlich, nachdem ich weitere Minuten schweigend am Tisch gesessen und in den Kaffeebecher gestarrt hatte.

»Nicht gut«, flüsterte ich und umschlang den Becher mit meinen Fingern.

Vicky runzelte die Stirn. »Wie soll ich das verstehen?«

Ich schnaubte leise. »Vor ein paar Stunden haben Sawyer und ich noch in der Sonne gesessen, uns unterhalten, Kaffee getrunken. Dann habe ich es ihm gesagt ...« Ich sah auf und meine Freundin an. »Es ist vorbei«, sagte ich schließlich. »Sawyer hat sich von mir getrennt.«

Vicky sog scharf die Luft ein. »Scheiße!«

»Ja. Es ist vorbei«, wiederholte ich mit matter Stimme. Ich hatte keine Kraft mehr für Betonungen oder Ausschmückungen.

»Aber ... Du kannst doch überhaupt nichts dafür«, wandte Vicky ein.

»Natürlich nicht. Aber Sawyer ... Er hat den Tod seines Bruders nie verwunden. Und dass ich die Tochter des Mörders bin ... Das kann er einfach nicht beiseiteschieben. Ich verstehe ihn. Auch wenn es wehtut.« *Verdammt wehtut.*

»Aber …«

Ich schüttelte den Kopf. »Nein, kein Aber.«

»Aber vielleicht denkt er darüber nach und erkennt, dass es falsch ist, dir die Schuld zu geben«, redete sie trotzdem weiter.

»Er gibt nicht mir die Schuld. Er gibt sich selbst die Schuld«, erklärte ich, allerdings ohne ins Detail zu gehen. »Und ich würde ihn jede Sekunde daran erinnern.«

Nachdenklich nickte sie. »Das verstehe ich.«

»Ich auch. Und deswegen ist es okay.«

»Aber vielleicht …«

Ich unterbrach sie. »Ja, vielleicht. Vielleicht aber auch nicht. Ich bin echt fertig, Vic. Ich kann nicht mehr. Es ist hart. Ich meine, ich habe mich geöffnet, nach allen Bedenken habe ich mich auf ihn eingelassen. Wir haben uns gegenseitig unsere Liebe gestanden, ich konnte mir sogar vorstellen, bei ihm einzuziehen …«

Vicky sah mich mit ihren großen blauen Augen an. »Das tut mir so leid!« Sie strich sich ihre blonden Locken aus dem Gesicht und presste ihre Lippen für einen kurzen Moment aufeinander. Dann sah sie mich an. »Und jetzt das. Das ist echt hart …«

»Ja, das ist es.«

Sie schluckte, stand auf und holte eine Flasche Gebrannten aus dem Küchenschrank. Die hatten wir mal zu einer Party geschenkt bekommen. Dazu stellte sie zwei Gläser auf den Tisch, schenkte ein und schob mir eines davon rüber.

Schweigend kippten wir den Schnaps runter, ich hustete, lecker war was anderes. Aber er half. Er brannte den Kloß in meiner Kehle weg.

»Du solltest kämpfen, Davis. Er hat gesagt, dass er dich liebt. Das ist nicht vorbei, nur weil … Weil eben … Shit!«

Sie schenkte nach, und auch den zweiten Schnaps stürzten wir einfach so runter. »Reicht«, krächzte ich, als ich das Glas abstellte. Meine Kehle fing Feuer. »Er hat mir unmissverständlich klargemacht, dass er mich nicht wiedersehen will. Dass ich ihn und seine Familie in Ruhe lassen soll«, erklärte ich traurig. »Und auch wenn ich wirklich, wirklich hoffe, dass er all das nicht so gemeint hat … Ich weiß es besser. Sawyer ist kein Mensch, der Entscheidungen leichtfertig trifft. Und schon gar keiner, der sie revidiert.«

Alice

»Was haben wir?«

Zwei Wochen, nachdem Sawyer mich verlassen hatte, zu Beginn meines Dienstes, öffneten sich die Türen des Krankenwagens, und Grace, eine der Notärztinnen, gab uns eine kurze Zusammenfassung über den Zustand des Unfallopfers.

»Elijah Lee, neun Jahre alt. Klagt über Bauchschmerzen.«

Elijah Lee. »Hey, Elijah … Was ist passiert?« Ich sah in sein Gesicht, das ziemlich blass war, und strich ihm über das Haar. Sein Gesicht war schmerzverzerrt, und Tränen schimmerten in seinen Augen.

»Mein Bauch tut so weh«, antwortete Elijah mit weinerlicher Stimme.

»Er bekam plötzlich Bauchschmerzen, die immer schlimmer wurden. Und dann kam Fieber dazu«, sagte eine weibliche Stimme hinter mir plötzlich. Ich drehte mich um und erkannte eine Frau, unwesentlich jünger als ich, mit dunklen Haaren und einem wirklich hübschen Gesicht. »Ich bin Katie, ich passe auf Elijah auf, wenn … sein Onkel keine Zeit hat.«

»Ja, ich weiß Bescheid«, sagte ich, was sie sichtlich irritierte. »Ich kenne Elijah und Sawyer gut«, setzte ich hinterher.

»Dann müssen Sie Alice sein?«

Ich stutzte kurz. »Offensichtlich hat Sawyer von mir erzählt.«

Ihr Lächeln war echt. »Nein. Aber Elijah hat es.« Sie warf ihm einen besorgten Blick zu. »Er ist jetzt nochmal zu Besuch bei seinem Onkel, bevor es dann in die letzten Schulwochen in Philadelphia geht«, erklärte sie.

»Ja, sie ziehen hierher«, erinnerte ich mich.

»Richtig. In wenigen Wochen.«

»Wir werden uns gut um ihn kümmern«, versprach ich ihr und bat sie, uns ins Behandlungszimmer zu folgen. »Ist deine Mom auch hier?«, wandte ich mich an Elijah.

»Nein. Sie ist in Philly. Und Onkel Sawyer ist im Gericht.«

»Ist seine Mutter informiert?«

Katie schüttelte den Kopf. »Sie ist in einer Besprechung. Ich konnte sie nicht erreichen.«

»Und Sawyer?«, fragte ich Katie nun.

»Ich hab Ella, seine Sekretärin, informiert«, schob sie ein, »Sie sagt ihm Bescheid, sobald sie ihn erreichen kann.«

»Alles klar, dann wollen wir mal, Elijah«, sagte ich, als wir ihn von der Notfallliege auf ein Krankenhausbett befördert hatten. »Also, wo genau tut dir der Bauch weh?«

Er hatte geweint, Tränenspuren zogen sich durch sein Gesicht, und mit seinen großen runden Augen blickte er mich ängstlich an.

»Hier«, sagte er und zeigte auf die rechte Unterbauchhälfte. »Das tat gestern Abend schon weh, aber nicht so doll. Onkel Sawyer hat mir eine Wärmflasche gemacht, und dann ging es auch. Aber jetzt … Und mir ist so schlecht.« Ich untersuchte seinen Bauch, der hart und druckempfindlich war. Elijah stöhnte mehrmals auf vor Schmerzen. Außerdem hatte er Temperatur. Nachdem ich seine Pupillenreaktion getestet und für normal befunden hatte, lächelte ich ihm zu. »Wir machen jetzt einen Ultraschall von deinem Bauch. Mal sehen, was darin los ist. Katie kann die ganze Zeit bei dir bleiben, okay?«

Jetzt huschte ein gequältes Lächeln über sein Gesicht. »Danke.«

»Kein Problem.« Ich strich ihm vorsichtig über das Haar und fragte mich, was Sawyer wohl denken würde, wenn er die Nachricht seiner Sekretärin bekommen würde, dass sein Neffe im Krankenhaus lag. Ich beschloss, ihm gleich eine Nachricht zu schicken und ihn schon vorab zu beruhigen. »Ich befürchte eine Appendizitis, sein Abdomen ist hart«, wandte ich mich an die Assistenzärztin Hannah. »Bereiten Sie ihn vor, ich bin gleich da.«

Hannah nickte mir kurz zu, dann kümmerte sie sich sofort um Elijah, während ich Katie die Anweisung gab, mit ihnen zu gehen. Dann zog ich mein Handy aus der Hosentasche und schrieb Sawyer eine Nachricht. Ich hoffte, dass er sie las, obwohl sie von mir stammte, bevor er von Ella unzusammenhängende Informationen bekam.

Als ich Elijahs Bauch untersuchte, bestätigte sich mein Verdacht. »Hannah, buchen Sie einen OP, wir müssen operieren. Ich piepe Ace an.«

Ace kam zwei Minuten später dazu. »Was haben wir?«

»Ein Durchbruch«, klärte ich ihn auf. »Du operierst.«

»Alles klar.« Ace war Arzt in der Pädiatrie, die Kinder- und Jugendmedizin war sein Fachgebiet. Ich sollte dankbar sein, Elijah in den Händen eines so guten Arztes zu wissen.

»Ich möchte dabei sein.« Er warf mir einen fragenden Blick zu. »Ich kenne den Jungen. Bitte, lass mich dabei sein. Und sag mir jetzt nicht, dass ich deswegen da drin nichts verloren habe.«

Ace schloss seinen Mund wieder. Genau das hatte er mir wohl gerade sagen wollen. Vielleicht lag es an meiner Verzweiflung, vielleicht an meiner Unerbittlichkeit. Wie dem auch sei – er nickte stumm.

»Danke.« Wir machten uns gemeinsam für die OP fertig, rieben Hände und Unterarme mit Seife ab, und ich bereitete mich auf die Assistenz bei einer laparoskopisch operativen Entfernung des Wurmfortsatzes am Blinddarm vor, während Elijah narkotisiert wurde.

»Also dann, wollen wir den Wurm mal entfernen«, sagte

Ace, lächelte mir unter seinem Mundschutz aufmunternd zu. Ich nahm das Skalpell in die Hand und machte dann am Bauchnabel einen etwa einen Zentimeter langen Schnitt, in den ich über die Führungshülse das Endoskop einführte. Während Kohlendioxid in den Bauchraum geblasen wurde, um das Operationsfeld sichtbarer zu machen, führte Ace über zwei weitere kleine Schnitte im Unterbauch die Instrumente ein, um damit den Wurmfortsatz zu entfernen.

Das Zumachen überließen wir normalerweise einem der eifrigen Assistenzärzte, aber bei Elijah wäre ich auch am liebsten selbst tätig gewesen. Ich war Ace dankbar, dass er das genauso sah und die drei kleinen Schnitte selbst mit einem selbstauflösenden Faden verschloss.

Erst, als die Operation zu meiner Zufriedenheit beendet war und der Kleine in den Aufwachraum geschoben wurde, atmete ich durch. Das war wirklich in letzter Minute gewesen, und ich war unheimlich froh, dass alles gutgegangen war.

»Danke«, sagte ich zu Ace.

»Woher kennst du den Jungen?«, fragte er.

»Er ist der Neffe von meinem …« Ja, wie nannte ich Sawyer nun? »Von meinem Ex-Freund«, schloss ich. Das war das erste Mal, dass ich ihn öffentlich so nannte. Und es fühlte sich beschissen an.

Ace runzelte die Stirn. »Der Tiger? Ich dachte, ihr schwebt auf rosa Wolken?«

»Es hat sich ausgeschwebt, der Aufprall war hart«, sagte ich knapp.

»Das tut mir leid, Davis. Halt die Ohren steif, ja? Ich schaue später noch mal nach dem Jungen. Geh zu ihm, sei da, wenn er aufwacht.« Er drückte mir noch einmal die Schulter, dann verschwand er aus der Tür den Flur runter. Ich schickte ihm ein stummes Danke hinterher und stopfte meinen OP-Kittel in den Abfallbehälter, bevor ich den OP verließ.

Während ich mich auf den Weg zu Elijah machte, fiel die Anspannung langsam von mir ab, weil ja nochmal alles gut gegangen war. Einem Blinddarmdurchbruch ging oft eine lange Entzündungsphase voraus, aber bei Kindern konnte das auch völlig unvorbereitet passieren.

»Ich bleibe bei ihm, bis er aufwacht«, sagte ich zur Schwester und ging in den Aufwachraum.

Elijah so hilflos in seinem Bett liegen zu sehen war schlimm. Er war nicht das erste Kind, das wegen eines Blinddarmdurchbruchs notoperiert wurde. Aber diesmal litt ich viel stärker mit als sonst. Es fiel mir nie leicht zuzusehen, wenn meine Patienten Schmerzen hatten. Doch diesmal ... fühlte es sich an wie mein eigener Schmerz.

»Er ist stabil«, informierte mich die Schwester, als ich eintrat und mich an sein Bett setzte. Ich nickte stumm. Das hatte ich erwartet. Und gehofft. Dafür gebetet. Weil ich Komplikationen nicht ertragen hätte. Weil ich nicht gewusst hätte, wie ich damit hätte umgehen sollen.

Ich zog mir einen Stuhl an sein Bett und setzte mich zu ihm. Dann nahm ich seine kleine Hand in meine und hielt sie fest.

***

»Hey ...«

Ich drückte Elijahs Hand ein wenig fester, als seine Lider zu flattern begannen. Langsam erwachte er aus der Narkose.

»Mom?«, krächzte er mit geschlossenen Augen.

»Deine Mom ist auf dem Weg. Ich bin es, Alice.«

»Oh, okay ...« Er war müde und schwach. Ich wusste, er würde gleich wieder einschlafen. Kurz überprüfte ich seine Vitalfunktionen, dann war er auch schon wieder im Land der Träume. Also beschloss ich, mich kurz um Katie zu kümmern und sie nach Elijahs Mutter zu fragen. Und Sawyer dann erneut anzufunken, denn bisher hatte er sich noch nicht hören oder sehen lassen. Seit Elijahs Operation waren zwei Stunden vergangen.

Gerade als ich aus seinem Zimmer trat, höre ich Sawyers Stimme. »Ich suche meinen Neffen, Elijah Lee.« Mein Herz blieb für einen Moment stehen, und mir wurde eiskalt. Am liebsten hätte ich mich in die nächste Ecke verkrochen, mich unsichtbar gemacht, um ihm nicht zu begegnen. Doch das war mehr als albern. Also besann ich mich.

»Sawyer, hier ...« Er schreckte auf, als ich hinter ihn trat und meine Hand auf seine Schulter legte.

Mit einem Ruck drehte er sich zu mir um. Er war blass. »Alice ... Was ist mit Elijah?« Die Panik stand ihm ins Gesicht geschrieben.

»Es geht im gut«, beruhigte ich ihn. Das war das Wichtigste, was er wissen musste. »Ich bringe dich zu ihm.« Ich lenkte ihn in Elijahs Krankenzimmer, ohne ihn noch einmal zu berühren. Es fiel mir schwer. Ich vermisste ihn so sehr.

Sawyer stürmte gleich auf Elijahs Bett zu, nahm seine Hand und küsste ihn auf die Stirn. Dann sah er mich an. Und auch wenn die Angst um Elijah offen in seiner Miene zu lesen war, erkannt ich da noch eine andere Angst. Die, sich mit mir auseinanderzusetzen.

»Was ist passiert?«, fragte er mich schließlich, ohne mich wirklich anzusehen.

Ich erklärte es ihm, und Sawyer ließ sich auf den Stuhl fallen, auf dem ich noch vor wenigen Minuten an Elijahs Bett gesessen hatte. Er war blass geworden.

»Und ich war nicht da ...«, murmelte er, ohne den Blick von Elijah abzuwenden.

»Du hättest gar nichts tun können, Sawyer«, versuchte ich ihn zu beruhigen. Aber er schüttelte den Kopf.

»Er hat gestern Abend schon über Bauchschmerzen geklagt.

Das war nicht das erste Mal. Ich habe ihm seine Wärmflasche gemacht. Er hat so eine mit einem Plüscheisbären als Hülle … Damit hat er sich dann in sein Bett gekuschelt und ist auch schnell eingeschlafen. Die Nacht war ruhig, und als ich heute Morgen aufgestanden bin, hat er noch geschlafen. Also bin ich ins Büro und dann ins Gericht gefahren. Ich hätte es wissen müssen … Ich hätte zu Hause bleiben müssen.«

»Du hast nichts falsch gemacht«, sagte ich leise. Ich wollte ihm so gerne die Schuld nehmen, die er sich an Elijahs Schmerzen gab, aber das war aussichtslos. Er hatte sich schon so sehr hineingesteigert, er hörte mir gar nicht richtig zu. »Katie hat schnell und richtig reagiert, es ist alles gut gegangen. Sein Appendix wurde rechtzeitig entfernt«, erklärte ich ihm. »Es geht ihm gut. Er wird schnell wieder gesund werden.«

Sawyer antwortete nicht. Er saß da und hielt Elijahs Hand. Als ich wie selbstverständlich zu ihm trat und ihm meine Hand auf die Schulter legte, versteifte er sich, fühlte sich wie Stein an unter meinen Fingern. Hastig zog ich mich zurück.

»Entschuldige. Ich … Ich lasse euch allein. Wenn du mich brauchst, dann …« Ich brach ab, als Sawyer stumm nickte. Er sah mich nicht an, ließ Elijah nicht aus den Augen. »Ich werde Katie benachrichtigen.«

Langsam zog ich mich zurück, und mit jedem Schritt, den ich mich von ihm entfernte, hatte ich das Gefühl, als würde sich die Kluft der letzten zwei Wochen zwischen uns noch weiter vergrößern und mich in den Abgrund ziehen. Mir wurde eiskalt.

Ich schüttelte die dunklen Gedanken ab, oder besser – ich bemühte mich. Doch es gelang mir nicht. Zwei Wochen waren nicht genug, um meine Gefühle auszuradieren und Sawyer Lee zu vergessen.

Während ich auf dem Weg zum Warteraum war, bemühte ich mich um Fassung. Als ich Katie benachrichtigte und ihr versprach, dass sie bald zu Elijah durfte, hatte ich mich einigermaßen im Griff. Und als ich auf dem Rückweg zu Sawyer war, dachte ich, es würde mir gut gehen. Doch als ich an der offenen Zimmertür stand, seine steife Haltung sah und dann in seine starre Miene blickte, war ich ganz sicher, dass es mir nicht gut ging.

Noch bevor ich etwas sagen konnte, war er aufgestanden und an mir vorbei aus dem Zimmer gegangen. Wenige Schritte den Flur hinunter blieb er stehen.

Er lehnte an der Wand, sah mich an und sah doch durch mich hindurch. »Ich kann das nicht«, murmelte er.

»Was kannst du nicht?« Hoffnung mischte sich in mein ungutes Gefühl. Ich versuchte, in seiner Miene zu lesen, ob es Hoffnung auf ein Happy End gab, aber da fand ich nichts als Kälte. Ich fröstelte erneut, rieb mir die Arme und versuchte es noch einmal. »Was kannst du nicht?«

Sein Blick wanderte an der gegenüberliegenden Wand entlang. Es kam mir vor wie endlose Minuten, doch es waren nur wenige Sekunden, bis er mir in die Augen sah. Seine stahlgrauen Augen spießten mich förmlich auf, Angst bohrte sich in meine Brust. Ich bemühte mich zu atmen, doch es fiel mir schwer. Weil ich ahnte, dass ich lieber tot sein wollte, sobald Sawyer seine Antwort ausgesprochen hätte.

»Ich will dich nicht mehr sehen, Alice. Als ich sagte, dass ich dich nie wiedersehen will, meinte ich das auch genau so.«

»Was? Ich habe doch nur –«, fassungslos sah ich ihn an. »Elijah ging es schlecht. Ich habe nur meinen Job gemacht. Ich bin dir nicht hinterhergelaufen«, platzte es aus mir raus.

Er schnaubte. So, als würde er mir nicht glauben. So, als wäre es egal, was ich sagte – nichts von dem würde er mir noch abnehmen. »Lass es, Alice. Ich habe dir schon mal gesagt, ich gehöre nicht zu den Guten.« Er verstummte, und in seinem Blick lag nichts als Abwehr.

Ich hatte Fragen. So viele Fragen, und wollte ihm so viel sagen. Doch ich bekam keinen Ton raus. Ich konnte nur dastehen und ihn anstarren. In meinen Ohren rauschte das Blut, in meinen Adern aber stand es still. Nichts kam in meinem Herzen an. Mir wurde noch kälter. Ich fühlte mich allein. Schlagartig war ich wieder allein.

»Es tut mir leid«, wiederholte er und schluckte hart. Dann senkte er den Blick und drückte sich von der Wand ab. Doch anstatt zu mir zu kommen, mich festzuhalten und dafür zu sorgen, dass mein Herz nicht erfror, wandte er sich ein zweites Mal von mir ab, ging den Flur entlang, verschwand in Elijahs Zimmer und ließ mich allein zurück.

Allein.

Ganz allein.

Sawyer

Atmen. Einfach nur atmen.
Und schwimmen.
In der Dunkelheit.
Überleben.
Nicht aufgeben.
Das wäre nicht fair.
Aber was ist schon fair.

Sawyer

»Du hast was?«

Jaxon und Logan, meine zwei besten Freunde, starrten mich beide so fassungslos an, als hätte ich ihnen gerade einen Mord gestanden. Dabei hatte ich nur gesagt, dass ich die Sache mit Alice beendet hatte. Aber das schien in ihren Augen nicht weniger schlimm zu sein.

»Ihr Vater ist der Mörder von John«, ließ ich die Bombe platzen.

Zwei Wochen lang hatte ich diese Information für mich behalten, hatte mit niemandem darüber geredet, mich voll in meine Arbeit gestürzt und war allen Gesprächen und Treffen aus dem Weg gegangen. Heute hatte ich mich aufgerafft und war ins *King's* gefahren, wo ich beide auf einen Schlag erwischte.

»Wie … Woher …«

»Alice. Sie hat es mir gesagt.«

»Wann?«, wollte Logan wissen.

»Ist das relevant?«

»Ja. Wir sind hier nicht im Gerichtssaal, Sawyer. Wir sind deine Freunde.« Jaxon sah mich eindringlich an.

»Vor zwei Wochen.«

»Ernsthaft?« Er schüttelte den Kopf. Fassungslos und enttäuscht zugleich. Bevor er das Wort erneut gegen mich richten konnte, begann ich, die Geschichte zu erzählen.

»Sie sagte, sie hätte es nicht gewusst. Sie sei erst darüber gestolpert, als ich ihr von Johns Tragödie erzählt hätte. Das glaube ich ihr auch, aber …«

»Wie geht sie damit um?«, fragte Logan, nahm seine Brille ab und rieb sich die Augen.

»Mit der Trennung?«

»Damit, dass ihr Vater ein Mörder ist«, entgegnete er und verdrehte die Augen.

Ich sah ihn an, überlegte. Und seufzte schließlich. »Ich … ich weiß es nicht.«

»Ihr habt nicht darüber gesprochen?« Jaxon schüttelte den Kopf. »Du willst sagen, du hast sie danach nicht gefragt?«

»Nein. Warum auch?«

»Weil es vielleicht ein ziemlich beschissenes Gefühl sein könnte, die Tochter eines Mörders zu sein? Und sich dann auch noch in den Bruder des Opfers zu verlieben?« Jaxon schnaubte. »Es ist scheiße für dich, ja. Das will ich gar nicht bestreiten. Und wie hoch die Chance ist, in dieser großen Stadt ausgerechnet auf dich zu treffen – darüber müssen wir auch nicht reden. Aber …«

»Ihr Vater hat John auf dem Gewissen. Da gibt es nichts mehr zu reden«, fuhr ich auf. Ich fühlte mich von meinen Freunden in die Enge gedrängt.

»Eben.« Logan setzte seine Brille wieder auf und sah mich eindringlich an. »Es war ihr *Vater*. Nicht sie. Nicht sie hat abgedrückt. So hart es auch klingt, Sawyer. Sie ist ein Opfer. Genau wie du. Alice hat damit nichts zu tun.«

Ich sammelte mich und ließ seine Worte kurz sacken. Genaugenommen hatte er ja recht. Alice war es nicht, die John getötet hatte. Aber …

»Ich würde das nicht aushalten. Sie würde mich jeden Tag daran erinnern.«

Jaxon schüttelte den Kopf. »Das würde Sinn machen, wenn du nicht auch so ständig an sie denken würdest. Und sag nicht, dass du das nicht tust.«

Ich schwieg. Er hatte recht. Natürlich hatte er das. Ich

dachte ständig an Alice, auch wenn ich nicht an sie denken *wollte*. Und jeder Gedanke an sie versetzte mir einen weiteren Stich. Mein Herz hing bereits in Fetzen in meiner Brust.

»Sawyer, denk nochmal –«

»Drüber nach?«, unterbrach ich Logan, der versuchte, mir auszureden, was ich mir eingeredet hatte. Stumm nickte er. »Nein. Das brauche ich nicht. Ich kann das nicht. Deswegen habe ich es beendet.«

»Was kannst du nicht?« Logans Brille verrutschte, als er seine Stirn runzelte und den Kopf schüttelte. »Du bist so was von dämlich, weißt du das eigentlich?«

»Was soll das jetzt? Wieso macht ihr mir Vorwürfe? Ihr solltet mich unterstützen. Ihr seid meine Freunde«, blaffte ich ihn an.

»Und als deine Freunde sagen wir dir, dass du aufhören sollst, dich zu verstecken«, mischte Jaxon sich ein.

»Ich verstecke mich –«

»Oh doch, das tust du!«, unterbrach Logan mich scharf.

Ich atmete durch. »Und wenn schon. Das ist meine –«

»Deine Sache? Ja, mag sein. Aber es ist unsere Sache, dich wieder zusammenzuflicken, sobald du begriffen hast, was du getan hast. Du liebst Alice! Warum stehst du nicht einfach dazu? Weder kann sie etwas für ihren Vater, noch kannst du etwas für Johns Tod. Warum lässt du nicht einfach zu, dass sie dir hilft, darüber hinwegzukommen, anstatt sie dafür verantwortlich zu machen?«

»Helfen? Wobei? Ich brauche keine Hilfe«, wehrte ich ab. Genau das hatte Jenna mir schon um die Ohren gehauen. Auch sie war wenig begeistert davon, dass ich die Beziehung mit Alice beendet hatte. Wir hatten einen handfesten Krach gehabt, doch darin war es nicht darum gegangen, dass ich Elijahs Krankheit nicht erkannt hatte, nicht um den Blinddarmdurchbruch und seinen zweiten Krankenhausaufenthalt während meiner Obhut, nein, sondern darum, warum ich nicht einfach zuließ, glücklich zu sein.

Vor diesem Gespräch war ich hierher geflüchtet. Ins *King's*. Zu meinen besten Freunden. Ich hatte auf Unterstützung und Verständnis gehofft. Stattdessen bekam ich dieselben Vorwürfe und Anklagen wie von meiner Schwägerin. Ich hätte es wissen müssen.

»Du brauchst Hilfe. Und zwar ganz dringend«, befand Logan. Seine Miene wurde ernster. »Alice hat etwas in dir zum Vorschein gebracht, das ich seit Johns Tod nicht mehr gesehen habe.«

»Und was soll das gewesen sein?«

»Deinen Lebenswillen. Alice hat dir etwas gegeben, wofür es sich zu leben lohnt. Du warst glücklich. Und genau das hast du verdient. Und das weißt du auch. Und wenn du nicht auf der Stelle zu ihr fährst und das in Ordnung bringst, dann …«

»Dann was?«

Jaxon trat einen Schritt vor und packte mich an der Schulter. »Dann hast du es wirklich nicht verdient, glücklich zu sein.«

***

Die breiten Wege lagen verlassen da. Die Steine, Statuen und Säulen erhoben sich von der dunkeln Erde entlang der Bäume hinauf zum Himmel, der bereits in der Dämmerung lag. Nach Sonnenuntergang war der Friedhof wie ausgestorben. Was für ein Wortspiel.

Ich durchquerte das Eingangstor im neugotischen Stil und machte mich auf den Weg. Die Schritte über den knirschenden Sand fielen mir schwer, und so war es kein Wunder, dass ich vom Eingang bis zu Johns Grab länger brauchte als sonst. Es war schon zu lange her, dass ich hier gewesen war, und zu einem schlechten Gewissen wegen meiner wenigen Besuche an seinem Grab mischte sich die Angst. Die Angst, meinem Bruder gegenüberzustehen und nichts Gutes vorweisen zu können. Mal wieder. Nur eine beendete Beziehung und einen Krankenhausaufenthalt seines Sohnes.

Die letzten Meter schleppte ich mich fast an der Familiengruft der Millers vorbei, die schon seit über hundert Jahren ihren Platz auf dem Green-Wood Cemetery in Brooklyn hatte. Jeder, der etwas auf sich gehalten hatte, fand hier seine letzte Ruhestätte. Horace Greeley, der Gründer und Herausgeber der *New York Tribune*; Leonard Bernstein, der weltbekannte Dirigent; Henry Chadwick, King des Baseballs; sowie Bürgerkriegs-Generäle und weitere Baseball-Legenden, Politiker und Künstler, Entertainer und Erfinder. Sie alle hatten sich einen Platz auf diesem parkähnlichen Friedhof gesichert. Mein Dad konnte auf eine Reihe berühmter Vorfahren zurückblicken, unter denen einige Generäle, Lieutenants, Captains oder Chiefs zu finden waren. Schon Anfang des 20. Jahrhunderts hatte sich einer unserer Ahnen ein Stück Land auf Green-Wood gesichert und zu einem Familiengrundstück gemacht, auf dem alle seine Nachfahren ihre letzte Ruhe finden sollten. So nun auch seit fünf Jahren mein Bruder.

Als ich auch die letzten Meter hinter mich gebracht hatte, stand ich schließlich vor Johns Grab. Meine linke Hand ballte sich zur Faust, die rechte hielt die Papiertüte krampfhaft fest, die eine Flasche Bushmills, Johns Lieblingswhiskey, versteckte.

Frische Blumen lagen auf dem Grab. Sonnenblumen. Sie hatte John am liebsten gemocht. Nicht zuletzt, weil Elijah so fasziniert davon war, nach dem Ausblühen die Kerne zu entfernen, zu trocknen und dann zu essen. Oder als Vogelfutter im Park zu verfüttern. Die Erinnerung an diese Zeit stach in mein Herz.

Für einen kurzen Moment schloss ich die Augen, um mich zu sammeln. Dann trat ich an seinen Grabstein. Einen schlichten, weißen, hüfthohen Stein, dessen Inschrift Johns Namen, sein Geburts- und Todesdatum sowie ein Zitat von Michelangelo enthielt.

Du bist nicht tot, Du tauschtest nur die Räume, Du lebst in uns und gehst durch unsere Träume.

»Und ob du das tust«, flüsterte ich heiser, die Hand auf dem Stein, der sich so kalt und fremd unter meinen Fingern anfühlte. »Ich träume von dir. Ich denke an dich. Jeden Tag und jede Nacht. Verdammt, warum bin ich es nicht, der gestorben ist? Warum? Ich hätte es so viel mehr verdient zu sterben ...« Ich konnte nicht verhindern, dass ein Schluchzen durch meine Kehle nach draußen brach und mich schüttelte. Meine Beine gaben nach, und langsam sank ich auf die Knie, während meine Hand den Stein entlang hinunterrutschte, ihn aber nicht losließ. Ich hatte das Gefühl, den Kontakt halten zu müssen. Den Kontakt zu meinem Bruder. Als würde ich ihn noch einmal verlieren, wenn ich losließ.

»Und sag mir nicht wieder, dass das Bullshit ist. Dass du der Polizist warst, der die Situation hätte in den Griff bekommen müssen. Das konntest du nicht. Weil ich deinen Plan durchkreuzt habe. Weil ich mal wieder nicht das getan habe, was ich hätte tun sollen. Weil ich dich im Stich gelassen habe.« Es tat verdammt weh, das auszusprechen, denn es führte mir die Minuten wieder vor Augen, in denen mein Bruder gestorben war. Und dass ich es hätte verhindern können, wenn ich pünktlich gewesen wäre. Wenn ich mein Versprechen gehalten hätte.

»Seitdem halte ich immer meine Versprechen, John. Niemals mehr will ich jemanden enttäuschen oder in Gefahr bringen, nur weil ich mich nicht an meine Versprechen halte.«

Du hast Alice versprochen, sie nicht mehr allein zu lassen ...

Ich setzte mich auf den Boden und lehnte mich mit dem Rücken an den Stein. Innerhalb von Sekunden kroch mir die kalte Feuchtigkeit der Erde in die Knochen. Zwar hatten wir

Hochsommer, und man hätte meinen sollen, dass die Sonne die Erde genügend erwärmt hatte, aber auf diesem Teil des Friedhofs schien die Sonne nur morgens, kurz nach dem Aufgehen. Den Rest des Tages wurde sie von den hohen Bäumen verdeckt, die vor unzähligen Jahren rund um die Gräber gepflanzt worden waren.

»Ich war immer neidisch auf dich, John. Egal, ob du die höheren Sandburgen gebaut, beim Baseball mehr Homeruns geschafft oder die schöneren Frauen abbekommen hast. Egal, was es war, du warst immer besser. Aber ich habe dich auch immer dafür bewundert. Und dich geliebt. Ich liebe dich immer noch, Mann.« Ich hielt einen Moment inne, holte den Schnaps aus der Tüte, öffnete den Verschluss und trank einen Schluck Whiskey direkt aus der Flasche. Der hochprozentige Alkohol brannte, aber das war gut. »Du glaubst gar nicht, wie sehr du mir fehlst.« Erneut setzte ich an, trank einen Schluck und lehnte den Kopf dann mit geschlossenen Augen an den Stein. »Und dann bist du in Dads Fußstapfen getreten. Du bist ein Cop geworden, so wie er und sein Vater und dessen Vater und alle Vorfahren vor ihm. Du bist ihnen gefolgt. Ich dagegen … Ich werde nie sein enttäuschtes Gesicht vergessen, als ich ihm gesagt hatte, dass ich in Harvard angenommen worden war. Damit, dass ich Anwalt werden wollte, unterbrach ich die Familientradition. Wie konnte ich nur … Er hasst mich. Seitdem hasst er mich. Und dass ich … dass du gestorben bist … das wird er mir nie verzeihen. Niemals. Und das tut weh. Verdammt weh. Aber ich komm damit klar. Ich komme immer mit allem klar.«

Wieder hob ich die Flasche an meine Lippen. Der Whiskey brannte schon lange nicht mehr in meinem Hals.

»Ich habe heute deinen Sohn in Gefahr gebracht. Es tut mir leid. Es tut mir so leid, John.« Ich trank wieder einen Schluck, und langsam spürte ich die Kälte des Bodens nicht mehr. »Aber das kommt nicht mehr vor.«

Das ist nicht deine Schuld.

»Natürlich ist es das. Hätte ich ihn nicht alleine gelassen …« Ich trank einen weiteren Schluck. »Alles nur, weil ich mich in die Arbeit gestürzt habe, um … Ich bringe alle, die ich liebe, in Gefahr. Ich kann das nicht mehr! Ich habe es wirklich nicht verdient, glücklich zu sein.«

Du Idiot!

»Was?« Ich öffnete die Augen und sah in die Dämmerung. Aber ich war allein, niemand war bei mir. Mit einem leichten Kopfschütteln hob ich die Flasche erneut an meine Lippen und trank. »Ihr Vater ist dein Mörder, John! Wie soll ich ihr je wieder in die Augen sehen, ohne daran zu denken? Ohne dich, mit all dem Blut um dich herum, zu sehen? Wie? Sag es mir!« Ich wurde immer lauter.

Bullshit! Werd erwachsen, Sawyer. Und hör auf, dich immer nur um die anderen zu kümmern. Ich hörte Johns Stimme, als würde er direkt neben mir sitzen. Als würde er sich mit mir unterhalten, so wie wir es immer getan haben, als er noch lebte. Als er noch nicht durch meine Schuld –

Du bist nicht schuld an meinem Tod.

»Doch, das bin ich!«, rief ich aus.

Nein, bist du nicht. Du *willst es sein. Du willst schuld sein, damit du das Glück nicht mehr in dein Leben lassen musst. Weil es kompliziert ist und Kraft und Gefühle kostet. Weil du glaubst, alles verloren zu haben.*

»Aber die anderen … Jenna und Elijah sind die wichtigsten Menschen in meinem Leben. Ich liebe sie.«

Und du liebst Alice.

»Ja, aber …«

Nichts aber. Du bist ein Idiot. Deine Freunde haben recht. Wenn du so weitermachst, alle, die du liebst, vor den Kopf stößt, verlierst du sie, anstatt sie zu halten. Sie kann nichts für ihren Vater. Sie hat ihm nicht die Waffe in die Hand gegeben, um auf mich zu schießen. Genauso wenig hast du das getan. Begreife es endlich. Du. Bist. Nicht. Schuld.

Ich schwieg. Ließ seine Worte, Johns Worte, in meinem Kopf sacken. Langsam wurde mir bewusst, was er versuchte, mir zu sagen. Es dauerte eine Weile, bis ich begriff, was sie bedeuteten.

»Aber ich will sie nicht verlieren«, flüsterte ich.

Ich weiß.

»Was mache ich denn jetzt nur?«

Hör auf, dein Glück mit Füßen zu treten. Und gib dir endlich eine Chance …

Alice

Jenna saß an Elijahs Bett und lag mit dem Kopf auf seinem Arm. Ein paar Schatten fielen auf sein junges Gesicht. Die Zimmer auf der Station waren nachts nur schwach beleuchtet. Eine kleine Lampe über seinem Bett spendete ein wenig Licht, und die Monitore, die sich rechts neben seinem Bett und am Kopfende befanden und alle seine Körperfunktionen penibel überwachten, leuchteten ebenfalls schwach in bunten Farben. Ich stand im Türrahmen und sah ihnen beiden beim Schlafen zu. Denn ich selbst konnte nicht schlafen.

In mir tobte ein Schmerz, den ich seit dem Tod meiner Grandma nicht mehr gespürt hatte. Es war der Schmerz eines Verlustes. Der Schmerz des Verlassenwerdens. Der Schmerz, der dich bis an deine Grenzen bringt und darüber hinaus. Weil du weißt, dass du nicht sterben wirst, sondern weitermachen musst. Weiterleben musst, obwohl dir dazu jegliche Kraft fehlt. Und das zum zweiten Mal.

Sawyers Worte am gestrigen Tag hatten ein weiteres Loch in mein Innerstes gerissen. Sie hatten jegliche Hoffnung auf ein Happy End zerstört und das Herzstück meines Körpers, das, was mich am Leben hielt, rausgerissen und zerfetzt. Und mich blutend zurückgelassen. Mein Verstand wusste, dass es aufhören würde. Irgendwann. Doch mein blutendes Herz sehnte sich danach, aufzugeben.

»Hey, Davis …« Vicky stand neben mir und legte mir die Hand auf die Schulter. Diese Geste sollte tröstend sein, doch sie war mir einfach nur lästig. Ich wollte nicht angefasst werden. Also drehte ich mich um, sodass sie mich loslassen musste.

»Hey«, flüsterte ich und verließ Elijahs Zimmer, ging den Flur entlang und setzte mich auf einen der Wartestühle am Ende. In dem Wissen, dass Vicky mir folgte.

Sie setzte sich neben mich. Stumm. Sie war einfach nur da. Und je länger sie neben mir saß und das Gefühl zu mir durchsickern ließ, dass ich doch nicht ganz allein war, umso leichter fiel mir das Atmen.

»Danke«, sagte ich eine ganze schweigende Weile später.

»Immer«, antwortete sie.

Die Minuten verstrichen, ich sah, wie sich die Zeiger auf der großen Uhr an der gegenüberliegenden Wand des Flurs bewegten.

»Es tut so verdammt weh«, sagte ich leise, als der rote Zeiger die sechs dreimal hinter sich gelassen hatte. Es war mittlerweile Morgen, die Nacht war vorbei, doch der Schmerz war noch genauso stark wie vor zwei Wochen.

»Ich weiß.« Sie nahm meine Hand und drückte sie fest. Diesmal ließ ich ihre Berührung zu.

»Möchtest du auch einen Kaffee?«, fragte Vicky mich irgendwann, nachdem meine Augen vom In-die-Luft-starren und Nichts-sehen schon wehtaten. Stumm nickte ich. »Dann hole ich uns welchen.« Sie stand auf und verschwand in Richtung Aufenthaltsraum. Ich atmete durch und lehnte mich im Stuhl zurück, meinen Kopf an die Wand gelehnt. Jetzt wünschte ich mir einen Notfall, etwas, das mich von meinen Gedanken ablenkte, mir keine Zeit ließ, mich in meinem Schmerz zu suhlen. Aber in dieser Nacht war es ruhig. Zu ruhig.

Für einen kurzen Moment schloss ich die Augen. Ein Fehler. Denn sofort erschien Sawyers Gesicht in der Dunkelheit. Sein harter Blick, der mich fixierte. Seine Worte, die sich in meinen Ohren festsetzten. Es tat weh. So weh. Aber ich konnte nicht anders, als mich dem Schmerz auszuliefern. Ich war doch selbst schuld. Warum hatte ich mich nur auf ihn eingelassen?

Ich hatte doch von vornherein gewusst, dass es schiefgehen würde. Doch dann hatte er mich überredet, mich überzeugt, dass er mir nicht wehtun, mich nicht fallenlassen würde.

»Du bist einfach zu dämlich, Davis«, murmelte ich.

»Nein. Ich bin zu dämlich.«

Erschrocken riss ich die Augen wieder auf. Das grelle Flurlicht blendete mich, aber ich wusste auch, ohne es zu erkennen, wer vor mir stand.

»Sawyer … Was …?« Ich brachte keinen weiteren Ton heraus. Statt auf meine Worte konzentrierte ich mich darauf, ihn anzusehen. Er trug frische Klamotten und roch frisch geduscht, aber sah nicht aus, als hätte er auch nur eine Minute geschlafen. Seine Augen waren rot, sein Bartschatten nicht zu übersehen. Er sah müde aus. Und traurig. Ein Kloß drängte sich in meinen Hals, ich schluckte ihn mit aller Kraft, die ich aufbringen konnte, runter. Auf keinen Fall wollte ich ihm zeigen, wie sehr mich sein Auftauchen aus der Fassung brachte. Wie weh es mir tat, ihn zu sehen, aber nicht anfassen oder küssen zu dürfen.

»Elijah schläft«, sagte ich mit so fester Stimme wie möglich und richtete mich steif im Stuhl auf.

»Ich weiß.«

»Gut.«

Er holte Luft und sah mich an. »Ich bin nicht wegen Elijah hier.«

»Sondern?«

»Können wir reden?«

Ich war plötzlich hellwach. Die Blase, in der ich mich die letzten zwei Wochen bewegt hatte, war mit einem Mal zerplatzt. Hoffnung ist schon etwas Komisches. Sie kommt, wenn du am wenigsten damit rechnest, und hilft dir über Momente der Verzweiflung hinweg, in denen du dich an sie klammern willst wie an ein rettendes Boot auf stürmischer See, das endlich in Reichweite ist. Aber kaum hast du das Boot mit deinen

Fingerspitzen berührt, hüpft es über die nächste Welle und ist fort. Für immer.

Ich hatte Hoffnung gehabt. Hatte daran glauben wollen, dass Sawyer nicht aus dem Herzen gesprochen hatte, sondern nur aus Vernunft heraus. Ich hatte mir diesen Moment so sehnlichst herbeigewünscht, dass ich jetzt höllische Angst vor ihm hatte. Davor, dass er nicht so ausgehen würde, wie ich es mir ausgemalt hatte.

Aber ich klammerte mich weiter an die Hoffnung, betete, dass dies vielleicht doch noch eine Chance war. Ich begriff, dass ich kämpfen wollte, nicht zulassen konnte, dass er einfach ging. Ich musste kämpfen. Denn ich liebte ihn.

Also nickte ich.

»Können wir irgendwo hingehen, wo … wir ungestörter sind?« Er bewegte sich nicht, sondern stand mit fahlem Gesicht vor mir und sah mich an.

Wieder nickte ich. Dann stand ich auf. Es fiel mir schwer, denn meine Knie waren weich wie Watte. Wie immer, wenn Sawyer in meiner Nähe war.

»Komm mit«, sagte ich und drehte mich um. Ich schlug den Weg zum Fahrstuhl ein, hörte seine Schritte hinter mir und klammerte mich an den Gedanken, dass alles gut werden würde.

Wir schwiegen, während wir auf den Aufzug warteten.

Wir schwiegen, als er uns nach oben brachte.

Wir schwiegen, als wir die letzte Etage zu Fuß hinter uns brachten.

Wir schwiegen, als ich die schwere Stahltür zum Dach des Krankenhauses öffnete.

Wir schwiegen, weil der starke Wind hier oben im ersten Moment jedes Wort verschluckt hätte. Und wir schwiegen, als wir an der Kante des Dachs angekommen waren.

Ich lehnte mich gegen die brusthohe Mauer, legte meine

Arme darauf ab und sah auf die Lichter der Stadt unter uns. Die Autos bewegten sich wie Ameisen, schnell und zielstrebig fanden sie ihren Weg durch das Gitter der Stadt. Der Lärm der Straßen kam nur gedämpft hier oben an. Der Wind pfiff hier viel stärker als dort unten, ich fröstelte. Aber ich wusste auch, dass es nicht nur am Wind lag.

»Das ist mein Lieblingsplatz«, sagte ich, als Sawyer neben mich getreten war. »Hierher ziehe ich mich zurück, wenn ich mal eine Pause brauche oder es mir nicht gut geht.« Keine Ahnung, ob es ihn interessierte, aber ich hielt diese unüberbrückbare Stille zwischen uns nicht mehr aus.

Aus dem Augenwinkel sah ich Sawyer langsam nicken. Er sah ebenfalls raus auf die Stadt, die durch die funkelnden Lichter ihrer Bewohner lebendig wurde.

»Ich war ein Idiot«, sagte er, ohne mich anzusehen. Ich bestätigte es stumm, aber sagte nichts weiter dazu. »Ich habe dich verletzt, und das tut mir leid.«

Ich drehte meinen Kopf in seine Richtung und starrte ihn an. »Ist das alles, was du mir sagen wolltest? Dass es dir leidtut? Was genau tut dir leid? Dass du mich vor den Kopf gestoßen hast, weil ich ehrlich zu dir war? Dass du mich verlassen hast, obwohl du mir versprochen hast, genau das nicht zu tun. Obwohl du mir gesagt hast, dass du mich liebst? Dass –«

»Nein«, rief er aus. »Nein. Ich …« Er drehte den Kopf jetzt zu mir herum, sodass er mich ansah. »Alice …«

Ich sah ihn ebenfalls an. »Warum bist du hier, Sawyer?«

»Weil ich einen Fehler gemacht habe.«

Mein Herz, das gerade dabei gewesen war aufzutauen, wurde erneut eiskalt. Was genau meinte er? Die letzten Tropfen Hoffnung in meinen Adern stellten langsam ihren Fluss ein.

»Was für einen Fehler?«

»Ich hätte nicht … Ich hätte es nicht beenden dürfen, das mit uns. Das war ein großer Fehler. Ich habe dich verletzt und mein Versprechen gebrochen. Das … Ich möchte, dass du weißt, dass ich dich liebe. Das war nicht gelogen, Alice. Ich liebe dich wirklich. Mehr, als ich je eine Frau geliebt habe. Aber …«

»Aber …?« Ich krächzte nur. Mein Herzschlag nahm wieder Fahrt auf, die Hoffnung schoss wie durch einen geöffneten Staudamm durch meinen Körper und hämmerte immer wieder Worte in meinen Kopf: *Es wird alles gut. Es wird alles gut.* Ich wollte ihnen so gerne glauben …

Sawyer drehte sich nun mit seinem ganzen Körper zu mir herum und legte seine Hände auf meine Schultern. Sanft drehte er mich so weit, dass auch ich ihm zugewandt war. Ich ließ es geschehen und sah auf. Mitten in sein wunderschönes Gesicht, prägte mir jede Einzelheit ein: seine Augenbrauen, die dieselbe Farbe hatten wie seine dunklen Haare. Seine stahlgrauen Augen, die einen so kalt, aber auch unglaublich liebevoll ansehen konnten. Seine gerade Nase, die ein kleines bisschen schief war, und seine geschwungenen Lippen, die so wunderbar küssen konnten.

»Aber ich war auch noch nie so verletzlich.«

»Was meinst du damit?«

»Seit Johns Tod fühle ich mich für alles verantwortlich. Für Jenna, für Elijah, für alles, was in ihrem Leben passiert. Ich muss für sie da sein und auf sie aufpassen. Ich liebe sie so sehr. Sie sind meine Familie.« Seine Stimme brach, und ich hatte das Bedürfnis, ihn an mich zu ziehen, zu umarmen und zu beschützen. Auf ihn aufzupassen, damit er sich endlich einmal fallen lassen konnte. Aber ich wusste – wenn ich das täte, dann würde ich nie erfahren, was er mir sagen wollte. Also schwieg ich und bewegte mich nicht. Wieder schluckte Sawyer. »Als du mir gesagt hast, dass Norwood … dass er dein Vater ist …« Er schüttelte ermattet den Kopf. »Da ist eine Welt für mich zusammengebrochen. Kannst du das verstehen?« Mit leidvollem Blick sah er mich an. Ich nickte stumm. Ja, das konnte ich verstehen. Das hatte ich immer verstanden. »Ich war geschockt. Die Vorstellung, dass ich jeden Tag an ihn und das, was er uns angetan hat, erinnert werde, wenn ich dich ansehe … Das hätte ich nicht ertragen.«

Meine Augen füllten sich mit Tränen. Ich fühlte mit ihm, verstand, was in ihm vorging, verstand seinen Zwiespalt und warum er mich verlassen hatte. Verlassen musste. Es war klar. Ich hätte es wissen müssen. Nachdem er mir von dem Tod seines Bruders erzählt hatte, hätte ich meinem Gefühl vertrauen müssen, dass mich schon seit unserer ersten Begegnung begleitet hatte. Sawyer war zerrissen, gebrochen, kaputt. Und nur, wenn er es zulassen würde, konnte er geheilt werden.

»Aber als ich dann alleine war …« Wieder sah er mich an, doch sein Blick hatte sich verändert. Der Ausdruck in seinen Augen war wärmer geworden. »Ich habe plötzlich gewusst, was mir fehlt. Es waren nicht Elijah oder Jenna. Es warst … du, Alice. Du warst es. Du hast mir gefehlt.«

Ich spürte die Tränen meine Wangen hinunterlaufen, aber ich wischte sie nicht weg. Ich bewegte mich nicht, aus Angst vor dem, was er als Nächstes sagen würde.

»Und jetzt erträgst du es?«, wollte ich wissen. »Jetzt erträgst du es, mich zu sehen? Erträgst es, dass ich die Tochter eines Mörders bin?« Denn das war das, was zählte. »Ich muss wissen, dass du dir da sicher bist. Du kannst hier nicht auftauchen und sagen, dass du mich liebst, und mich dann wieder wegschubsen, Sawyer. Das ertrage ich nicht noch einmal! Mein Vater … Er hat etwas Entsetzliches getan und dafür verachte ich ihn. Aber ich habe ihn schon vorher verachtet. Weil er ein böser Mensch ist, Sawyer. Ich habe nicht gewusst, dass er derjenige war, der … Ich habe es nicht gewusst. Als meine Eltern sich getrennt haben, da war ich fünf Jahre alt. Mein Vater hatte es wohl für klüger erachtet, eine kriminelle Laufbahn einzuschlagen, als ehrlicher Arbeit nachzugehen. Irgendwann ist es eskaliert, und meine Mom hat ihn rausgeworfen. Ich hatte nie wieder Kontakt zu ihm, er hat keinen Unterhalt gezahlt, und ich habe die letzten neunundzwanzig Jahre auch kaum einen Gedanken an ihn verschwendet. Ich kenne ihn nicht und wollte ihn auch nie kennenlernen. Mom und ich sehen uns ja nicht oft, aber wir haben Kontakt. Und vor etwa fünf Jahren rief sie mich an und erzählte mir, dass mein Vater – ihr Ex-Mann – wegen Mordes verurteilt worden war. Ich habe es nicht gewusst …«

Er schluckte schwer. »Ich weiß … Das habe ich jetzt auch verstanden. Du kannst nichts dafür. Du kannst nichts für seine Tat.«

»Nein, kann ich nicht, richtig. Es tut mir unglaublich leid, was dir, deinem Bruder, deiner Familie passiert ist, aber … Ich bin dafür nicht verantwortlich«, sagte ich noch einmal ganz deutlich. »Und wenn du daran noch Zweifel hast … dann haben wir tatsächlich keine Chance mehr.« Ich schluchzte auf und biss mir auf die Lippen, um mich zu beruhigen.

Er trat näher. »Ich habe verstanden, dass du nichts mit der Tat deines Vaters zu tun hast. Ebenso wenig hätte ich den Ablauf beeinflussen können. Ich … Wir …« Er atmete tief durch. »Wir können nichts für unsere Eltern, Alice. Es ist egal, wer dein Vater ist oder was er getan hat. Es hat nichts mit dir zu tun. Ich weiß es.«

»Kommst du damit klar?«

Er zog mich näher an sich, ich ließ zu, dass er seine Arme um mich und seine Stirn an meine legte. »Ich werde damit klarkommen. Weil ich dich liebe. Und weil ich dich nicht verlieren will.«

»Aber …« Der Wind zerrte an meinen Haaren, als wollte er mir die letzten Zweifel wegfegen.

»Nein, Alice. Kein Aber mehr. Ich liebe dich. Du bist mir wichtig. Und bei dir will ich sein. Ich weiß, dass noch ein langer

Weg vor mir liegt. Dass ich begreifen und verstehen muss, dass ich nicht alles kontrollieren kann, und dass nicht alles, was passiert, meine Schuld ist. Dass ich loslassen und auch festhalten muss.« Er atmete tief durch und sah mich an. »Ich werde das irgendwie schaffen, vielleicht auch mit professioneller Hilfe. Ich werde das mit meinen Eltern auf die Reihe kriegen. Ich werde mit meinem Dad reden. Wir haben John verloren, und anstatt uns deswegen zu bekämpfen, sollten wir zusammenhalten. Ich möchte das endlich bereinigen. Ich muss endlich die Vergangenheit loslassen und die Zukunft festhalten. Ich muss dich festhalten, Alice. Ich möchte den Weg nicht alleine gehen. Bitte …« Sein Atem ging schwer. »Ich will dich nicht verlieren, Alice. Bitte hilf mir dabei.«

Ich schluckte und bemühte mich, die Tränen aufzuhalten, die sich auf den Weg machen wollten. Meine Hände schoben sich über seine Brust, seine Schultern und seinen Hals zu seinem Gesicht. Ich umfasste es mit beiden Händen und sah ihn an. »Als wir uns das erste Mal gesehen haben, da habe ich den Schmerz in deinen Augen gesehen. Ich war nicht so verrückt zu glauben, dass ich diejenige sein könnte, die dich retten würde. Solche Happy Ends gibt es nur in diesen kitschigen Filmen, die ich so gerne schaue. Dachte ich bis eben.« Ich lächelte ihn an. »Aber du hast mir gezeigt, dass ich mich geirrt habe. Ich liebe dich, Sawyer, und wenn es dir ernst ist, mich an deiner Seite haben zu wollen, dann will ich diesen Weg mit dir gehen. Ich werde für dich da sein und dir helfen. Wobei auch immer du Hilfe brauchst.«

»Du verzeihst mir?«

»Nein. Weil es nichts zu verzeihen gibt. Ich vertraue dir einfach.«

Er atmete tief ein und wieder aus. »Du weißt gar nicht, wie viel mir das bedeutet. Und ich glaube fest daran, dass du mich heilen kannst.« Er zog mich sanft noch näher an sich, und ich schlang meine Arme um seinen Nacken. »Und die beste Medizin ist ein Kuss von meiner Lieblingsärztin«, murmelte er.

Unsere Gesichter näherten sich ganz langsam einander an, und ich spürte diese unbeschreibliche Anziehung zwischen uns. Und kaum trafen unsere Lippen aufeinander, fühlte ich mich wieder ganz.

Ich hatte die letzten Wochen gebangt und gehofft und mich immer wieder gefragt, wie ich ohne Sawyer überleben sollte. Denn es wäre nur ein Überleben, aber kein Leben mehr gewesen. Wenn dir der Teil von dir, der dich vollständig macht, genommen wird, dann bist du ein Nichts. Nur noch ein kleines Staubkorn im Universum. Und die Welt dreht sich einfach weiter, obwohl du sie am liebsten anhalten möchtest. Und du kannst nichts dagegen tun.

Aber darüber brauchte ich mir jetzt keine Gedanken mehr zu machen.

Sawyer war endlich klar geworden, dass er nicht für alles verantwortlich war. Nur dafür, sein Leben endlich wieder zu leben.

Als wir uns langsam voneinander lösten, sah er mich aus halb offenen Lidern an. »Sobald wir zu Hause sind, wird das zum Pflichtprogramm.«

»Versprich nichts, was du nicht halten kannst.«

»Das kann ich halten.«

Ich schmunzelte. »Ich liebe dich.«

Er grinste. »Ich weiß.«

Und dann versanken wir in dem Kuss, der alles besiegelte: Eine Zukunft von zwei Menschen, die sich nicht gesucht, aber gefunden hatten.

Für immer.

ENDE

Danke

Band drei und damit das Ende der *King's Legacy*-Familie.

Diese letzten Zeilen schreibe ich mit einem lachenden und einem weinenden Auge. Lachend, weil ich mich so sehr darüber freue, dass ich die Geschichten der drei Jungs habe schreiben dürfen. Von der Idee im Kopf bis zum fertigen Buch sind es ja doch einige Stationen, die so ein Roman durchläuft. Deswegen bin ich überglücklich, alle gemeistert zu haben.

Weinend, weil wieder eine Ära zu Ende geht. Diesmal waren es zwar nur drei Bände, und nicht sechs wie bei den San-Francisco-Ink-Romanen, aber sie waren so manches Mal nicht weniger nerven- und kräftezehrend. Dennoch werde ich Jaxon, Logan und Sawyer vermissen. Und hoffe einfach, dass euch ihre Geschichten gefallen und ihr euren Freunden und Freundesfreunden davon erzählt.

Am Ende eines Buches ist es ja immer Zeit, um Danke zu sagen. Danke für all die helfenden und motivierenden Menschen, ohne die ich gar nicht bis hierher vorgedrungen wäre.

Als da wären …

Meine Familie. Wie immer steht ihr an erster Stelle. Weil ich euch liebe und für eure Unterstützung dankbar bin. Ich liebe euch bis zum Mond und zurück.

Meine Leser. Ich werde oft gefragt, ob ich denn überhaupt die Rezensionen zu meinen Büchern lese. Darauf antworte ich immer wieder mit JA! Ich liebe es, euer Feedback zu lesen und zu hören, wie euch meine Bücher gefallen. Und auch Kritik nehme ich mir zu Herzen, sofern sie konstruktiv ist. Denn nur so kann ich weiter lernen und im nächsten Buch vielleicht etwas besser machen. Also hört bitte niemals auf, mir eure Meinungen um die Ohren zu hauen. Ich danke euch allen für euer Vertrauen in mich und meine Geschichten. DANKE.

Meine Skinneedles. Meine Familie. Was soll ich sagen, außer, dass ich euch alle so lieb gewonnen habe, dass ich mir das Schreiben ohne euch an meiner Seite gar nicht mehr vorstellen kann. Und auch nicht will. Danke für eure Unterstützung.

Meine Lektorin Annika. Keine Kekse, Schokolade oder Worte der Welt können ausdrücken, wie dankbar ich dafür bin, dich an meiner Seite zu wissen. Und nein – das ist nicht geschleimt, sondern die Wahrheit. Ich finde, wir sind ein gutes Team, und ich bin dafür verdammt dankbar. Danke für alles.

Stephan. Auch dir meinen Dank für alles. Deine unendliche Geduld, dein Engagement und deinen unermüdlichen Einsatz. Dein Lachen ist ansteckend. Danke dafür!

Das ganze Team von be-ebooks und Bastei Lübbe. Danke für eure tolle Arbeit und eure Geduld.

Meine Lektorin Clarissa. Ich bin jedes Mal wieder froh, dich an meiner Seite zu haben. Und jedes Mal auch wieder überrascht, dass du bei meinem Chaos noch nicht das Handtuch geworfen hast. Dafür danke ich dir und hoffe, dass wir noch viele, viele Geschichten zusammen durchgehen können.

Meine liebste Freundin Sina. Danke für deine Freundschaft und dein unermüdliches Anfeuern und In-den-Hintern-Treten, Frau Kollegin ☺ Ich habe dich soooooo lieb!

Meine LTF-Mädels. Danke, dass es euch gibt.

Meine Testleserinnen. Danke für eure Mühen und eure Adleraugen.

Rebecca. Meine ganz persönliche Ärztin. Danke für deinen fachmännischen Rat, die Hilfe bei der menschlichen Anatomie und den tiefen Einblick in deinen Beruf.

Fenna. Danke für Deine Hilfe.

O'Donnell. Danke an Philip und August, Gründer und Inhaber von O'Donnell. Ohne den Moonshine und die tollen Rezepte wäre das Buch nur halb so lecker (okay, das habe ich jetzt aus Band 1 und Band 2 kopiert …)

Meine Freunde. Ohne Worte. DANKE.

Wie Blitz und Donner

Amy Baxter
KING'S LEGACY -
ALLES FÜR DICH
Roman
DEU
304 Seiten
ISBN 978-3-404-17954-1

Jaxon King kann nichts mehr überraschen. Der Besitzer des angesagten New Yorker Clubs King's Legacy hat schon viel gesehen. Die große Liebe? So etwas gibt es nicht. Dann trifft er auf Hope, die neue Kellnerin, und auf einmal ist alles anders. Hope Vanderwall ist durch die Hölle gegangen. Jetzt will sie in New York neu anfangen. Ein eigenes Leben, nach all den Jahren. Das ist ihr fester Entschluss. Aber Jaxon ist nicht bereit, sich damit abzufinden, dass ihre Liebe unmöglich sein soll.

Wie Feuer und Eis – Der zweite Teil der »King's Legacy«-Reihe

Amy Baxter
KING'S LEGACY -
NUR MIT DIR
Roman
DEU
320 Seiten
ISBN 978-3-404-17960-2

Logan Hill hat alles erreicht. Er liebt seine Arbeit und steht kurz vor der Hochzeit mit der millionenschweren Tochter seines Chefs. Doch als Faye in sein Leben tritt, fühlt sich das alles plötzlich nicht mehr richtig an. Hat er bisher eine Lüge gelebt? Logan steht kurz davor, alles aufs Spiel zu setzen. Doch es gibt etwas, das Faye vor ihm verbirgt. Ist er kurz davor, den größten Fehler seines Lebens zu machen? Oder ist Faye seine Rettung?